어머니와 자전거

자이니치의 삶과 언어

어머니와 자전거

자이니치의 삶과 언어

인쇄 · 2015년 4월 1일 | 발행 · 2015년 4월 10일

지은이 · 현선윤
옮긴이 · 서혜영, 안행순
펴낸이 · 한봉숙
펴낸곳 · 푸른사상
주간 · 맹문재 | 편집 · 지순이, 김선도 | 교정 · 김수란

등록 · 1999년 7월 8일 제2-2876호
주소 · 서울시 중구 충무로 29(초동) 아시아미디어타워 502호
대표전화 · 02) 2268-8706(7) | 팩시밀리 · 02) 2268-8708
이메일 · prun21c@hanmail.net / prunsasang@naver.com
홈페이지 · http://www.prun21c.com

ISBN 979-11-308-0397-5 03830

값 16,500원

푸른사상
산문선

12

현선윤 산문집

자이니치의 삶과 언어

어머니와
자전거

서혜정, 안행순 옮김

푸른사상
PRUNSASANG

머리말

이 책은 자이니치 2세인 한 소년의 성장에 관한 사적인 이야기입니다. 자이니치에 대한 총체적인 지식이나 자이니치에 대한 민족 차별을 고발하는 내용을 기대했다면 고개를 갸우뚱할지도 모릅니다. 한 아이가 바라본 자이니치 사회, 그리고 일본 사회를 이야기했을 뿐이니까요. 민족 차별에 관한 에피소드는 작품 속에 다양한 형태로 등장하지만 고발한다고 하기에는 한 걸음 물러선 듯 낯설게 느껴질 것입니다. 다만 이 소년의 눈을 통해 자이니치(ザイニチ)로 살아가는 자이니치(在日)의 고민을 함께 지켜보는 기회가 되기를 기대하고 있습니다.

『어머니와 자전거』는 민족 차별 등의 갖가지 난관에 봉착하여 주저하고 의심하고 실패를 되풀이하면서도 그러한 장애마저 삶의 밑거름으로 삼아 성장해가는 한 소년의 모습을 담은 책입니다.

옛날의 그 소년은 중년이 된 시점에서 거의 잊어버리고 있던 어린 시절 마음의 상처에 천착하게 되면서 그것을 의식화하고자 했습니다. 그때 착목한 것이 에스닉 마이너리티(ethnic minority, 소수민족 집단)의 수많은 언어였습니다. 언어는 세계를 분절합니다. 아이들에게는 에스닉 마이너리티를 분절하는 시선도 언어의 형태로 다가왔습니다. 아이들은 그 언어에 잔뜩 겁을 먹으면서도 오히려 그것을 역으로 가공하여 삶의 원동력으로 삼았던 것입니다. 소년은 중년이 되어서야 비로소 이를 깨닫고 새삼스레 감동하게 됩니다.

하늘에서 숲을 내려보는 것 같은 시각으로 어느 집단을 바라본다면 빠르고 손쉽게 이해할 수 있겠지만 아무래도 얄팍하다는 느낌을 지울 수 없습니다. 반대로 그 숲에 들어가 나무를 하나하나 만지듯 미세한 부분을 파고들면 거꾸로 집단이 보이지 않게 되어 어둠 속을 더듬는 듯한 답답함을 느끼게 됩니다. 양쪽 모두 쉽지 않다는 것을 알지만 선택의 기로에서 이 책은 후자의 곤란함을 택했습니다. 지나칠 정도로 사람을 좋아하는 저로서는 당연한 결과라고 할 수 있습니다. 등장인물을 구체적으로 그리지 않고서 집단을 이해한다는 것은 불가능하다고 생각했기 때문입니다.

자이니치라고 해도 일률적이지 않고 아주 다양합니다. 세대와 출신지, 거주지, 가족 및 친족과의 관계, 경제적 계층, 지적 자원의 유무 등이 다양한 차이를 만들어냅니다. 게다가 일본인 혹은 '동포'와

맺고 있는 관계의 밀접도 등도 크게 영향을 미칩니다. 그러한 다양함의 논의에는 통계적인 수치를 제시하거나, 아니면 구체적인 사례를 보여주는 접근방식이 있을 것입니다. 이 책에 등장하는 개인들이 자이니치를 대표하는 것이 아니라 다양한 사례 중 한 가지에 지나지 않기 때문에 결국 저는 후자를 선택했습니다.

하지만 하나의 사례를 제시하더라도 자이니치 아이들에게서 통용되고 아이들 자신이 가공해서 사용해온 언어의 분석을 매개로 했기에 개인적인 이야기는 개인에게 갇혀 있던 것에서 벗어나게 됩니다. 그렇기에 이 책의 사적이며 거창하지 않은 이야기도 에스닉 마이너리티의 아이들, 그리고 그 후의 모습인 어른들에게도 어느 정도 일반적이고 보편적인 이야기가 될 수 있을 것입니다.

한 자이니치 소년이 '나'를 이해하고 '너'를 이해하기 위한 매개로서 작동한 언어, 그리고 그것을 삶의 원동력으로 가공하는 현장으로서의 언어의 세계의 생생함을 독자 여러분이 즐길 수 있기를 바랍니다.

차례

제1부

—

어머니와 자전거

어머니에게 휠체어 구입을 권하면

그건 또 완강히 거절한다.

아마 자전거는

어머니에게 휠체어 대신이기도 하지만

어머니의 힘으로 살고 있다는

의지의 상징인지도 모른다.

어머니와 자전거

어머니와 자전거

1922년 제주도에서 태어난 어머니는 스무 살 무렵인 1940년에 고향을 떠났다. 생이별을 해야 했던 생모를 찾아 일본으로 건너온 것이다. 그 후 70년 가까이 오사카에서 살고 있다. 그사이에 같은 고향 옆 동네 출신으로 돈을 벌러 일본에 와 있던 아버지를 신기하게도 오사카에서 한참 먼 도호쿠(東北) 지방에서 만나 결혼하게 된다. 슬하에 6남매를 두었지만 생후 100일을 넘기지 못한 넷째 아들은 가슴에 묻고 다섯을 키워냈다. 살아생전 절절한 애증극을 펼쳐 보이던 아버지가 세상을 떠난 지도 어느덧 10년이 다 되어가지만 어머니는 여전히 자식들과 함께한 그 집에서 살고 있다. 물론 그 집은 내가 태어난 후 두 번 개축을 한 탓에 옛 모습은 거의 남아 있지 않은데도 어머니는 아직도 같은 장소에 남아 있다. 자식들은 하나

둘 둥지를 떠나고 지금은 빈집에 당신 혼자 계신 셈인데, 그런 어머니와 자나깨나 함께하는 존재가 있으니……

바로 자전거다. 어느 때부터인가 어머니 곁에는 항상 자전거가 있었다. 멀리서 보면 어머니가 자전거를 운전하는지 자전거가 어머니를 운반하는지 헷갈린다. 어머니와 자전거의 크기의 대비! 그것은 어머니가 늙어가는 지표와도 같다. 하지만 우리들이 느끼는 어머니의 존재감은 제대로 효도 한번 못했다는 죄책감까지 한몫 거들어 해를 거듭할 수록 커져간다.

어머니가 자전거를 익숙하게 타게 된 것은 내가 초등학생 때다. 당시 집에서 2분 거리에 있는 초등학교 운동장에서 아버지, 장남, 그리고 차남인 내가 때로는 지도자 때로는 보조 역할을 하면서 우리 형제들이 차례대로 탈 수 있게 된 것처럼, 어머니도 교정에서 당시 초등학생이었던 내가 뒤에서 자전거를 붙잡고 있다가 밀어주는 연습부터 시작했다. 힘껏 페달을 밟아야 한다고 아무리 강조해봐도 초보자에게는 그게 생각처럼 쉬운 게 아니다. 그렇게 회전속도가 부족한 자전거는 곧 갈지자를 그리며 크게 흔들렸고 어린 나는 더 이상 버틸 수가 없었다. 아직 핸들과 브레이크를 제대로 다룰 수 없었던 어머니는 마침내 악! 하는 비명 소리와 동시에 자전거와 한 몸이 되어 옆으로 쿵 쓰러진다.

잔뜩 찌푸린 얼굴로 일어선 어머니는 다친 팔을 문지르고 숨을 헐떡이면서 화살을 내게 돌린다.

어머니의 젊은 시절 모습

제주도에서 태어난 어머니는 스무 살 무렵 생모를 찾아 일본으로 건너온 후 70년 가까이 오사카에서 살고 있다. 같은 고향 옆 동네 출신으로 돈을 벌러 일본에 와 있던 아버지를 신기하게도 오사카에서 한참 먼 도호쿠(東北) 지방에서 만나 결혼하게 된다.

"네가 똑바로 잡지 않아서 그렇잖아."

나는 또 나대로 화가 나서 "오카짱(엄마)[1]처럼 그렇게 무서워하면 자전거는 절대 앞으로 나가지 않는다고요"라며 지지 않았다.

어머니는 나이 어린 아들 앞에서 반박할 말도 없고 창피하기도 했을 것이다. 어쨌든 연습이 계속되면서 어머니의 자전거는 점차 안정을 찾아가고, 나는 어머니의 안색을 살피면서 재촉한다.

"이번에는 정말로 정신을 집중하셔야 해요. 자아, 하나, 둘, 셋!"

그러기를 수차례, 자전거는 갈지자를 그리면서도 쓰러지지 않고 정지할 수 있게 되었다.

어머니는 붉게 상기된 얼굴로 숨을 헐떡이며 중얼거린다.

"탔어, 내가 해냈어!"

그 말을 듣고 나도 한껏 분위기를 띄운다.

"한 번 더요, 이제 몸이 완전히 기억하게 해야죠!"

"그래 그러자."

어머니도 기분 좋게 응수하며 다시 자전거에 올라탄다.

---

1   오카짱(엄마), 오토짱(아빠)은 재일동포 1세와 그 영향을 받은 2세들의 부모에 대한 호칭이다. 그들은 오토오짱, 오카아짱이라고 정확한 발음을 못하는데, 자녀들은 그런 정황 같은 것을 모르는 채 계승해왔던 것이다. 몸에 밴 모국어의 간섭이었던 것인데, 우리들 2세는 커가면서 그것이 주위의 언어와 다르다는 것, 나아가서는 그것이 자신의 출신을 드러낼지도 모른다는 생각에 크게 경계심을 발휘하여, 사람들 즉 일본인 앞에서는 그 호칭을 사용하지 않게 된다. 그렇다고 해서 일본 본토의 오토오짱, 오카아짱이라고 하는 것도 거짓말을 하는 듯한 자책감이 있어서 여러 가지로 고민을 많이 했다.

여기서는 오로지 나의 혁혁한 공로로 어머니가 자전거를 탈 수 있게 된 것처럼 말하고 있지만 솔직히 우리 형제들이 번갈아가면서 가르쳤다는 게 맞다. 각자가 어머니를 도우면서 겪은 고생담은 어린 시절부터 자신이 어머니의 힘이 되었다는 자랑인지도 모른다. 그러나 때에 따라 그 이야기를 터놓고 하다 보면 형제들의 종합적인 기억 속에서 주인공은 어디까지나 화자인 '나'이며, 같은 이야기는 각자 자신이 주인공으로 등장하는 자랑스러운 영웅담이 되어버린 듯해 묘한 기분이었다.

아무튼 그날 이후로 자전거는 어머니의 두 발이 되어 평생을 함께하게 된다. 걸어서 약 5분 거리에 있는 우리 공장에 어머니는 하루에도 몇 번씩 왕래해야 했다. 아침에 서둘러 집안일을 마무리하고 공장으로 달린다. 그리고 점심을 준비하기 위해 집에 되돌아갔다가 아버지가 식사를 끝내면 뒷정리를 한 후 다시 공장으로 직행, 저녁이 되면 다시 집으로 귀가한다. 곧바로 시장바구니와 돈을 챙기고 10분도 채 걸리지 않는 시장으로 향한다. 사 온 찬거리로 저녁을 준비하고 가족들이 식사를 마친 후에도 공장 일이 밀려 있으면 식탁을 치운 후 황급히 그 곳으로 페달을 밟는다. 이처럼 자전거는 어머니 곁을 한시도 떠나지 않았다.

이외에 어머니가 외출하는 경우는 거의 없다. 그래도 부득이 외출하는 경우를 들자면 70세가 되어 다니기 시작한 야간중학교 통학을 위해서였다. 걸어서 겨우 2분 정도인 엎어지면 코 닿을 거리에 있는 역이었지만 어머니는 어김없이 자전거를 동반했다.

사라진 자전거

그렇게 소중한 어머니의 동반자가 어느 날 갑자기 사라졌다. 도 난을 당한 것이다. 어머니의 인생 최고의 동반자였던 아버지가 돌아가신 후 3년이 지난 어느 날의 일이었다.

아버지를 잃고 어머니는 상실감에 빠졌다. 다툼이 끊이지 않았던 부부간이었는데도 그런 것을 보면 오랜 세월 함께한 배우자는 아무래도 특별한 존재인 모양이다.

아버지가 살아 계셨을 때의 일이다.

"그렇게 미워하면서 함께 사느니 차라리 헤어지세요!"

두 분이 매일같이 싸우는 것을 차마 눈 뜨고 볼 수 없었던 동생이 이렇게 소리질렀다가 부모님께 크게 혼난 적이 있다. 그뿐만이 아니다. 아버지가 돌아가시고 2년이 지났을 무렵, 어머니는 느닷없이 내게 말했다.

"네가 뭐라고 하든, 무슨 일을 하든 오토짱만큼은 못하지……"

나는 큰 충격을 받았다. 아버지가 살아 계실 때는 물론이고 돌아가신 후의 일처리를 위해 어머님의 부름을 받고 2인 1조로 10년씩이나 애써온 내게 어떻게 그런 말을 할 수 있는 것인지 도무지 이해하기 힘들었다. 그렇지만 다른 한편으로는 아버지로 인해 어머니가 아무리 고통을 받고 그 고통을 자식들에게 집요하게 호소했어도 아버지에 대한 어머니의 깊은 사랑을 우리 형제들은 너무나 잘 알고 있었다. 그런 까닭에 부모님의 심한 애증이 1세대의 삶의 가혹함과 무관하지 않다는 것을 이해하게 되었다. 그리고 그에 비하면 우리 2세대의 연약함은 어디에 쓸모가 있을까 하는 자책감에 빠지기도 했다.

생전에 아버지는 눈에 어른거리는 기억 속의 고향 제주도에 묻히기를 염원했다. 그러나 어머니는 자식들을 직접 진두지휘하며 아버지 모르게 일본에 묘지를 마련했다. 아버지의 소원을 들어주었다가는 한국에 거주하는 이복형제들과 우리들이 얽혀 나중에 문제가 될지도 모른다는 우려에서였다. 아버지도 임종이 다가오고 있다는 것을 느꼈는지 어느 날부터 묘지에 대해 말을 아끼셨다. 죽음에 얽힌 이야기를 하면 그것이 현실이 되지 않을까 상당히 조심하셨던 것 같다. 게다가 어머니에 대한 죄책감도 있었을 것이기에 말을 하기가 어려웠을 것이다. 하지만 제주도에서 문병 온 친척에게는 묘지 이야기를 다시 꺼냈다. 그들의 입을 통해 우리들에게 본인의 뜻을 전하는 형태로 자신의 소원을 이루기 위해 노력을 계속했다. 그러나 어머니와 우리는 가까워진 아버지의 임종에 대한 마음의 준비로 정신이 없어서 그 이야기를 건성으로 흘려듣고 있었다.

그런데 아버지의 사후 1년쯤 되었을 무렵 갑자기 사태가 급변했다. 사후 천국에 가셨을지, 아니면 여자 문제 등으로 어머니를 고생시켰다는 이유로 지옥에 가셨을지도 모를 아버지는 저세상에 가신 후에도 어머니와 계속 대화를 하고 있었던 모양이다.

"어젯밤 꿈에서도 아버지가 노발대발하시더라."

어머니는 초췌한 얼굴로 한숨을 크게 내쉬었다.

그러던 어느 날 갑자기 제주에 아버지의 산소를 만들기로 결심했다고 내게 통보했다.

"그렇게 제주를 좋아했던 사람은 아버지 말고는 없지. 그나저나 왜 그렇게 제주가 좋았을까? 한 번도 눈을 떼지 않고 비행기 밖을 내다보면서 '한라산이 보여, 제주도야! 한번 내다봐'라며 난리가 아니었지. 진짜 어린애 같았어."

노후는 제주에서 보낼 수 있기를 꿈꾸며 두 분이 함께 제주에 다녀오던 행복한 한때를 어머니는 회상했다.

그 후 묘지 이야기는 순조롭게 진행되었다. 종손인 사촌 형이 언제부턴가 불교에 심취하여 제주 산중턱에 있는 큰 사찰에 열심히 드나들고 있었다. 그 절에서 대규모의 묘역을 조성하고 있다는 소식이 일을 가속화시켰다. 어쩌면 그러한 정보가 어머니의 결심을 바꾸게 했는지도 모른다. 결국 그곳에 일본식 묘를 만들게 되었다.

그렇게 해서 아버지는 생전의 소원대로 고향에 영원히 잠들게 되었다. 우리는 친척들과 함께 아버지의 유골을 안고 제주로 출발했다. 납골 의식에 참석한 후 관광버스를 빌려 함께 관광도 했다. 우리 집안에 지금껏 없었던 큰 행사였다. 어머니와 돌아가신 아버지의 연계 플레이로 한 가문의 재회가 실로 오랜만에 성사된 것이다.

어쨌든 제주에서의 장례는 경사스러운 일이었지만 다른 한편으로는 오사카 주변에 거금을 털어 매입한 묘지를 어떻게 처리해야 할지, 일이 번거롭게 되었다. 묘지 확보에 사용한 돈의 명목은 영구공양료라 하는데 필요성이 없어졌다고 해서 다시 매매할 수도 없는 것이었다. 따라서 이것이 헛된 돈이 되지 않기 위해서는 묘지를 우리 형제들이 사용하는 수밖에 별다른 방법이 없었다.

그런데 어머니는 본인과 자식들도 아버지 옆에 묻히기를 바랐고, 그렇게 되면 묘지는 영원히 쓸모 없게 되는 것이었다. 고민은 되었지만, 그 정도의 현실적인 문제와 어머니의 마음을 저울질할 수는 없는 것이었다.

문제는 '나중에 너희들도 묻힐 수 있도록 제주도의 묘역을 크게 만들자'라고 딱 잘라 말씀하셨던 당시의 어머니가 언제부턴가 다시 완전히 생각을 바꾸어 지금은 아버지 곁에 묻히고 싶은 마음이 전혀 없다는 것이다.

'너희들 옆에 묻히고 싶구나'라는 어머니의 한마디에 쓸모 없게 될 뻔했던 일본의 묘지를 다시 사용할 가능성은 생겼지만 결과는 더 두고 볼 일이다.

당신 인생의 대부분을 보냈으며 당신의 삶의 보람인 자식들이 살고 있는 곳, 오사카는 어머니에게 생과 사의 세계인 것이다. 남자는 어머니의 품에 안겨 잠드는 것을 꿈꾸지만(과거의 추억), 여자는 자식들을 영원히 지켜볼 수 있기를 원한다(미래지향적)는 남녀의 차이로 설명할 수도 있겠지만, 이렇게 돌변하는 '어머니의 심정'을 일반화하여 설명하기는 쉽지 않다.

좌우지간 그 일이 일단락되자마자 이번에는 어머니가 그렇게 아끼던 또 하나의 동반자인 자전거가 사라졌다.

파출소

어머니에게서 전화가 걸려왔다.

"무슨 일 있으세요?"

"아니다. 바쁘겠지만 부탁할 일이 있으니 잠깐 들렀으면 해서."

어머니는 언제나 '아니다'라는 말로 말문을 연다. 무엇이 아닌지 모르겠지만 아마 '큰일은 아니지만……'이라는 의미인 것 같다. 그런데 그 말이 항상 신경 쓰인다.

나는 어머니를 '근심거리 제조기'라고 몰래 부른다. 언제나 무슨 일이든 사물을 부정적으로 보기 때문이다. 이를테면 기쁜 일이 있어도 그 뒤에는 나쁜 일이 생길 것이라고 미리 걱정하기 때문에 즐거움도 반으로 줄어들어버린다. 그것은 운명적인 험난한 삶 속에서 몸에 밴 어머니의 상징물처럼 느껴져 그 무게에 나는 압도된다. 어디 그뿐이겠는가! 그런 어머니에게 불필요한 걱정거리를 많이 제공해왔던 나의 한심함을 새삼 깨닫게 되는 것 같아 마음이 편치 않다.

어쨌든 어머니의 호출을 받았기 때문에 모른 척할 수는 없는 일이다. 가능한 한 빨리 해결해야지, 그렇지 않으면 무거운 마음으로 질질 끌려다녀야 할 테니까.

집에 들르자 아니나 다를까 잔뜩 웅크리고 누워 있던 어머니가 소파에서 힘겹게 몸을 일으키는데 그 표정이 여느 때보다 어두웠다.

"바쁠 텐데 미안하구나. 도둑맞은 자전거를 다시 찾기는 어렵겠지만 그래도 파출소에 신고해줬으면 해서 말이다. 파출소가 없어져서 그런지 불안하고 무섭구나."

어머니는 조심스럽게 그러나 정말로 마음이 놓이지 않는 듯 말을
이어나갔다.

내가 어린 시절을 보냈던 이곳은 옛 국유철도 역 중심으로 주변
에 산재해 있던 몇 개의 취락들이 모여 이루어진 마을의 중심지였
다. 마을 한가운데에는 단 하나뿐인 초등학교가 있었고, 그 앞에 파
출소, 우체국, 신문 보급소, 쌀집, 주류 판매점, 야채 가게, 문구점
이 늘어서 있었다. 이른바 교육과 통신, 보안의 중심지로 일상생활
에 필요한 모든 것들이 갖추어져 있었다.

집에서 좌우 어느 쪽으로든 10분에서 15분 정도면 옛 국유철도
나 민영철도 역에 갈 수 있었는데, 그 지역에서 가장 오래된 간선도
로가 거의 일직선으로 깔려 있었기 때문이다. 집에서 나와 그 길을
따라 왼쪽으로 1분만 가면 초등학교가 나온다. 학교 정면에서 왼쪽
에는 문방구 겸 담배 가게, 오른쪽에는 파출소가 있었다. 그리고 그
사이에 8미터 정도의 정사각형의 광장이 있었는데 그곳은 마을 주
민들의 집회 장소이자 아이들의 놀이터였다.

우리 형제자매는 모두 양옆에 있는 문방구와 파출소를 좌우로 살
피면서 등교했다. 교문을 들어서면 교실로 통하는 길이 있고 그 길
왼쪽에 충혼묘가 있었다. 나무로 둘러싸여 있는 하늘을 찌를 듯한
충혼비를 곁눈질하면서 교실로 갔다. 집에서 2분도 채 걸리지 않는
학교를 뻔질나게 드나들었고 졸업을 했다. 여름방학에는 아예 집에
서 수영복으로 갈아입고 그 당시에는 흔치 않아 학교의 자랑이기도

했던 교내 수영장으로 맨발로 달려갔다. 그리고 끝나면 젖은 수영복 그대로 한걸음에 집으로 돌아왔다. 어디 그뿐인가, 점심시간에 나오는 빵과 탈지분유에 익숙하지 않았던 나는 저학년 때에는 집이 가깝다는 이유로 특별 허가를 받아 일부러 집에 와서 점심을 먹기도 했다. 그런 일이 어떻게 가능했을까? 이제 와 생각해보면 의문투성이지만 어린 나는 아마도 당시에는 누가 보더라도 사회적 부적응의 징후가 뚜렷했고, 선생님도 차마 그냥 두고 볼 수가 없어 특별히 허락해준 것 같다.

말이 나온 김에 덧붙이자면, 나는 아무 맛도 없는 빵을 도저히 먹을 수가 없었다. 하지만 먹다 남기는 것은 엄격히 금지되어 있어서 남은 빵을 몰래 책상 서랍에 넣어두는 습관이 생겼다. 결국에는 그것이 넘쳐 발각될 것 같을 때, 예를 들어 학부형 모임이 가까워질 때면 그것을 처리해야 해서 동분서주 진땀을 흘리는 일이 반복되었다. 나이가 든 지금도 할 일을 뒤로 미루다가 막판에 밀린 일을 끝내려고 허둥거릴 때면, 산처럼 쌓여 있는 그 곰팡이 핀 빵을 앞에 두고 식은땀을 흘리던 모습이 떠올라 견딜 수가 없다.

본론으로 다시 돌아가자. 큰 형과 막내의 나이차가 열 살이기 때문에 큰 형이 초등학교에 입학하고 막내가 졸업할 때까지 우리 형제들은 16년간 같은 학교에 신세를 졌다. 학교는 수업 시간은 물론 방과 후 해질 무렵까지 최고의 놀이터였다. 여름철에는 수영장과 이동 영화 상영이나 라디오 체조 시간은 물론, 친절한 선생님이 숙직할 때에는 숙직실까지 쳐들어가 학교 방범에 따라 다니면서 놀기도 하였다.

그리고 마치 학교 수위실 같던 파출소도 우리에게는 좋은 놀이터였다. 우리는 순사 아저씨(왜 순경 아저씨라고 부르지 않았을까? 순경이 뭔가 산뜻한 어감이 들고 순사는 뭔지 확 들어오지 않는 느낌의 호칭이다. 실제 우리는 그렇게 불렀다)의 순찰에 따라다녔다. 순찰 도중에 잡은 메뚜기를 숙직실에서 구워 간장에 찍어 먹으려다가 쓴 맛에 토한 적도 있다. 그러나 모든 순사가 우리와 같이 놀아준 것은 아니었다. '나카무라 순사'가 제일 친절했었는데 그는 내게 이상적인 형이자 아저씨의 상징으로 또렷하게 남아 있다.

그런데 그런 우리의 '황금시대'도 옛날이야기가 되고 말았다. 하긴 초등학교를 졸업한 지가 어느 새 50년이 가까워지고 있으니 무리는 아니다. 우선 도쿄 올림픽 때문에 원래 있었던 역 근처에 신칸센 역이 건설되면서 연못과 논밭이 있던 광활한 황무지가 대부분 사라지고 말았다. 더욱이 더 큰 충격이었던 것은 역 주변 논밭에서 유유히 먹이를 낚아채던 나만의 고향의 상징이었던 백로가 언제부터인가 모습을 감추어버린 일이다.

두 번째로 오사카 만국박람회를 앞두고 고가 자동차 도로와 고가 전철이 개통되었다. 그리고 그 역이 집에서 학교까지와는 정반대인 도보 2분 정도의 거리에 세워지는 등 도시화를 향한 대규모 토목공사의 붐이 계속되었다.

몇 군데 있던 '조센부락'이라고 불리던 재일동포 집주 지역도 거의 자취를 감추었다. 특히 과거 조센부락 중에서도 가장 극빈 지역으로 학교 뒤쪽에 있던 조센부락이 부동산업자의 암약으로 완전히 자취를 감추었고 그 터를 중심으로 주변 밭터에는 고층 아파트가 들어섰다. 그리고 빈곤과 지저분함으로 조센부락과 쌍벽을 이루며 '닭장'이라고 불리던 곳에는 순식간에 '아무리 보아도 위험한 성채'와 같은 신좌익의 핵심파 건물이 들어서 예전의 마을 풍경이 완전히 사라지고 말았다. 이처럼 주변 지역의 변화는 대단한 것이었다.

그러나 우리가 살았던 동네는 주변 지역 중에서도 특히 주택이 밀집해 있어 재개발이 어려웠는지 그나마 옛날 분위기가 많이 남아 있다. 다른 말로 하면 주변의 격변에 뒤처졌다는 얘기다. 이를테면 과거 후문이 있던 주변에는 계속해서 고층 아파트가 들어서 새로운 사람들, 특히 어린아이를 안은 젊은 부부들이 늘어났다. 그에 따라 후문이 어느새 정문이 되어버렸고 옛날 정문은 필요할 때만 사용되었다.

또한 경찰의 기동화 정책으로 여러 곳의 파출소가 한 곳으로 통합되었고 순찰차가 배치되는 등 대형화되었다. 이로 인해 정문에 있던 파출소도 통합되어 과거 놀이터였던 정문 앞 광장은 순찰차 주차장으로 변했다. 더욱 심화된 대형화, 기동화의 통괄 대책으로 결국 그 파출소마저 폐지되어 다른 파출소에 통합되었다. 그런 변화 속에서 우리 동네는 지역의 중심이라는 과거의 역할 혹은 영광을 완전히 잃어버리게 된다.

어쨌거나 옛날에는 우리 동네에 범죄와 같은 사건은 한 건도 없었는데, 언제부터인지 빈집털이를 비롯한 흉악한 강도 피해에 대한 소문까지 드문드문 들려오기 시작했다.

이렇다 보니 도난신고를 해달라는 어머니의 부탁은 새로운 파출소가 어디에 있는지조차 분명치 않은 상황에서 썩 내키는 일이 아니었다. 그러나 풀 죽은 어머니의 모습을 생각하면 뒤로 미룰 수만도 없는 일이어서 형제들 중에서도 가장 동네 소식을 잘 아는 막내에게 물어보기로 했다.

막내는 가정을 꾸리고 나서는 자식의 교육환경을 가장 큰 이유로 대규모 '자이니치(在日)' 집주 지역으로 거처를 옮겼다. 그런데 그만 나를 포함한 형제들 모두가 장시간 노동의 가혹함과 장래성이 없음을 내세워 가업에서 도망치는 바람에 막내가 어쩔 수 없이 아버지의 공장을 물려받게 되었다. 그래서 그는 지금도 매일 어머니 집 근처의 공장에 출퇴근 하고 있어서 지금은 형제들 중에서 가장 지역 정세에 밝다. 그런데 믿었던 막내조차도 새로운 파출소 주소는 정확히 모르는 듯, '소문에 따르면'이라는 말로 대강의 위치를 가르쳐주었는데 일단 거기로 찾아가보기로 했다.

새로운 파출소는 고가 자동차 도로 옆에 늘어선 대규모 공단 주택 뒤에 있다고 했다. 나는 그런 위치에 있으면 고층 건물에 가려 눈에 띄지도 않을 테니 범죄 예방에는 전혀 도움이 안 될 것이라는 둥, 이런저런 푸념을 늘어놓기 시작했다. 그러다가 문득 이런 불만이 다 어머니의 부탁을 귀찮게 여기고 있어서라는 데 생각이 미치자 양심의 가책이 느껴졌다. 그렇게 불평과 양심의 가책 사이에서 갈팡질팡하는 사이에 고층 아파트가 눈에 들어왔다. 그리고 멀리 순찰차가 세워져 있는 것이 희미하게 보였다. 의외로 쉽게 찾아 맥이 빠질 정도였다. 천천히 발을 옮겼다.

경찰서에 가는 것을 좋아할 사람은 거의 없을 것이다. '자이니치'인 경우에는 더욱 그럴 것이다. 자이니치는 언제나 범죄자 아니면 범죄자 예비군으로 간주되기 때문이다. 게다가 우리와 동세대라면, 열네 살부터 3년에 한번 양손 열 손가락을 하나씩 공무원에게 잡혀 찍는 지문 날인의 기억도 있다. 그 까닭에 스스로 범죄자라는 자각이 몸에 배어 경찰을 보기만 해도 주눅이 들거나 아니면 부당한 굴욕감을 느끼는 것에 대해 화가 치밀어 격정에 휩싸이기도 한다.

나도 예외는 아니다. 오히려 더 심한 특별한 이유가 있다. 학창시절, 외사과 형사가 집에 매일같이 찾아오던 불쾌한 경험을 가지고 있다.

어느 날 귀가해보니 모르는 중년남자가 앉아 있었다. 나를 보자 알궂은 웃음을 지었다. 당시 우리 집에는 열쇠를 잠그는 습관이 없어 밤낮으로 다양한 사람들이 출입하였다. 집에 사람이 없어도 마루에 앉아 기다리던 사람들도 허다했다. 대학 때 알게 된 자이니치 친구들도 집에서 자고 가던 일이 흔해서 모르는 사람이 집에 있는 일 자체가 이상한 일은 아니었다. 그러나 그들은 예외 없이 조선인이었고 그들의 모습, 표정, 행동 그리고 체취로 알 수가 있었다. 무엇보다 아버지의 친구나 지인 중에 내 비위를 맞추기 위해 웃는 사람은 드물었다. 그런데 그 중년남자의 빈정거림은 비위를 맞추기 위한 웃음과 동시에 뭔가를 알고 있다는 비웃음이어서 기분이 나빴다. 게다가 조선인의 체취가 나지 않았다. 당연히 나는 경계를 늦추지 않고 자리를 뜨면서 아버지에게 물었다.

"저 사람 누구예요?"

"외사과 형사." 아버지는 아무렇지 않게 대답했다.

"왜 그런 사람이 우리 집에 있는 건데요?" 불만스럽게 물었다. 아버지는 아무 말씀도 하지 않는다. 그 후 그 남자는 때로는 아버지와 담소하고 있거나, 또 어느 날에는 마치 자기 집처럼 스스럼없이 혼자서 TV를 보기도 했다. 나는 참으로 기가 막혀서 그 작자가 가고 나면 분노를 최대한 억제하면서도 아버지에게 따졌다.

"왜 저런 사람을 집에 들이는데요?"

"그런 일에 하나하나 신경 쓰면 조선인으로서 살아가지 못한다. 저 사람들의 일이니까 하고 싶은 대로 하게 놔두면 그만이다."

아버지는 대답했다.

그것이 끝이 아니었다. 그 남자는 내 결혼식에 와서 축의금까지 주었다. 도저히 참을 수가 없어서 당장 돌려주라고 하자 아버지의 딱 한 마디.

"즐거운 날에 복잡하게 만들지 말거라. 그냥 모른 척해라."

그런 경험이 있는 사람에게 경찰은 불쾌함의 근원이며 증오스러운 일본 관료라는 식의 감정이 밑바닥에 자리해 있었기 때문이라고 말하면 이해하기 쉬울까? 그러나 그렇지도 않다. 아무래도 그런 '인종'에 대한 거부감, 혐오감이 없는 것은 아니지만, 나는 성격적으로 뛰어난 융화주의자이거나 아니면 아직까지 나카무라 순사에 대한 좋은 기억이 남아 있는 탓인지도 모르겠다. 아니면 '상식적인 사람'으로 일본 사회에서 평온하게 살고 싶다는 희망을 이루고 싶어서일까? 파출소에 그리고 경찰에 그다지 저항감은 없다. 오히려 세금을 내면서 '성실한 시민'으로 생활하고 있으니 그런 '자이니치'를 보호하는 것도 그들의 의무의 하나라는 '정당한 주장'의 힘이 작용하고 있는지도 모른다.

그리고 세월이 흘러 지역에서 추천 비슷한 형식으로 자치회 회장을 맡게 되었다. 경찰과 나는 '성실한' 지역주민을 지키는 '동지 관계'가 되었다. 경찰은 내게 친절했고 나 또한 그들에게 의존했다. 요컨대 나는 완전한 체제파라고 할 수 있다.

그렇다 치더라도 내가 관련한 학생운동은 당시 일본인 학생운동과 비교되지 않을 정도로 미온적이었다. 그런데도 형사가 나를 일상적으로 감시한다는 사실은 일본의 '자이니치'에 대한 시각을 여실히 보여준 것이라는 점에서 지금도 놀라울 따름이지만, 더욱 놀라운 것은 그런 경험을 갖고 있으면서도 스스로 '체제파'에 순응하려는 나의 노예근성이다. 그런데 나의 이러한 돌변은 언제나 '어쩔 수 없다'는 구차한 논리이다. 그 구차함에 질리지 않는 게 참 대단하다.

어렵게 찾아낸 파출소 문 너머로 안을 살펴보니 한 젊은 남자를 사이에 두고 세 명의 경찰이 둘러앉아 있었다. 사건이라도 터졌는가 하고 자세히 보니 그렇게 다급한 일 같지는 않았다. 피해 신고를 하러 온 건지도 모르겠구나 하고 생각을 바꾸며 경찰서 안으로 들어가 경찰관들에게 말을 걸었다. 가장 어리게 보이는 경찰이 내게 다가왔다.

용건을 듣고 그가 말했다.

"그랬군요. 알겠습니다. 잠시만 기다려주십시오."

그리고 다시 그 젊은이에게 돌아갔다.

어쩔 수 없이 나는 지명수배 포스터 등 벽에 붙여진 게시물을 멍하니 쳐다보면서 기다리기로 했다. 금방 돌아올 것이라는 생각에서였다. 그런데 돌아올 기미가 보이지 않았다. 그래서 젊은이를 심문하는 경찰들에게 힐끔힐끔 눈길을 주면서 빨리 취조가 끝나기만을 바랐지만 어쩐지 진전이 있을 것 같아 보이지 않는다. 젊은이의 말은 너무 애매했고 자신이 무슨 말을 하고 있는지조차 잘 모르는 듯했다. 옆에서 듣고 있던 나는 도무지 뭐가 문제인지 감이 잡히질 않았다. 게다가 긴급한 사건도 아닌 듯한 생각이 들자 나를 기다리게 하고 그쪽에만 매달려야 하는 이유 같은 건 전혀 없어 보였다. 기다림에 질려 화가 나기 시작했다. 그러나 큰 소리로 무언가를 주장하거나 원하는 것을 성취하기 위해 확 밀어붙이는 성격은 못되었다. 사태가 악화되어도 참아야 한다고 스스로를 타일렀다. 결국에는 나의 참을성을 시험해보자는 바보 같은 마음이 생겼다. 이러한 마음의 처리 방식 자체가 끝이 없는 융화주의로 이어지고 있을 것이다.

젊은이의 증언을 근거로 경찰들은 다시 사실 확인을 위해 그의 핸드폰 통화 기록을 찾아 전화를 하는 등 여러 가지 시도를 해보는 듯했지만, 증언의 진위는 무엇 하나 확인하지 못한 모양으로 재차 같은 질문을 반복한다. 젊은이는 어떻게 대답해야 할지 몰라 망연자실한 표정이다.

경찰끼리는 공격 담당, 회유 담당과 같은 역할분담이 있는지 서로 호흡을 맞추면서 질문을 계속했다. 지침서라도 있는 것일까 하는 생각이 들 정도로 일 처리 능력은 감탄할 만했으나 더 이상의 진전은 없었다. 아무리 인내심이 강한 나라고 해도 서서히 한계가 느껴져 말을 꺼내려는 바로 그때, 그러한 기미를 눈치챘는지 가장 나이가 많고 가장 계급이 높아 보이는 사람이 다른 경찰들에게 젊은이를 구석으로 데려가라고 지시한 후 드디어 내게로 왔다.

50세 전후의 풍채가 좋은 경찰은 설명을 듣고 나자, 잠시 뜸을 들인 후 나를 감싸는 듯한 상냥한 눈길을 보냈다. 그리고 무척이나 조용한 어조로 말문을 열었다.

"이름을 듣고 보니, 실례인 줄은 알지만 한국 분이시네요. 어머님은 연세가 어떻게 되십니까?" "아, 그렇습니까? 그 정도의 세대라면 무척 고생이 많으셨겠네요. 그런데 어머님은 건강하게 지내고 계신가요? 솔직히 도난 자전거가 발견될 가능성은 아주 낮습니다. 그래도 찾을 수 있으면 좋겠습니다. 아니, 찾도록 노력하겠습니다."

이러한 대사를 이 나라 일본에서, 그것도 경찰관 입에서 듣게 되리라고는 전혀 예상하지 못했기에 꿈이라는 생각이 들 정도였다. 앞에서 본 젊은이의 심문 광경 등의 색다름도 있어 그 모든 일이 꿈이었다고 해도 이상하게 생각되지 않을 것 같았다. 그러나 꿈은 아니었고 그 경찰관 덕분인지는 모르겠지만, 어쨌든 그 후 그 일을 완전히 잊고 있었을 즈음에 놀랍게도 자전거를 찾게 된다. 거기까지의 이야기를 해보겠다.

자전거 가게

파출소에서 나와 집으로 가는 길에 나는 한시라도 빨리 이 일을 정리하고 싶은 마음에 곧바로 잘 아는 자전거 가게로 향했다.

옛날 우리 동네에는 다른 동네에는 하나도 없던 자전거 가게가 두 군데나 있었는데, 그런 걸 보면 역시 중심지이긴 했나 보다. 한 가게는 우리 집에서 다섯 번째 집, 다른 한 곳은 공장과 집 중간에 있어 걸으면 3분 정도로 둘 다 가까워 편리함만으로 따지면 별 차이가 없었다. 하지만 아무래도 오래된 마을이 지닌 이웃끼리의 친분이라는 것이 존재한다. 자전거를 구입하거나 수리를 맡기거나, 타이어에 공기를 넣거나 할 때는 자주 집 근처의 가게를 이용했다.

우리 집은 부모님과 아이들을 포함하면 일곱 식구에다가 가끔 집에서 숙식하던 직공들도 포함하면 큰 살림이었다. 거기에 아무리 작은 공장이지만 경영자라는 신분도 있어 오토바이와 소형 트럭, 운반차라고 불리는 튼튼한 대형 자전거는 필수품이었다. 게다가 직공들의 출퇴근용 자전거도 필요했기 때문에 우리 집은 그 가게의 주요 고객이었다. 그런데 어느 시기를 기점으로 그 가게와 관계가 단절되고 말았다.

선조 대대로 그 지역에 살고 있는 가게 주인은 동네 일을 맡아보고 있었다. 그래서인지 동네 사람들에 대한 태도가 불손했다. 일본인 어르신들에게도 마찬가지였다. 여자는 물론, 특히 그 마을에 단세 집뿐인 소수파로 힘없는 조선인 일가에 대해서는 더욱 심했다. 하긴 당시 장년층이었던 아버지에 비해 노년으로 접어들고 있던 가게 주인은 일대일로 아버지에게 맞서서 덤빌 수는 없었다. 조선인에 대해 악의를 품고 있던 같은 부류의 동네 사람들(예를 들면 그 옆집에 사는 쌀집 아저씨)의 모임에서 아버지에 대한 감정을 피력할 뿐인 것 같았다. 아버지 입장에서는 '일본 사람은 원래 그렇다. 오랜 세월 그런 일본인을 상대하며 살아왔는데 별일 아니다'라는 식이었다. 그런데 자전거 가게 아저씨는 아버지에게는 어쩔 수 없이 억누르던 악의를 비겁하게도 '조선인들, 그중에서도 여자와 아이들'에게 드러내는 것이었다. 그래서 우리들은 그 아저씨가 보이기만 해도 긴장을 했다.

그런 일이 쌓여 더 이상 참을 수 없었는지 아니면 다른 어떤 심한 일이 있었는지 어머니가 눈을 부릅뜨고 어깨에 힘을 주면서 가게 남자에게 항의한 일이 있다. 자기 자식에게 말고는 큰 소리를 내본 적이 없고 그 남자가 평소 우리들을 어떻게 대하는지 잘 아는 어머니였기에 아마도 무척 참기 어려운 일이 있는 게 틀림없구나 하고 생각했다. 그러면서도 어린 나는 내심 어머니가 부끄럽단 생각이 들었다. 하지만 그것도 잠시, 그런 생각은 어머니에 대한 배신이라는 양심의 가책 때문에 마음이 무거웠던 기억이 있다.

아버지는 술을 마시면 상대가 누구든 개의치 않고 말싸움을 벌이거나 '여자관계에서 단호하지 못한 면'은 있었다. 그러나 평소에는 무척 성실하고 언제나 당당하고 다른 사람과도 화목하게 지내셨기 때문에 '신사'라고 불리었다. 아버지의 야무지지 못한 성격으로 많은 고생을 하신 어머니조차도 아버지의 착실함에는 신뢰를 갖고 있었고 그것을 긍지로 여겨왔다. 그렇기 때문에 아버지에 대해 '정갈하게 살다가 돌아가셨으면' 하는 소원은 보통 이상이었다. 아버지가 만년에 일 처리를 잘못하여 궁지에 몰렸을 때에도 몸을 사리지 않고 대항했던 것도 '성실한 아버지를 지켜드리자'는 뜻이 있었던 것 같다.

헌신적으로 가족을 지키던 어머니에게 또 이런 일도 있었다. 아버지가 경영하는 공장에 소규모 노동쟁의가 일어났다. 한때는 조선인 1세가 직공의 대부분이었는데 점차 2세와 규슈(九州)나 아마미(奄美)에서 올라온 일본 젊은이들로 채워지게 되었다. 어느 날 술 취한 젊은 직원들이 무리를 지어 집으로 들이닥쳤다. 술기운에 이글거리는 눈빛으로 협박하는 듯한 그들의 언동에도 무서워하기는커녕 한 발도 물러서지 않고 오히려 그들의 무례함을 꾸짖고 타이르는 어머니의 꿋꿋한 태도는 아들인 내가 봐도 참으로 훌륭했다. 그런 대응의 효력이랄까, 다음 날 그들은 술이 깬 후 풀 죽은 얼굴로 선물까지 들고 잘못을 빌러 왔었다.

그러한 특별한 경우를 빼고는 어머니도 아버지와 마찬가지로 온유한 표정을 흐트리는 일 없이 남의 험담도 거의 하지 않았다. 일본인과 조선인이라는 구별도 하지 않았다.

그런 까닭에 그 자전거 주인과 가족들을 제외한 이웃들은 아버지와 어머니를 다른 조선인들보다 더 친절히 대해주었고 신뢰를 했다. 조선인임에도 불구하고 그 일대의 가게(쌀집, 주류 판매점, 자전거 가게, 전파상 등)는 외상 판매를 해주었다. 어머니가 일본식 채소 절임을 배운 것도 약국을 경영하는 아주머니 덕택으로 일가가 멀리 이사를 간 후에도 서로 방문하면서 오랫동안 교제를 이어왔을 정도였다.

나 또한 조선인의 자식이었으나 마을 주변의 신사에서 행사가 있을 때에는 일본인 아이들과 마찬가지로 전통의상인 유카타(浴衣)를 입고 하얗게 분칠한 얼굴로 미코시에 올라타 북을 치며 일대를 도는 영광을 누리기도 했다. 이웃의 일원으로 대접을 받았던 것이다.

그러나 그 교제에도 한계는 있었다. 개개인의 선의와는 별개의 넘기 힘든 견고한 선이었다. 결국 부모님이 마음을 열고 교제를 이어가게 되는 건 조선인 네트워크였다. 일본 사람과 거리를 두지 않았다고 자신 있게 말하지는 못하겠다.

그래도 그나마 우리 집은 그 지역 일본인들에게는 좋은 조선인이라는 이미지로 받아들여졌었다. 그런데도 불구하고 우리 집에 대한 자전거 가게 아저씨의 분별 없는 악의를 놓고 어머니는 '절대로, 죽어도'라는 말로 강하게 밀어붙였기 때문에 처음에는 없었던 일로 하자던 아버지도 어머니의 뜻을 받아들여 자전거 가게와의 교제는 끝이 나버렸다. 이렇게 하여 조금 먼 곳에 있는 자전거 가게의 단골이 된 지도 벌써 40년이 가까워지고 있다.

심술궂은 자전거 가게 아저씨는 지금은 가게를 접었고 먼 곳에 있는 가게 주인도 다음 대로 세대교체가 이루어졌다. 중학교를 졸업하고 바로 가업을 이어받아 결혼을 한 뒤에는 부인과 함께 땀과 기름 범벅이 되어 열심히 일하고 있는 2대 주인과도 잘 아는 사이다. 그에게 자전거 도난 얘기를 하고 부탁을 했다.

"형님, 저의 어머니도 자전거는 이번이 마지막일 것 같은데 가장 좋은 걸로 부탁합니다."

"그렇군. 자네 모친이라면 이 정도가 괜찮은 것 같은데. 큰 맘 먹고 장만해드려." 하면서 말을 받았다.

어머니 취향과는 거리가 있어 보였지만 사고의 우려를 우선시하여 아주 화려한 색상의 자전거를 선택했다. 게다가 인색한 나에게는 파격적인 가격의 자전거였다. 주인 말대로 큰 돈을 쓰긴 했지만 그 돈은 내 돈이 아니라 내가 관리하고 있는 어머니의 돈이었기에, 나는 단지 생색낸 것에 지나지 않는다.

집에 돌아와 파출소에 갔던 일이며, 새 자전거를 구입한 이야기를 했다.

"앞으로 몇 년 못 탈 것 같은데 사는 건 아깝구나. 그래도 자전거가 없으면 불편할 테니 있어야 하긴 하겠고. 더 싼 것이거나 아니면 중고로도 내겐 충분한데……"

어머니는 새 자전거가 별로 내키지 않는 모양이다.

"그런 것에 아낄 필요가 없잖아요. 앞으로도 오래 탈 수 있을 거예요."

개인적 소망을 담은 말로 내가 쐐기를 박은 탓인지 결국 어머니
는 마지못해 받아들였다.

발병

그것으로 일단락된 것 같았다. 어머니의 낙담하는 모습이 조금
걸리긴 했지만, 그것도 시간이 지나면 사라질 것이라고 생각하고
있었다. 아니 그러길 바라고 있었다. 그런데 그것은 끝이 아니라 시
작이었다.

어머니 집에 들르는 것은 많으면 주 1회이고 바쁘면 어쩔 수 없
이 공백이 생겨 월 1회로 줄어들어 평균적으로 월 2회 정도가 된다.
가도 오래 머무는 경우는 그리 많지 않다. 일하다 틈이 나거나 아니
면 놀러 나간 김에 잠시 들러서 생활비를 드린다(연금과 저금, 부모
님이 오랜 세월 고생해 마련한 부동산에서 나오는 수입으로 드리는
것으로 내가 모은 돈을 드리는 경우는 없다). 그리고 우편물을 정리
하거나 청구서를 처리한 후에는 무척이나 바쁜 척하며 일어선다.
바쁘다는 말이 거짓은 아니지만 변명임은 부정할 수 없다. 오래 머
무는 것이 두렵기 때문이다.

옛날에는 다른 사람의 험담이나 푸념을 늘어놓으신 적이 거의 없
는 어머니의 입에서 그런 종류의 말이 쉴 새 없이 나오는 것을 듣는
것도 참을 수 없을뿐더러 그 '화살'이 자식에게로 향하다 결국은 내
게로 돌아온다.

푸념이 끝나면 무서운 얼굴 한쪽이 점차 펴지고 말투도 부드러워진다. 내가 하는 말에도 귀를 기울이고 분별력도 좋아지고 가끔은 고생한다는 말도 건네면서 내게 휴식과 행복감마저 줄 때도 있다. 그러나 그러기까지는 상당한 시간과 인내가 필요하다. 그래서 쉬지 않고 일해야 생활할 수 있는 직업을 가진 어려운 내 사정을 핑계로 그 상황에서 벗어나려고 하는 것이다. 불효막심한 자식이라고 생각하지 않는 것도 아니고 어머니도 이런 나에게 불만을 터뜨린 일도 있지만, 이제 익숙해진 것인지 아니면 꾹꾹 누르고 계신 것인지 어쨌든 지금까지 잘 견디고 계셨다.

그런데 자전거 도난 이후 어머니의 태도가 완전히 달라지기 시작했다. 험담할 기력도 없으신지 몸이 아프다는 이야기가 주가 되었다. 게다가 이제껏 들어본 적이 없는 증상을 호소하는 것이다.

나는 그것을 나이 탓이라고 생각하고는 대수롭지 않게 여겼다. 이미 어머니와 병원에 가는 데는 신물이 났기 때문이기도 했다.

우선 오랫동안 앓아온 무릎 통증부터 이야기해보자. 여기저기 치료를 다녀보았지만 이렇다 할 회복의 기미가 없어 마지막으로 근처에 있는 고등학교 동창의 병원으로 찾아갔다. 학창 시절 럭비 선수였던 그는 무릎을 다쳤던 경험이 많아 무릎에 대해서는 자기가 최고라며 자랑하던 말을 들은 적도 있고 실제로 나 또한 무릎으로 고생하던 때에 그의 특기인 블록주사를 맞아 효과를 본 일도 있었다. 그런 사정을 어머니도 알고 있었고 어머니도 그의 치료 덕택에 조금은 통증이 줄어들었다.

그러던 어느 날이었다.

"어머님, 이제 연세도 있고 하니 이 정도는 어쩔 수 없다고 생각하시고 너무 신경 쓰지 말고 긍정적으로 생활하십시오."

의사 친구가 격려의 의미를 담아 건넨 이 말이, 아픈 환자의 마음을 무시한다고 여겼는지 크게 마음이 상한 모양이었다. 그러나 상대는 어디까지나 '의사'인지라 면전에 대고 뭐라고 하지 못한 어머니는 대신 내게 화풀이를 하셨다. 그때 두 손 두 발 다 들어버린 후로 그 의사 이야기를 입에 올리는 것은 금지되었다.

허리에도 통증이 생겼다. 모든 의사가 고령에 따른 뼈 구조의 변형으로 어떻게 손을 쓸 수가 없다며 포기했다. 그러나 어머니는 아프고 걸을 때도 문제가 있다며 포기하지 않고 여기 저기 조선인 1세 사이의 정보망을 통해 얻은 것을 믿고 그 병원에 데려다 달라, 만약 고칠 수 없다고 하면 병원 가는 것은 그만두겠다고 계속 조르셨다. 할 수 없이 인터넷에서 그 병원을 확인한 후 조금은 먼 곳에 있는 그 병원을 찾아가기로 했다.

병원은 환자 대부분이 노인들로 나름대로 평판도 있는 듯 언제나 만원이었다. 내가 먼저 차로 가서 대기표를 뽑아 진료권을 확보한 뒤 어머니를 모시고 병원으로 갔다가 진료가 끝나면 다시 모시고 돌아오는 그 과정을 반복해야 했는데 상당한 시간이 걸렸다. 그런데 그렇게 시간을 투자한 데 비해 치료는 겨우 몇 분이면 끝나버린다. 게다가 그 의사는 단지 일상 업무를 기계적으로 처리하는 것처럼 보여 효과가 있을 것처럼 보이지 않았다. 무엇보다 환자를 대하는 그의 태도가 거만하다. 왜 노인들에게 평판이 좋은지 이상할 정도였다. 가끔 조선인 1세의 커뮤니티 네트워크에 따끔하게 한마디 충고의 글을 올리고 싶은 생각을 한 적도 있다. 예상한 대로 회복의 기미도 없어 결국에는 어머니도 통원치료를 그만두셨다.

이야기를 하나만 더 하자면, 내 생각에는 처방이 없을 것 같은 증상인데 어머니가 긴 세월 공장에서 일한 탓에 걸린 특별한 병이 있다. 우리 집 공장은 플라스틱 성형 하청 공장으로 알갱이 모양의 화학원료를 고열로 녹인 후, 틀에 부어 중요한 전기제품의 부품을 만들었다. 오래된 작은 일자집 두 칸을 내부만 개조한 공장은 천장이 낮은 탓에 원료가 보급될 때 공장 안의 공기가 탁해지기는 해도 그게 바로 몸에 지장을 줄 정도는 아니었다.

그렇지만 어머니가 자진해서 떠맡은 일은 모두가 싫어하는 분쇄기 일이었다. 틀 하나에서 여러 개의 제품이 이어져 나오기 때문에 제품과 제품 사이에 아니면 제품 외부에 바리라고 불리는 불필요한 부분이 이어지기도 한다. 또한 불량품이 대량으로 생기는 일도 허다하다. 던져버리면 그만이지만 경제적인 면에서는 그럴 수도 없다. 그런 쪼가리 제품을 분쇄기에 넣어 알갱이 또는 분말 상태로 만들어 새로운 원료에 섞어 재생해서 이용해야 한다. 분쇄기 소음과 날리는 화학원료의 분진 때문에 이 일을 하려면 귀와 입은 물론이고 코까지 막아야 한다. 수건으로 입과 코를 감싸는 등 나름의 방법을 취해보긴 하지만 분진을 막기에는 역부족이다. 그러니 모두가 그 일을 하지 않으려 했고 단숨에 산처럼 쌓이고 말았다. 그렇지 않아도 비좁은 공장이 포화 상태에 이를 수밖에 없다. 그런 분쇄 일을 어머니는 자진해서 했다. 그것으로 공장의 모든 일을 하나에서 열까지 어머니가 뒷받침하고 있다는 자부심을 긍지로 살아온 것 같다. 그런데 화학원료 속에는 유리수지가 포함되어 있어 잠시 옆에 있기만 해도 눈이 따끔거릴 정도였다. 이런 환경에서 장시간, 아니 장기간에 걸쳐 노출되다 보면 몸에 좋을 리가 없다. 과학적 지식이 전혀 없다고 해도 그러한 사실을 어머니가 모를 리는 없을 텐데도 그 일을 오랫동안 맡아온 것이다.

그 결과 폐가 완전히 변질되고 숨 쉬는 것조차 고통스러워 가슴의 통증을 호소했다. 그러나 치료 방법이 없다며 모든 의사들은 포기했고 어머니도 그 사실을 침착하게 받아들였다. 단지 고통에 못 이겨 누구에겐가 말하지 않고는 견디기 어려운 모양이다. 그 누군가가 자식들뿐이지만 어머니의 사정을 잘 알고 있는 자식들조차도 어떻게 손쓸 방법이 없기 때문에 한 귀로 듣고 흘릴 수밖에 없는 일이다. 때로는 너무 식상해진 탓에 얼굴에 그런 내색을 할 때도 있다. 자식들의 그러한 태도가 어머니를 더욱 고독하고 절망하게 했다.

그것만으로도 충분히 골치가 아픈데 자전거 도난 이래 보다 큰 변화가 나타났다. 지금까지 나타난 증상은 옆에 있어도 잘 느끼지 못했기 때문에 '어머니의 마음에서 연유했다거나 연세가 있으니까'라고 생각하면 그만이었다. 그런데 이번에는 달랐다. 얼굴이 비뚤어지고 입이 움푹 패여 다물지도 못하고 우물우물 움직인다. 전혀 딴사람으로, 그것도 노파로 바뀐 것이다. 목소리도 들리지 않을 정도로 작아지고 일어서기도 힘들어졌다. 하지만 자식들은 '별 일 아닐거야'라고 스스로 안위하면서 일상생활을 해나갔다.

입원

긴 세월을 이 대학 저 대학 전전하며 빡빡하게 시간을 쪼개며 쉴 새 없이 일해온 탓에 적자 인생은 모면해왔다. 그렇게 분주하게 생활하느라 시간이 그다지 필요 없고 재빨리 해치울 수 있는 음주 외에는 제대로 된 취미 하나 없이 중년이 되었다. 그러다가 10년쯤 전에 이래서는 정말 안 되겠다 싶어 작심하고 재일동포 친구와 함께 사이클을 시작했다. 1년에 몇 차례 여기저기 장거리 자전거 여행을 떠나기도 하고, 그 준비를 위해 평소에는 심신 단련에 힘을 쏟는다. 그중에서 가장 큰 행사가 1년에 한 번 열리는 제주도 일주와 시가현 비와코 일주였다. 체력과 기력의 한계에 도전하고 그 무엇과도 바꿀 수 없는 우정을 확인하면서 잔을 주고받는 일이 최고의 즐거움이 되어버렸다. 처음에는 친구 셋이 주 멤버였는데 친동생 둘이 더해져 체력이 고갈되어 가는 나를 감시하며 거들어주었다. 그러다가 점점 친구들의 범위도 넓어져 총 15명인 대가족이 되었다.

한창 비와코 일주를 하고 있던 어느 날이었다. 정기적으로 어머니를 돌보는 아주머니에게서 전화가 걸려왔다.

"할머니 때문인데요, 이대로는 안 될 것 같아요. 조치를 취하시는 게 좋을 것 같아요."

아주머니의 음성에서 절박한 상황이라는 것을 느낄 수 있었다. 그러나 부끄러운 이야기지만 그렇게 기다려왔던 행사를 포기하고 바로 어머니에게로 달려갈 만한 효자는 아니었다. 어머니의 상태는 이전부터 알고 있는 것이고 더군다나 시간을 다투는 사태는 아닐 것이니 허둥지둥 서둘러도 소용없다고 마음을 바꾸어 먹는다. 그런 걱정은 접어두고 사이클을 완주하자. 그러고 나서도 늦지 않을 것이라며 자신을 타일렀다.

비와코에서 크게 술판을 벌이고 1박을 하고 계획대로 완주하고 나서야 비로소 어머니를 찾아갔다. 아주머니의 말이 맞았다. 한눈에 봐도 어머니의 병세는 심각했다. 즉시 형님에게 전화를 걸어 다음 날 큰 병원으로 어머니를 모시고 가기로 했다. 그러나 사태가 그 지경에 이르렀는데도 나는 내 입장만을 생각했다. 나는 내일 일이 있으니 자영업을 하고 있어 시간 내기가 편한 막내에게 어머니를 병원에 모시고 가라고 부탁한 것이다.

동생에게서 어머니가 파킨슨 증후군으로 입원했다는 연락이 왔다. 병의 원인은 정확하지 않지만 약의 부작용 때문인지도 모르니 상태를 지켜볼 필요가 있다는 것이다.

이번에는 의사인 형님이 직접 병원으로 달려와 담당의사와 상담을 끝낸 후 지금까지의 어머니의 복용 약을 조사하기 시작했다. 약의 종류와 양이 보통이 아니었다. 오래 다닌 의원에서 처방한 위장장애와 고혈압 약, 여기저기 병원에서 받은 무릎과 허리 통증 약, 안과의가 처방한 녹내장 약 등, 그 양이 어마어마했다. 모든 약을 분석한 결과 가장 가까운 병원에서 장기간 처방해 온 위장약이 파킨슨 병을 야기할 수 있다는 사례보고가 있다는 사실을 알아냈다. 그러한 내용을 담당의사에게 알린 후 앞으로의 대책을 논의했다.

우선은 위장약 복용을 중지하고 경과를 지켜보면서 위장약이 진짜 원인인지 아닌지 확인하기로 했다. 즉 파킨슨병에 대한 치료보다 원인물질을 알아내는 것이 먼저라는 결론이 난 것이다. 어머니가 특히 많이 아프다는 벗겨진 입술과 입안의 종기에 대해서는 바르는 연고가 바로 처방되었으나 별 효과는 없었다. 조금만 건드려도 통증이 심해서인지 어머니는 음식을 먹는 것도 싫어했다. 다른 증상의 악화로 요통은 상대적으로 약해졌을 법도 한데 어머니는 허리가 아파서 괴롭다고 호소했다.

그래도 의사들은 위장약의 부작용이 사라질 때까지 기다릴 수밖에 없으며 적어도 1~2개월은 걸린다고 했다. 당사자가 아닌 자식들은 의사의 말에 수긍하지만 당사자인 어머니에게는 혹독한 일이었을 것이다.

곰곰히 생각해보면 그런 부작용 사례 보고가 있는 약을 장기간에 걸쳐 처방한 의사에게도 책임이 있으니 책임 소재를 따지려 하면 못할 일도 아니었다. 그러나 그런 일에 신경 쓸 여유가 없었으며 더군다나 형님과 동생이 의사였기 때문에 의사에게 책임 추궁을 한다는 방향으로 마음이 움직이지 않는 사정도 있었다. 누구에게나 실수는 있기 마련이고 의사도 사람인 것을 하고 생각할 뿐이다. 이 점만 보아도 우리 형제들은 어머니의 고통을 함께하기보다는 자신의 상황을 우선하는 경향이 강하다는 것을 알 수 있다.

그렇게 어머니의 병원 생활이 시작되었다.

디스커뮤니케이션

이끼가 끼고 상당히 유서 있는 풍경으로 기억에 남아 있던 옛날부터 유명한 대형 병원은 오랜만에 가보니 장소가 약간 옆으로 옮겨졌고 새로 칠한 지 얼마 되지 않아서인지 아름다운 호텔 같았다.

10층에 있는 어머니의 병실은 6인용으로 상당히 넓고 내가 아는 병원에 비해 개개인의 침대도 컸다. 시설 면으로만 보면 솔직히 환자들이 축복받았다는 생각이 들었다. 병실로 들어서자 병실 구석 침대에 볼록 튀어나온 이불이 눈에 들어왔다. 웅크려 누워 있는 어머니는 너무나 왜소했다.

몸은 좀 어떠냐고 물어보자 그제야 이불 한쪽으로 비뚤어진 얼굴을 내밀었다. 고통스러운 모양이다. 어머니의 의지와는 상관없이 계속해서 입은 굼실거리고, 애써 무슨 말을 해도 잘 알아들을 수 없다. 치료에 대해서는 형님과 의사에게 맡길 수밖에 없고 병문안이라고 해도 할 수 있는 일이 아무것도 없다. 잠시 동안 어머니의 침대 옆에 앉아 있는 일 말고는.

다행히도 10층 병실에는 커다란 유리창이 있어서 오사카를 대표하고 그 지역의 부를 가져다준 요도가와(淀川)강과 높이 솟은 고층 건물을 볼 수 있다. 낮에는 희미한 안개 사이로 유유히 흐르는 강의 풍경을, 그리고 저녁 무렵에는 산 너머로 지는 석양을 바라본다.

탁 트인 전망을 바라보면서도 만일 이대로 어머니가 일어나지 않는다면 어쩌나, 심지어 치매가 시작되면 그때는 어쩌나, 하는 그런 걱정뿐이었다. 어머니의 고통을 같이 느끼기보다 오히려 자식인 우리에게 다가올 책임의 무게에 짓눌려 허우적거렸다. 저 넓은 하천 부지를 자전거를 타고 바람을 가르며 살랑거리는 수면을 보면서 달린다면 얼마나 상쾌할까 하는 망상으로 도망치려 애를 쓰고 있다.

간호사가 병실을 돌아다닌다. 어머니는 질문에 가느다란 목소리로 대답하면서 아프다고 호소한다. 간호사는 친절하게 어머니의 말을 들어주고 이것저것 조언을 해준다. 그것을 보니 조금 안심이 된다.

간호사가 나가고 화제를 찾다 못해 지친 나는 어렵게 말을 꺼낸다.

"잘됐네요. 간호사도 친절한 것 같으니."

순간 어머니의 얼굴에 드리워지는 그림자를 본다. '아차, 뭔가 잘못됐구나'라며 속으로 후회하기 시작한다.

노년이 되어 어머니는 야간 중학교를 다니시기 시작했다. 어머니는 고향 제주에서는 물론 젊은 시절에 건너온 일본에서도 학교를 다닌 경험이 전혀 없다. 그렇게 어머니는 오랜 세월 '문맹'으로 살아왔다. 그렇다고 기가 죽어 살아오셨다는 말은 아니다. 살기 위해 인간은 자기가 갖고 있는 한정된 재능을 발휘하기 위해 노력한다. 그렇다. 어머니도 그녀만의 자기방어 전략을 갖고 있었다.

내가 세상물정에 눈을 떴을 무렵 어머니는 사투리가 없는 일본어를 사용하고 있었다. 물론 어휘에는 한계가 있었고 추상적인 말은 이해하지 못했다. 무엇보다 쓰기 읽기를 전혀 못했다. 그래서 꼭 글자를 써야 할 때는 여러 가지 방안을 강구했다. 자식을 데려가 눈짓으로 자식에게 대필을 시키거나, 일정한 교육을 받은 사람만이 알 수 있는 어휘는 한정된 언어 자원 속에서 더욱 연마된 완벽한 직감을 발휘하거나, 또는 문맥상으로 이해를 했다. 어쩌다가 전혀 모를 때에는 자존심에 상처가 가지 않을 정도로 알고 있다는 시늉을 해서 넘기기도 했다. 어떻게든 그런 상황을 잘 대처한 후에 대부분의 경우 남에게 물어보거나 다른 사람의 대응을 눈여겨보고 깨우치기도 하면서 지내온 것이다. 게다가 어머니의 일상생활은 거의 집과 공장에서 아는 사람들 사이에서 이루어졌기 때문에 모르는 사람을 상대해야 하는 경우는 거의 없었으며 큰 불편은 없었다.

그러나 병원은 24시간 타인과의 세상이다. 더구나 몸을 움직일 수 없는 어머니는 무엇 하나 하려고 해도 남의 도움이 필요하다. 그럴 때에 말은 필수다. 언어가 통하지 않으면 대화가 되지 않는다. 그런데 어머니의 어휘와 젊은 간호사의 어휘의 차, 그리고 말의 속도는 확연한 차이를 드러내며 기계적으로 몸에 밴 간호사의 '친절 대응'은 어머니의 요구를 거의 충족시키지 못했다. 아니, 실제로는 만족스러운 부분도 많을 터이지만 어머니에게는 사소한 점이 충족되지 않으면 그게 큰 불안과 불만이 되는 것이다.

얼핏 보면 친절한 것 같은 간호사들도 어머니의 불만을 살핀 후에 자신들의 태도를 돌아보면 왜 어머니가 불만인지 이유를 알게 될 것이다. 그들은 자신들의 말을 상대가 알아듣지 못할 수도 있다는 생각을 하지 않는다. 어휘만이 아니라 말하는 속도, 상대방이 난청일 가능성, 사람의 다양성에 대한 생각이 전혀 없기 때문이다. 그리고 어느 정도 이해한다고 하더라도 바쁜 일 처리에 맞춰 미리 추측한 환자들의 요구에 대해 미리 준비한 말로 처리하기 쉽다. 그것이 바로 친절하게 보이는 말인 것이다. 그러나 상대에 대한 충분한 배려가 없어 빈말처럼 들린다. 기계적으로 말을 꺼내고 아니 말을 던지는 것이다. 이에 대해 어머니가 할 수 있는 것은 모르지만 아는 척하는 것뿐이다. 되묻거나 요구를 반복하는 일은 힘들고 어쩌면 미움을 받을 수도 있다. 또한 어머니에게는 이해하지 못하는 부분을 설명할 수 있는 어휘가 없다. 알지 못한다는 것을 밝히는 일은 우선 어머니의 자존심과 관계가 있다. 그러한 까닭에 어머니의 실제적인 요구도 충족되지 못할뿐더러 어머니는 이 세상에서 암흑의 구덩이에 빠진 것 같은 고독감에 시달리는 것이다. 옆에서 보는 나도 느낄 정도인데 몸과 마음이 약해진 어머니는 얼마나 괴로울까……

어머니의 안색을 살피다 기분이 좋을 때에 맞추어 물어본다.

"드시고 싶은 것은요?"

"음—, 참치 초밥이라면……"

문병 오는 모양새도 갖추게 되는 것이라 내게는 뜻밖의 행운이다. 다음 번에 백화점에서 큰 맘을 먹고 산 최고의 참치 초밥을 들고 갔다.

일그러진 어머니의 얼굴에 희미한 미소가 번졌다.

"미안하구나 신경 쓰게 해서."

떨리는 듯한 어머니의 목소리가 들렸다.

초밥을 그대로 먹을 수 있을 정도로 입을 벌릴 수가 없어 젓가락으로 초밥을 잘게 나누어 조심조심 입에 넣어 천천히 씹으신다. 그러나 두 점 드시고 얼굴을 찡그리시며 젓가락을 내려놓으셨다.

"그만 잡수시게요?"

입안의 종기와 벗겨진 입술에 뭐가 닿은 모양이다.

"간장이 묻어 쓰라리구나."

"그럼 간장 찍지 말고 그냥 잡수세요"

좀 더 드시기를 권해보지만, 그나마 남아 있던 식욕도 완전히 사라진 모양이다.

"이제는 초밥도 먹을 수 없구나. 자네가 드시게."

어머니가 쓸쓸한 목소리로 중얼거렸다.

반란

호전 기미가 보인다고도 할 수 있고, 나아진 것이 거의 없다고도 할 수 있는 애매한 상태로 입원이 길어졌다. 점차 어머니의 불안이 심해졌다. 이대로 병원 신세를 지는 것은 아닐까? 그러다 결국에는 여기서…….

장기 입원한 노인 환자를 위한 부설 재활 치료 시설이 갖추어져 있다며, 담당의와 상담을 끝낸 형님은 그곳으로 어머니를 옮겨 장기 치료를 받게 하는 것이 최선이라는 판단을 내렸다. 어머니의 간병을 걱정하고 있던 우리 형제들은 좋은 판단이라며 바로 찬성했다. 그러나 형님이 그 말을 꺼내자마자 어머니는 기분이 좋지 않은 듯 점점 공포감을 노골적으로 드러내기 시작했다. 끝내는 형님에게 심한 거부반응을 보이기까지 했다.

"니 형 말은 절대로 듣지 않을 거야. 빨리 퇴원시켜줘. 알아들었지? 의사에게 전해줘. 형 말을 들어서는 안 된다."

어머니는 마치 궁지에 몰린 쥐처럼 얼굴에 경련을 일으키며 공격적인 눈초리로 나를 노려보았다. 그러다가 이번에는 애원하는 눈길을 보낸다. 나를 방패삼아 형님과 의사, 다시 말하면 어머니를 포위한 '적들'과 싸우기로 결심한 모양이다.

"절대로 오카짱을 무시하는 일은 없을 테니 안심하세요. 형님에게도 그렇게 다짐해두겠어요."

당황한 나는 이렇게 방어에 나설 수밖에 없었다.

오래전부터 나는 어린 시절 부르던 '오카짱'이라는 호칭 대신 한국어 '어머니'라는 말을 써오고 있었는데 그때는 무척이나 오랜만에 오카짱이라고 부르고 있었다. 그런 자신에 스스로도 놀라움을 감출 수 없었다. 그러나 어머니는 이런 나의 속내를 다 알고 있다는 표정이다.

시급한 문제라고 생각해 곧바로 형에게 전화를 걸어 어머니의 뜻을 전했다.

"그런 뜻이 아닌데……. 시설도 직원들도 제대로 된 그 병원에서 확실한 재활 치료를 받는 것이 어머니에게도 좋을 텐데. 자식들을 전혀 믿지 않으시는구나."

형님은 놀라신 듯 실망한 기색을 숨기지 않았다.

형님은 일요일에 병원으로 찾아와 다시 어머니와 그 일로 이야기를 나눈 모양이다. 그러나 어머니의 너무나 완강한 거절에 깨끗이 승복했다. 충격을 받은 듯했다.

그 후 어머니는 빈번히 퇴원을 입에 올렸다. 하루라도 빨리 퇴원하겠다는 염원뿐이다. 그런 어머니를 진정시키기에 바빴다.

그러다가도 조금 진정이 되면 우리의 뜻을 따라주기도 했다.

"이런 상태로 집에 가면 너희에게 짐이 될 텐데 미안하구나, 조금만 더 의사 선생 허락이 떨어질 때까지 기다리는 게 좋겠구나."

이래저래 거의 막바지에 이르렀을 무렵 비뚤어졌던 어머니의 얼굴이 본 모습을 찾기 시작했다. 우물우물 움직이는 입은 그대로였으나 아주 조금이나마 경련도 줄어든 듯 보였다. 입원해서 두 달이 지나고 있었다. 형님과 의사는 역시 약의 부작용이었다는 당초의 판단이 맞았다며 어머니께도 조금만 참으면 된다고 격려를 하였다. 어머니는 반신반의하면서도 그 말을 받아들여 한시라도 빨리 건강해져서 집으로 가야 한다고 식사에 손을 대기 시작했다. 입안의 염증 등 어머니를 가장 괴롭혔던 증상은 별 진전이 없었으나 옆에서 보아도 파킨슨 병의 회복은 분명했다. 퇴원하여 통원 치료를 계속하라는 허가가 났다.

오랜만에 집에 돌아온 어머니는 안심이 되는 모양이다. 주변에 어머니를 돌봐줄 사람이 없다는 것이 마음에 걸린 듯했지만 오히려 그런 환경 때문에 무엇이든 스스로 하지 않으면 안 된다는 타고난 어머니의 성격이 되살아나기 시작했다.

오랜 걱정거리였던 요통에 대해서도 또 재일동포 1세의 정보를 바탕으로 전문병원 진단을 받아보겠다고 한다. 이번 기회에 마지막 노력을 해보겠다는 뜻인 것 같다. 그런데 '허사일 것'으로 별 기대 없이 찾았던 병원에서는 나이 탓이라며 포기를 하던 지금까지의 의사와는 달리 어머니의 연세라도 수술이 가능하다는 것이다. 어머니는 바로 수술을 하겠다고 하셨다. 형님은 연세가 있으니 수술은 무리라며 주저하다가 담당의를 만난 후에는 믿을 수 있다고 판단했는지 수술에 동의했다. 며칠간 입원하고 수술을 마쳤다. 허리의 통증도 많이 사라지게 되었다.

그리고 그 무렵 뜻밖에도 잃어버린 자전거를 찾았다는 소식이 날아왔다. 야간에 불을 켜지 않고 자전거를 탄 사람을 불심검문한 결과 도난 자전거로 밝혀졌고 등록번호가 어머니의 것이었다.

"더 이상 필요도 없고 짐만 될 뿐이지만 그래도 20년간 그렇게 긴 세월을 내 옆에 있었는데……. 놓아둘 곳이 없겠는가?"

자전거를 보관해달라고 어머니가 부탁했다. 그렇게 해서 어머니의 오랜 동반자가 내 옆에 있게 되었다.

기쁘면서도 다른 한편으로는 도난 자전거 사건 이후 새로 구입한 어머니의 분신이 또 무용지물이 되는 것이 아닌가 내심 걱정을 했었으나 다행히 그 빨간 자전거는 지팡이 대신 사용했다. 그리고 가끔은 요통과 무릎의 마사지 치료를 받기 위해 침술원에 끌고 다니기도 했다. 그런 어머니에게 휠체어 구입을 권하면 그건 또 완강히 거절한다. 아마 자전거는 어머니에게 휠체어 대신이기도 하지만 어머니의 힘으로 살고 있다는 의지의 상징인지도 모른다.

어머니 집 앞에 빨간 자전거가 세워져 있다. 그것은 어머니가 집에 있다는 의미이다. 어머니는 외출을 하시는 일이 드물기 때문에 언제나 자전거는 집 앞에 있다. 개축 때 설계 실수로 급경사가 되어 버린 계단의 난간을 꽉 잡고 2층에서 어머니가 한 계단 한 계단 천천히 내려온다. 잠시 마지막 발판에 앉아 숨 고르기를 한 후 1층 계단 앞에 있는 자전거 앞으로 간다. 어머니는 자전거를 발 대신 사용하고 있다. 아무것도 해결된 것은 없다. 앞으로 계속 힘든 일이 기다리고 있다고 해도 어찌 되었든 어머니의 독립된 생활이 다시 시작되었다.

동반자라는 것은 정말로 고마운 존재다. 그것이 무엇이든, 사람이 살아가는 데에 반드시 필요한 존재인 것이다.

제2부

—

자이니치의 언어

선의의 일본인은 입에 올리지 않고 넘어가는 말

입에 올리지 않아도 그 함구의 의미를 이해하고

침묵해준 상대의 선의를 확신하게 했던 말

그것이 '조오센'이었다.

나는 그녀의 선의에 답하기 위해

점점 더 '그렇게' 보이지 않으려고 애썼다.

내가 '조오센'이라는 사실이 못내 안타깝게 느껴지도록.

자이니치와 조오센

'자이니치(ザイニチ)'[2]라는 말을 사용하는 사람들이 갑자기 많아졌다.

"실례지만 혹시 자이니치 아니신지요."

"아, 그 사람 자이니치예요."

"허어! 어쩐지. 그럼 그 사람도 자이니치라는 건가요?"

"아마도 그런 것 같아요. 그러고 보니 정말 자이니치투성이네요."

라는 식이다.

자이니치라는 호칭에는 이전 '조오센'으로 부를 때 늘 따라다니던 망설임이나 괜한 헛기침은 느껴지지 않는다. 약간 주저하는 어투

---

2 일본에 살고 있는 한국인 또는 조선인을 지칭하는 말.

는 남아 있지만 거의 스스럼없이 사용한다. 그래서인지 그 말투에서 악의나 멸시를 상상하기는 어렵다. 무엇보다 '나는 자이니치입니다'라고 자기소개를 할 정도이니, 이제 이 말은 완전히 시민권을 획득한 것처럼 보인다.

이런 상황은 조선과 관련된 모든 일에 곧바로 지나친 긴장감을 느끼는 나 같은 사람들에게는 그지없이 반가운 소식이어야 할 터였다. 실제로 한때는 재빨리 이 말을 쏟아내고 홀가분함에 안도한 적도 있다. 그러나 이내 그것이 함정처럼 느껴지면서 생각처럼 마음이 편해지지 않았다. 자이니치라는 말을 들을 때마다 눈앞에 희미한 안개가 피어오르고 뿌연 안개에 갇혀 숨쉬기가 어려워진다. 탈색된 언어가 선의라는 옷을 걸치고 나를 숨막히게 한다. 그래서 지금은 시대 흐름과 상관없이, 나는 스스로를 '자이니치'라고 하지 않는다. 아니 할 수가 없다.

하지만 이러한 호칭에 대한 고집도 언제까지 계속될지 모르겠다. '일본국철'이 민영화로 홍역을 치르며 'JR'로 바뀌었을 때, 나는 앞으로 절대 JR이라고 부르지 않겠다, 아니 입에 담지도 않겠다고 몰래 결심을 했었다.[3] 그런데 그랬던 내가 지금 아무렇지도 않게 JR이

---

3 일본의 철도 민영화는 신자유주의 시작의 상징이다. 나카소네 내각은 재정 적자 해소를 명목으로 1987년에 국철 노조의 강력한 반대에도 불구하고 국철인 일본국유철도를 JR 계열 7개 회사 등으로 분할해 민영화를 강행하였다. 국철과 JR은 별도 회사이고 JR에 국철 직원의 채용 의무는 없다고 함으로써 국철 노조 조합원을 JR에서 의도적으로 배제했다. 당시의 국철 노조는 일본 최대의 노동

란 말을 사용하고 있다. 호칭의 변화에 따른 사람들의 고통과 슬픔, 증오, 절망을 잊어버리고 마치 그런 것은 애당초 존재한 적이 없었다는 듯 버젓이 바뀐 호칭을 사용한다. 언어의 타성에 젖어 사용하고 있다는 표현이 정확할지도 모른다.

그럼에도 불구하고 적어도 아직까지는 '자이니치'라는 말에 계속해서 언어적 결벽 증세를 보이는 나를 발견하게 된다. 무엇 때문일까? 그 이유를 생각해본다.

호칭, 결벽증의 원천

재일조선인을 부르는 호칭은 다양하게 변화해왔다.

속사정을 잘 모르는 사람인 경우 데굴데굴 구르는 강아지를 의미하는 말 정도로 생각할 만한 귀여운 어감의 '총코로'가 있었다. 과거 중국에 설치되었던 일본인 조계(租界) 지역에 '개와 짱코로(중국인)는 출입금지'라는 경고문이 있었다고 하는데, 재일조선인에 대한 호칭인 총코로에는 짱코로라는 말처럼 사람으로 취급할 필요가 없는 존재라는 비하의 의도가 담겨 있다. 그 생략어인 듯한 '총코'라는

조합이며, 야당으로서 큰 힘을 갖고 있던 일본사회당(현 사회민주당)의 주요 지지 모체인 총평의 중심적인 존재이기도 했다. 철도 민영화의 본질은 결국 진보적인 노동조합 및 혁신 정당을 무력화시켜 장기적인 보수 사회를 만들기 위한 국가 프로젝트였다. 그 결과 총평은 해체되고 노사 협조주의를 표방한 렌고(연합)로 통합돼 일본의 전투적 노동운동은 역사 속으로 사라졌다.

말도 있었다. 또 조선의 '조'가 일본의 조정을 연상시켜 불경스럽다는 혐의를 씌워, 조센징(朝鮮人)에서 '조'를 빼고 사용된 '센징'이라는 호칭도 있었다.

나는 이러한 대표적인 모멸적 호칭을 실제로 보고 들은 적은 있지만, 다행히도 내가 그렇게 불린 기억은 없다. 대체로 나보다 전 세대에 대한 호칭이었던 것 같다. 그에 비해 나의 유년 시절에는 조오센(チョーセン)이라는 말이 주류였다. 그래서인지 조오센은 익숙하고 마음에도 와 닿는 호칭이랄까, 과장되게 말하자면 나의 몸, 감정, 그리고 사고의 일부가 되었다. 그 후 조선인을 부르는 호칭은 조오센노 히토(조선 사람), 강코쿠노 히토(한국 사람)에서 자이니치 조오센징(在日朝鮮人), 자이니치 강코쿠징(在日韓國人)이라고 쓰다가 한자 '자이니치(在日)' 뒤의 국적을 아예 떼어버리고 가타카나[4] '자이니치(ザイニチ)'[5]로 쓰게 되었다는 것이 나의 추측이다.

그렇다면 당사자인 재일조선인은 자기 자신을 어떻게 불렀을까?

4　히라가나가 한자의 전체를 초서화하여 간략화한 것인 데 비해, 가타카나(片仮名)는 자획의 일부를 생략하여 만든 것이다. 가타카나의 '片'은 '불완전하다'라는 의미로서 이 명칭은 그러한 성립 사정을 잘 반영한 것이라고 할 수 있다.

5　한자와 가타카나는 표면적으로는 표의문자와 표음문자라는 차이가 있다. 본래 한자로 쓰고 읽을 때는 '자이니치'라고 읽는 '在日'에는 단순히 일본에 거주한다는 의미만이 있는 게 아니라, 일본에 거주할 리가 없는 존재가 일본에 있다는 의미를 함축하고 있다. 시대의 변화와 더불어 점점 그 의미가 퇴색되면서 가타카나로 변용되었다고 필자는 생각한다. 자세한 설명은 부록 '자이니치의 뉘앙스' 참조.

아마도 우리나라 사람, 우리 동포, 조선 사람, 한국 사람, 그리고 재일조선인, 재일한국인, 재일한국조선인에서 다시 한자 자이니치(在日), 가타카나 자이니치(ザイニチ)로 변화해온 것이 아닌가 생각된다. 여기에 신조어인 자이니치 코리안(在日コリアン)이나 한국계 일본인이라는 말까지 더하면 거의 모든 호칭이 등장한 셈이다.

오해가 없도록 덧붙이자면, 이러한 변천이 단선적으로 진행된 것은 아니다. 입말과 글말의 차이도 있을 것이고, 집안 사람이냐 외부 사람이냐에 따라 사용하는 말을 구분하기도 했을 것이다. 그리고 지역적 특성이나 개인의 주체적 선택이라는 요소도 있다. 예를 들어 지금도 '조선인'이라는 자기 인식을 방패로 다른 호칭을 완고하게 거부하는 사람도 있고, 때와 장소에 따라 호칭을 적절하게 구분하여 사용하면서 호칭에 얽매이지 않는 사람도 있다. 그러나 어느 것이 자신을 가장 잘 드러낼 수 있는지, 다시 말해 자기 인식으로서 어떤 호칭을 선택할지는 세대별, 또는 지역이나 생활수준에 따라 어느 정도 차이가 있는 것 같다. 젊은 사람일수록, 그리고 일본인과 접촉이 빈번하고 깊은 관계가 있는 사람일수록 '자이니치' 혹은 '한국계 일본인'이라는 호칭을 사용하는 비율이 높은 것 같다.

물론 이런 변천은 사회 변화, 즉 역사의 소산이다. 특히 일본과 조선의 관계 변화에 따라 생성된 것이다. 따라서 호칭 자체만 놓고 파악해서는 안 된다. 그렇지만 나는 사회라는 시각에서 사태를 보는 방법을 선택하지는 않겠다. 아니 선택할 수도 없다. 내 시선은 개인, 즉 개개인이라는 '사적인 존재인 나'에게 있다. 사회는 개인을 지배한다. 그 지배를 필연이라고 한다면 필연 중 하나인 호칭이 개인의 눈, 다시 말해 '나'의 눈에 어떻게 비쳤는지, 그리고 필연에서 도망치거나 또는 수용할 수밖에 없었던 나에 대해 생각해보려한다.

자칭(自稱)의 흔들림

나는 나 자신을 표현할 때 '재일조선인'과 '재일한국인'이라는 호칭을 병용해왔다. 하지만 점차 후자의 사용 빈도가 전자를 압도할 기세다. 국적이 한국이므로 재일한국인이라는 호칭이 편리하다. 전혀 의도한 것이 아닌데도 정치적 색안경을 끼고 보는 경우가 많아서 그러한 성가심을 피하려면 국적을 그대로 사용하는 것이 무난하다. 언어는 타인과의 관계에서 사용되는 만큼 타인의 시선을 배려하는 것도 중요하다.

게다가 나의 경우는 한국에 사는 친척들이 많다. 부모님은 일본에 오신 지 60년 가까이 된다. 어렵게 왕래가 허용된 이후 40년 동안 부모님은 빈번하게 한국과 일본을 드나들었다. 아버지는 한 해의 절반을 한국에서 생활할 때도 있으며, 최근에는 묘를 한국에 마련할지 일본에 마련할지 고민 중이다.

그런데 '나'라는 사람은 조선인이지만 한반도 땅에서 생활한 적이 없다. 아주 오래전에 뜻하지 않은 일로 딱 한 번 가본 적은 있지만, 그 후 20년간 그 땅을 밟지 못했다. 그 이유를 말하면 길어지기 때문에 가고 싶어도 갈 수 없었고 체념할 수밖에 없었다는 정도만 언급해두겠다. 그러다가 몇 년 전에 겨우, 그것도 거짓말처럼 일본 밖으로 나갈 수 있게 되었다. 이후 성묘 등을 계기로 자주 방문하고 있다. 그런데 오랜 염원이 이루어져서 감사와 감격이 물밀듯 밀려오기는커녕 오히려 왕래를 거듭할수록 어려운 문제가 하나둘 쌓여갔다. 그것은 괴로운 일이지만 어쨌든 한국에 사는 혈연들과의 정이 무엇인지, 그리고 피할 수 없는 핏줄의 리얼리티를 어느 정도 실감하게 되었다. 그런 점에서 한국은 뒤늦게나마 그 존재를 확인하고 교류하게 된 모든 사람들의 웃음이자 분노이며 곤혹스러울 때 나타나는 주름살이다. 그런 내가 한국을 부인하는 것은 애당초 있을 수 없는 일이다.

이런 이유에서 보면 내가 재일한국인이라고 자칭하는 것은 타당하다. 그러나 그럼에도 불구하고 재일조선인이라는 호칭을 포기할 수 없다. 그것을 버리면 내 안의 무언가를 빼앗길 것 같은 두려움 때문이다.

조오센(チョーセン), 조센징(朝鮮人), 자이니치 조센징(在日朝鮮人)

내가 '자이니치 조센징(재일조선인)'이라고 스스로 말하게 된 것은 대학에 들어간 후의 일이다. 늦기는 했지만 조센징이라는 것은 부끄러운 일이 아니라는 인식하에, 흔들리지 말고 중심을 잡고 살자고 자신을 격려했다. 한때는 이것으로써 나를 옥죄던 정신적 질곡으로부터 해방될지도 모른다는 생각을 하기도 했고, 마침내 해방되었다고 착각한 적도 있었다. 하지만 돌이켜보면 그건 깨우침과 노력의 결과였을 뿐이다. 그 때문인지 흥분이 가라앉으면 본래의 나로 퇴행한다. 여전히 부끄러울뿐더러 두려움마저 얼굴을 내민다. 이 나이에 할 말은 아니지만 스스로 재일조선인이라고 할 때 그러한 생리적이며 심리적인 중압감을 떨쳐버리지 못했으니, 그 말에서 해방된 자유로운 존재라고 할 수 없다.

그렇다면 그런 노력 끝에 얻은 인식 이전의 나, 즉 '자연' 상태의 나는 무엇이었나? 다시 말해 '자이니치 조센징'의 전사(前史)는 무엇인가? 그것은 물론 '조오센'이다.

근본적으로 나를 속박하고 체감할 수밖에 없었던 것은 '조선(朝鮮)'이 아니라 '조오센(チョーセン)'이라는 말이었다.

내 의식이 형태를 갖출 무렵에 새겨진 부끄러움이나 두려움도 조오센이라는 언어가 없었다면 전혀 다른 색을 띠었을 것이다. 조오센은 말끝을 올리는 독특한 억양을 가진 단어로, 발화된다는 예감만으로도 몸이 뻣뻣해지는 위력이 있었다. 게다가 그건 수수께끼이기도 했다.

가난과 더러움 등등 역겨운 것을 모두 짊어진 것 같은 그 소리의 연쇄가 나 그리고 나와 비슷한 부류의 사람들을 겨냥한다. 그것으로부터 도망치려 시도해보지만, 끝내 도망칠 수 없다는 걸 깨닫는 과정, 그리고 그 수수께끼를 어떤 식으로든 감내할 수밖에 없다는 각오를 단단히 굳히는 과정이 나의 성장기였다.

그렇다고는 해도 오로지 조선인을 깔보는 조오센이라는 호칭을 그대로 사용할 수는 없었다. 그래서 나는 그 억양을 순화시키고 변화를 가미해 '조우센'으로 발음한다. 물론 이것도 조오센과 마찬가지로 조선(朝鮮)을 음독한 것이지만, 조우센이라고 발음할 때는 짐짓 앞부분에 악센트를 두어 차이를 강조하는 것이다.

잘못된 인간관과 역사관에 기초한 '조오센'이라는 말 대신에 올바른 인간관과 역사관이 밑받침된 '조우센'을 제시하여 그것을 나의 요새로 삼으려 했던 것이다. 올바름을 인질 삼아 세상의 잘못을 규탄하며 살 수 있는 사람도 있겠지만, 안타깝게도 나는 그 부류에 들어가질 못했다.

이랬던 것 같다. 나는 조우센의 올바름을 인식한다. 그러나 나는, 아니 사람은 올바른 세계에 사는 게 아니며 그렇게 살아오지도 않았다. 조오센이 잘못된 것이라는 것을 인식할 수 있게 되었다고 하더라도 그러한 잘못이 저질러지는 세상의 조오센이 이미 내 정서의 틀을 만들어버렸다. 올바름에 대한 인식이 나름대로 조오센을 밀어내려 하지만 나의 감수성의 중심에는 조오센이 침전해 있다. 그 앙금을 걸러내려고 노력하면서도 한편으로는 그 수수께끼를 버리지 못해 끌어안고 있는 또 다른 내가 있다. 역겹지만 그 수수께끼야말로 바로 나 자신이 아닐까 하는 의구심, 일종의 미련이 있는 것 같다.

그래서인지 나는 조우셍은 지어낸 말이고 어색한 말이라는 느낌을 떨쳐버릴 수 없다. 솔직히 수수께끼의 폭력에 대항할 힘이 없다는 체념이 늘 나를 따라다닌다.

아무리 소리 높여 그 정당성을 주장하려 해도 조우셍은 조오셍에 비해 열세에 있다. 과도하게 가치가 부여된 조오셍이라는 말과 달리 조우셍은 중성적 의미를 갖는다. 다시 말해 생활 언어로서 심한 악취를 발산하는 조오셍에 비해 조우셍은 관념적 언어로 표층을 떠돈다.

조오셍이든 조우셍이든 타인, 특히 내 주변의 일본인들이 나를 보는 시선에 변화가 있을 리 없고 나름대로 열심히 말을 바꾸어도 효과는 없을 것이다. 하지만 모멸어 조오셍이라는 말이 내게 준 경험을 잊지 않고 살아가겠다는 의지를 표현할 말은 조우셍 외에 없다. 그 둘의 단절과 연속성에서 살아갈 수밖에 없다는 것이 거창하게 말한다면 내 신조라 할 수 있다. 하지만 이미 언급한 것처럼 그것마저 지금은 흔들리는 상황이니 더 이상 할 말이 없다.

자기주장으로서의 '자이니치(在日)'

그에 비해 '자이니치(在日)'라는 말은 우리를 에워싸고 있는 일본인을 향한 자기주장은 아니었다. 우리가 단지 일본인들의 멸시를 받는 객체가 아니라 나름의 자유와 권리, 그리고 책임을 지닌 주체라고 스스로 주장하려 할 때 그 관념을 지지해줄 말이 필요했다. 물론 그런 것은 실체적인 것이 가장 좋은 것이다. '조국 조선'이 적합한 말로 떠올랐다. 조국이라는 말에 눈길을 돌리는 과정에서 반작용으로 생겨난 말이 자이니치다. 그런 점에서 자이니치라는 말은 '우리는 조선인이지만 재일(동포) 고유의 삶을 강요당했습니다. 우리는 그것을 감내하겠습니다'라는 자기주장이다.

따라서 '자이니치 조센징(在日朝鮮人)'이라는 말은 일본에서는 조선인으로, 조국에서는 재일이라는 이중성을 필연적으로 수용한 자기 인식이며 자기주장이었을 것이다. 적어도 나는 그렇게 이해했다.

그런데 이 '자이니치(在日)'가 언제부터인가 언어에 들어 있는 의미가 퇴색된 가타카나 '자이니치(ザイニチ)'로 바뀐 것이다. 왜 그렇게 되었을까? 아마도 일본인과 조선인 서로에게 악취를 풍기는 차별과 피차별의 단어인 '조오센'이라는 말을 지우기에 딱 좋았기 때문이 아닐까 하는 것이 지금의 나의 생각이다.

이러한 생각을 증명해보이고 싶지만, 논리와 통계를 가지고 과학적으로 제시할 수가 없으니 오로지 내 주관적 경험에 의존할 수밖에 없다. 그럼 먼저 조선인과 선의의 일본인이 조오센을 얼마나 기피해왔는지를 개인적인 경험에서 살펴보겠다.

선의와 은폐

그 첫 번째 이야기 _ **오코노미야키 집의 아주머니**

선술집에서 어떤 단골손님인 듯한 신사가 허둥대며 먹고 마시는 나를 보다 못해 훈수 겸 자기 자랑을 한차례 늘어놓는다.

"간토다키[6]는 먹는 법을 지키는 것이 중요하지……."

그러면서 맛이 잘 밴 무를 흐뭇하게 바라보다가 술을 찔끔찔끔 입으로 가져가 혀 위에서 굴린다. 잘못하면 흉하게 보일 수 있는 그 모습을 곁눈질로 보고 있자니 그 신사처럼 어린 시절 뭔가를 지키기 위해 애쓰던 내 모습이 떠올랐다.

"아버지 어머니도 어딘지 '그렇게' 안 보이기는 하는데 말이지, 넌 정말로 '그렇게' 안 보여. 똑똑하기도 하고. 아줌마가 널 양자로 들이고 싶을 정도라니까."

아직 소학교 3, 4학년이었을 때였다. 용돈이 모이면 신바람이 나서 뛰어가던 오코노미야키[7] 집이 있었다. 그 집 오코노미야키는 다

6　에도 시대 중기인 18세기 에도에서는 양념이 된 국물에 꼬치를 꿴 곤냐쿠를 넣고 삶은 새로운 요리가 태어나 덴가쿠라고 불렸으며 오뎅이라는 여성어도 널리 쓰이기 시작했다. 시간이 흐르면서 에도에서는 덴가쿠와 오뎅을 구분해 주로 삶은 것을 오뎅이라고 불렀다. 반면 오사카 등 간사이(関西) 지방에서는 이를 간토다키(関東炊き)라고 불러 애초에 구운 요리였던 오뎅, 즉 덴가쿠와 구분했다.

7　오코노미야키는 '오코노미(お好み, 좋아하는 것)'와 '야키(焼き, 굽다)'라는 단어가 합해진 말로 자신의 취향에 맞는 재료를 마음껏 선택하여 철판에서 구워 먹

른 가게보다 조금 비쌌지만 주인아주머니의 비법과 정성이 담긴 그 맛은 특별했다. 아주머니가 내게 수차례 했던 말이다.

재료의 부드러운 맛을 더하기 위한 것일까, 마지막 뜸을 들이기 위해 덮어놓은 뚜껑 사이로 새어 나오는 맛있게 구워진 오코노미야키 냄새가 코를 간질인다. 이제나저제나 하고 기다리며 뚜껑 속을 응시하고 있던 나는 아주머니의 말에 더욱더 똑똑하게 굴려고 노력한다. 주먹을 꽉 쥐고 상기된 얼굴로 아주머니를 보며 생긋 웃는다. 아주머니는 아주머니대로 깊게 팬 주름으로 가려진 작은 눈을 더 가늘게 뜨고 미소를 짓는다. 그랬던 아주머니에게 소설 속 등장인물에서나 볼 수 있는 그런 반전이 기다리고 있었다니.

가게에는 안쪽 작은 방에서 신문이나 잡지를 읽고 있거나, 가끔은 가게 일을 도와주기도 하는 젊은이가 있었다. 주위 사람들이나 나는 "설마 아줌마 아들은 아닐 테고 남동생인가? 하지만 키도 크고 고상한 생김새가 아줌마하고는 정반대인데" 하고 고개를 갸우뚱거렸다.

사실 그는 아주머니보다 한참 어린 남편이었다. 얼마 전까지 순경이었다가 기둥서방으로 들어앉아 오코노미야키 가게를 차지한 주인이 되었다는 건 나중에 알게 된 얘기다. 아주머니는 잘생긴 젊은 연하의 서방에게 버림받았을 뿐만 아니라 가게까지 빼앗겼다.

는 요리이다. 지역에 따라 속에 들어가는 재료가 다양한 특색을 보이며, 얇게 부쳐내는 한국의 전 요리와는 달리 두껍게 요리해내는 것이 특징이다.

가게에는 젊은 남자와 어울리는 미모의 젊은 부인, 그리고 언제 태어났는지 아장아장 걷는 사내아이까지 눌러앉았다. 새 여주인이 평범하지 않다는 것은 어린 나도 느낄 수 있었다. 그리고 그런 색기 넘치는 그녀에게 자꾸 관심이 가는 나 자신도 불쾌했다. 이상한 건 젊은 부인이 만든 오코노미야키의 맛이었다. 레시피나 요리 순서는 그대로인데도 그 맛이 사라졌다. 게다가 원래 주인이었던 아주머니를 배신했다는 께름칙함마저 가세하면서 결국 나는 가게에 완전히 발을 끊게 되었다.

한바탕 소동도 서서히 잊혀질 즈음이었다. 그림자조차 볼 수 없었던 아주머니가 돌연 우리 집에 나타나서는 현관에서 어머니를 상대로 노기등등하여 악을 쓰며 울분을 토해내고 있었다. 숨어서 엿보고 있는 나한테까지 침이 튈 지경이었다.

"더러운 년, 빌어먹을 년, 몹쓸 년……."

"아주머니, 그렇게 흥분하지 마세요. 이제 안 좋은 일들은 그만 잊어버리고 아주머니 자신의 인생을 사셔야죠."

어머니가 달랜다.

"암퇘지 같은 년, 조오센 년. 그년은 아마, 아니 틀림없이 조오센이라고. 내가 다 알아봤어. 아이고 그깟 조오센 년한테 내가 바보 취급 당하다니……."

순간 어머니가 노기를 띤다. 가늘어진 눈과 이마에 선 퍼런 핏줄에서 알 수 있다. 사타구니가 오그라든다. 그런데 그런 나의 심정을 알아차리기라도 한 듯 어머니는 금방 침착성을 되찾는다. 기막혀하면 서도 질리지도 않는지 계속해서 달래면서 어깨를 감싼다.

"아주머니, 진정하세요. 이제 와서 미워한들 무슨 소용 있겠어요. 안 그래요?"

아주머니는 어머니의 손을 뿌리치고 알아들을 수 없는 소리를 지르면서 밖으로 뛰쳐나간다.

그 일이 있고 난 후 아주머니는 일을 다니는지 아침저녁으로 가끔 길에서 마주쳤다. 거의 정신줄을 놓았다는 것을 얼핏 보아도 알 수 있었다. 오그라든 몸을 구부리고 빠른 걸음으로 걸어가는 그녀의 모습. 그 모습에서 싹싹하게 일을 해치우던 옛 모습이 어렴풋이 떠오르기도 했지만 풍기는 인상은 정반대였다. 증오심 가득 찬 표정으로 앞을 노려보며 끊임없이 무언가 중얼거린다. 그러다가 갑자기 얼굴을 쳐들고 욕설 섞인 절규를 한다. 이런 상황이 계속되었다.

아주머니는 결국 고독한 죽음을 맞이했다. 원인 불명의 화재와 함께 전소된 아파트 잔해에서 그녀가 발견된 것이다. 그 소문을 들은 나는 쪼그라들고 까맣게 되었을 그 주름투성이 얼굴이 어떤 모습이었을지 상상한다. 부엌 구석에 뒤집힌 채 말라비틀어진 바퀴벌레가 연상되었다. 뒤이어 그런 상상을 하고 있는 자신의 매정함에 으스스 한기를 느끼며 몸서리를 치기도 했다.

"그렇게는 보이지 않는구나, 정말. 너는 내가 양자로 삼고 싶을 정도야."

내게 상냥하게 그런 말을 해주던 그때가 그녀의 가장 행복한 시절이었을지 모른다. 행복했던 그녀는 어린 내게 맛있는 오코노미야키를 만들어주었고 상냥한 말을 해주었다. 그 상냥함은 '어떤 말'을 꺼리는 데서 생겨났다. 여유로울 때는 기피했던 그 말을 궁지에 몰리자 온갖 악의를 담아 쏟아냈던 것이다. 여담이지만 그녀가 온갖 욕설을 퍼붓던 가게의 젊은 여자는 '조오센'이 아니었다.

선의의 일본인은 입에 올리지 않는 말. 입에 올리지 않아도 그 함구의 의미를 이해하고 침묵해준 상대의 선의를 확신하게 했던 말, 그것이 '조오센'이었다. 나는 그녀의 선의에 답하기 위해 점점 더 '그렇게' 보이지 않으려고 애썼다. 내가 '조오센'이라는 사실이 못내 안타깝게 느껴지도록.

그 두 번째 이야기 _ 안짱다리 역병귀신

그로부터 4년이 지난 소학교 6학년 무렵의 일이다. 착한 아이가 되기 위해 애쓰던 나는 전교회장에 뽑혔다. 조례시간에는 단상에 올라 급성장한 몸을 최대한 힘껏 펴고 전교생을 호령하는 몸이 된 것이다. 말 그대로 두려울 게 없고 거침이 없던 최고의 시절이었다. 그런 내게 소위 나쁜 아이의 대표이며 '조오센 그 자체'였던 중학교 1학년 문제아에게 '착한 아이(나)'의 본성이 무엇인지, 그 실체가 까발려진 사건이 있었다.

신사(神社) 경내에서였다. 친구와 놀고 있는 내 눈에 멀리서 우리를 살피고 있는 그 녀석의 모습이 들어왔다. 무슨 일이 일어날 것 같은 예감이 들었다. 순간 녀석이 종종 걸음으로 달려오기 시작했다. 나와 관계가 없었다면 어깨를 좌우로 크게 흔들면서 보란 듯이 안짱다리를 벌리며 달리는 모습에 웃음을 터뜨렸을 것이다. 그런데 그 기묘한 인물이 입을 크게 벌리고 뭐라고 소리치면서 나를 향해 돌진하고 있으니 그럴 수도 없다. 뭐라고 외치고 있다. 영문을 모르는 주위 친구들은 그저 겁에 질린 채 뒷걸음질친다. 하지만 난 그 외침의 의미를 바로 알아차리고 도망쳤다. 공포에 떨면서도 친구들이 우리의 대화를 들을 수 없는 거리까지 어떻게든 도망쳐야 한다고 신기할 정도로 냉정하게 계산하고 있었다. 경내에는 수령이 100년, 200년 하는 거목이 있었다. 우리의 주된 놀이터이자 아이들에게 자유의 상징이기도 한 거목 그늘까지 뛰어가서야 겨우 발을 멈췄다. 요란스럽게 뒤따라온 녀석은 나를 거목에 밀어붙일 기세로 서서, 좀 전에 내지르던 고함을 이번에는 단어를 잘근잘근 씹어가며 뱉어냈다.

"너 어느 나라 사람이야?"

나는 말없이 녀석을 째려보았다. 얻어맞을지 모른다는 예감이 들었지만 그리 무섭지 않았다. 물러서면 약점을 잡힐 수 있다는 걱정도 들었다. 대치 상태가 이어졌다. 결국 녀석은 참을 수 없었는지 낡고 구깃구깃해진 교복에서 담배를 꺼내고는 불을 붙였다. 천천히 담배 연기를 내 얼굴에 내뿜고는 씨익 웃으며 속삭였다.

"너 그거지?"

잠시 정적이 흘렀다. 녀석은 이어질 말을 고르며 애쓰는 듯하더니 이내 말을 더듬거린다. 그러다가 끝내는 훅 하고 단숨에 쏟아냈다.

"너 한국이지, 한국인이지?"

나는 머뭇거리면서 다가오는 친구들을 힐끗힐끗 바라보다가 이 때다 싶어 재빠르게 대답했다. 마치 안도의 한숨을 내쉬듯이.

"응. 한국 국적."

녀석의 웃음은 그만 서로 타협하자는 사인이었고 나 또한 그걸 알아들은 셈이었다. 완벽하게 호흡이 맞는 한 쌍의 조오셴은 조오셴이 싫어서 한국, 한국 국적이라는 도망칠 곳을 찾아냈던 것이다.

나를 두려움에 떨게 했고 도와주기도 했던 '한 쌍의 조오셴'이라는 현실이 몹시 역겨워진다. 그 일이 있기 전부터 거북한 상대였던 녀석은 이후 완전히 나의 역병귀신이 되었다. 녀석은 가업인 양돈 일을 돕고 있었다. 여기저기서 모은 돼지먹이 잔반을 자전거 짐받이에 가득 싣고 무거운 듯 안짱다리를 한껏 벌려 자전거 페달을 밟는 녀석이 보이기라도 하면 나는 부리나케 가던 길을 바꾸는 습관을 갖게 되었다.

그로부터 4, 5년이 지나 그 녀석이 자살했다는 소문이 날아들었다. 역병귀신이 사라졌으니 낭보이기는 한데 사람이 죽었다. 기뻐할 수만은 없었다. 무엇보다 그런 말도 안 되는 일이 어떻게, 라는 놀라움이 더 컸다. '조오셴 그 자체', 부끄러운 상징성과도 같던 지저분한 난폭자가 자살 같은 고상한 행위를 할 것이라고는 상상도 못했었다. 그런데 점점 그때의 기억이 선명하게 되살아나면서 나는 내가 갖고 있던 기억을 수정해야 했다. 녀석은 전부 알고 있었다. 녀석은 나를 배려할 줄도 알았다. 난 그것을 이용한 것이다. 나와 녀석은 공범이었다. 그때의 웃음이 또렷하게 윤곽을 드러내며 내 마음 깊은 곳에 가라앉아 정착한다. 하지만 당시에는 그 비밀이 녀석의 죽음과 함께 멀리 사라져버렸다는 사실에 무엇보다도 큰 안도감을 느꼈었다는 게 솔직한 심정이다.

내친김에 부끄러운 얘기를 하나 더 해보자.

그 세 번째 이야기 _ 냄새, 문화, 조국

그로부터 6년이 지났다. 고등학교 3학년 여름, 우연한 기회에 한국을 방문하게 되었다.

그 해 나는 야구소년의 마지막을 장식할 꿈의 무대인 고교야구 여름대회에 모든 것을 걸고 있었다. 하지만 기대와는 달리 우리 팀은 3차전에서 어이없이 무너지고 말았다. 이제 소년기와는 작별을 고해야 했다. 이를 계기로 마음을 정리하고 대입 시험공부를 하자고 자신을 위로했지만 무기력 상태였다. 그런 내게 어느 날 모르는 사람에게서 전화가 걸려왔다. 재일한국인 고교야구 선수들로 팀을 꾸려 한국에 가서 그곳 고등학교 팀과 시합을 하려는데 꼭 참가해 달라는 전화였다. 참가비도 무료인 데다 용돈까지 주고, 게다가 일정이 끝나면 본적지 고향에 가는 여비까지 준다는 솔깃한 얘기였다. 가고 싶은 마음은 굴뚝같았지만 고3 수험생에게 가장 중요한 시기인 여름에 한 달 반의 공백기는 그만큼 위험성이 클 것 같아 주저하고 있었다. 결국 이런 나의 망설임을 한 방에 해결해준 것은 바로 어머니의 한마디였다.

"무슨 소리야? 넌 조선 사람이니 한번은 가야지. 어차피 갈 거면

빨리 가는 편이 좋아. 그리고 이제껏 야구만 했는데 이제 와서 공부한다고 원하는 학교에 갈 수 있을 것 같니?'

이렇게 성사된 첫 한국 방문이었거늘 감격은 커녕 '조국'이라는 땅에서는 도저히 살 수 없을 것 같다는 생각만 하고 돌아온 괴로운 여행이 되고 말았다.

한국으로 떠나기 전에 나는 치밀한 거짓말을 했다. 친구들에게는 물론이고 사귀고 있던 여자친구에게 이렇게 말했다.

"있잖아, 생각지도 못했는데 선발돼서 아시아 각지로 야구하러 가."

전적으로 거짓말만은 아니라고 변명할 수 있도록 잘 짜였을 뿐 아니라 미화는 물론 '고의적 말 빠트리기'를 포함한 삼중의 거짓말.

"대만에다가…… 한국도 들어 있어."

그럴듯하게 부풀려 허세를 부리다가 말끝을 제대로 여미지 못해 힘이 빠지는 모양새였다.

고3인 나는 이렇게 거짓말을 섞어가며 한국으로 여행을 떠났다. 거기서 누구나 겪는 이른바 컬처 쇼크를 경험한다. 쇼크를 받았다는 사실 또한 충격이었다. 이곳이 조국인데 왜? 라는 생각 때문이었다. 게다가 그 쇼크가 정신적인 것이라기보다 오히려 육체적인 데서 기인하는 것이라 더욱 감당하기 힘들었다는 식으로 자신의 경험의 독자성이라든지 중대성을 날조해갔다. 어쨌거나 나를 힘들게 한 것은 다름아닌 냄새였다.

조오센은 고약한 냄새가 난다는 말은 철들 무렵부터 이미 후렴구처럼 귀에 맴돌 정도로 나를 속박하는 고정관념처럼 자리잡고 있었다. 나의 열등감은 이 말을 어리석은 편견이라고 부정하면서도 한편으로는 어쩌면 근거가 있는지도 모른다는 생각에서 비롯된 것이었다.

"혹시 내게서 고약한 냄새가 나는 것은 아닐까? 지금은 괜찮지만 한 꺼풀 벗기면 불쾌한 냄새를 풍기지는 않을까?"

이처럼 내 속에 내재하고 있을지도 모를 악취에 가뜩이나 겁을 먹고 있던 내가 조선 땅에서 정체를 알 수 없는 냄새에 생리적으로 혐오감을 느끼게 되었으니, 얘기는 복잡해진다. 정말로 토할 지경이었다. 뭣 때문이지? 라는 질문을 던져도 확실한 답은 떠오르지 않았다. 마늘 냄새인가? 그런 것 같기도 하고 그렇지 않은 것도 같다. 사람이 풍기는 것일까? 그런 것 같기도 하고 그렇지 않은 것도 같다. 흙 냄새? 아니면 하수 냄새? 그것도 아니면 공기 냄새? 정체 모를 냄새가 거리에 둥둥 떠다녔다.

눈에 보이는 것이 고민의 원인이라면 시선을 돌리면 그만이다. 또 귀에 들리는 것이라면 조금 어렵긴 하겠지만, 당시 나는 조선어는 거의 알아듣지 못했으므로 그냥 잡음으로 치부해버릴 수 있었다. 그런데 냄새는 언어화되지 않았는데도, 아니 어쩌면 언어화되지 않았기 때문에 오히려 더 나의 생리감각에 직접 작용했는지 모른다. 코를 막는다 해도 온종일 그렇게 하고 있을 수는 없었다. 게다가 그 냄새는 몸 전체, 피부를 통해 들어오는 것처럼 느껴질 정도였다. 덕분에 난 24시간 내내 구역질에 시달렸다.

그러다가 반쯤 토해가면서 생각했다. 다른 사람들이 어떻게 생각하든 이렇게 냄새를 견디기 힘든 이상 그 냄새가 공기처럼 퍼져 있는 곳에서는 살지 못한다. 조국의 공기를 받아들이지 못하는 나는 조선인이지만 조선인이 아니라는 말이 되는 것이다.

생각해보면 이러한 결론을 내리게 된 것은 비단 냄새 때문만은 아니다. 조국에 대한 위화감이 냄새로 상징화되었을 뿐이다. 즉, 냄새는 나의 가치 의식과 관계된 것이며 가치 의식은 무엇보다도 언어적인 것이다. 따라서 냄새 또한 언어, 그것도 상당히 상징적인 언어였다는 뜻이 된다.

요컨대 나는 컬처 쇼크를 경험했다. 당시 난 컬처와 같은 고상한 것이 아니라 육체적, 생리적으로 조국으로부터 거부당했다. 즉, 전면적으로 거부당했다고 과장해서 생각했다. 하지만 그것 또한 완벽하다고 할 정도의 컬처 쇼크였다. 컬처라는 것은 대지나 풍토의 제한을 받으면서도 동시에 그것으로 인해 형성된 사람들의 의식적, 무의식적인 생활 전체를 의미한다. 두루 퍼져 있는 냄새는 실로 그런 의미를 갖는 문화의 표출이었다. 어렴풋한 동경은 있었지만, 솔직히 말해 별생각 없이 어정쩡하게 조국을 방문했던 나는 보기 좋게 그 문화에 치여 나동그라진 셈이다.

응석받이 손님

냄새와 더불어 나를 질리게 한 것은 조국 사람들의 눈초리였다. 우리는 신문사, 그것도 군사독재 정권의 거대 어용 신문사의 초대를 받아 한국을 방문했기 때문에 파격적인 대접을 받았다. 현직 총리까지 만났으며 상투적이고 열렬한 환영사와 격려의 말을 들었다. 그런데 그 연설이라는 것이 문제였다. 높은 사람들은 대부분 유창한 일본어를 구사할 수 있었는데도 불구하고 한국을 대표하는 사람이 '일제'의 말을 사용할 수는 없다고 하여 통역이라는 절차를 거쳐야 했다. 그러다 보니 듣기가 번거롭기도 하고 지루한 시간이 답답하게 흘렀다. 점점 그러한 의식 절차에 질리다 못해 경멸감마저 품게 되었다.

더구나 그런 경멸은 여러 곳에서 느낄 수 있었다. 예를 들면, 신문에는 모든 선수의 얼굴뿐만 아니라 비행기에서 내리는 사진을 지면에 크게 장식했다. 물론 우리는 기뻐서 어쩔 줄 몰랐다. 하지만 그만큼 더 응석받이가 된 우리들은 오히려 모든 것에서 불만의 씨앗을 찾아내기 시작했다. 일본에서 '한낱 조오센'이었던 우리를 마치 개선장군마냥 대접해주는 사람들에게 위화감을 증폭시켰다. 뿐만 아니라 은혜도 모른 채 경멸의 감정마저 품었다. 우리는 조국을 방문했을 뿐인데 손님 취급을 받았기 때문이었다.

경멸만으로는 도무지 성에 차질 않아 마음속의 분노를 표출할 기회까지 엿보았다. 타향에서 고생하는 동포 자제들을 위한 열렬한 환영과 격려라는 겉모습 이면에 조국 동포들의 속내가 사이사이 드러나는 것 같다는 생각을 했고 때로는 전모가 드러났다고 기뻐했다. 이처럼 사안의 옳고 그름에 상관없이 소외감이라는 것은 자칫 잘못 처리하면 손을 쓸 수 없을 정도로 확대된다.

표면상 친선야구였기 때문에 우리는 시합을 했다. 시작은 친선적이었다. 이를테면, 전반부터 중반까지 야구장 관객은 한 목소리로 '이겨라 재일교포!'를 외쳤다. 그런데 시합이 백중지세가 되면 분위기가 확 바뀐다. 야구장 전체가 우리를 적대시한다. 그 기세를 등에 업은 심판은 차마 눈 뜨고 볼 수 없는 편파 판정을 일삼는다. 도를 넘은 편파 판정에는 정말이지 두손 두발 다 들었다. 일본처럼 정도껏 드러내지 않고 홈팀의 이익을 챙기는 것이 아니라 매우 '노골적'이었다. 그야말로 한국다웠다.

시합에 이기면 호화로운 레스토랑에 데려가거나 여러 가지 포상이 따랐다. 포상에는 눈살을 찌푸리게 하는 것까지 포함되어 있었다. 놀랍게도 활약한 선수들을 유곽으로 인솔한 것이다. 인솔한 남자는 '본국의 여자에게 총각 딱지를 떼야 비로소 한국인'이라고 우리들을 부추겼다.

그는 순진한 고교야구 소년에게 건전하지 못한 말을 하는 데 그치지 않고 실제로 그 말을 실행에 옮겼다. 정상적인 사람이 아니었다. 그렇다. 그는 사실 이중인격자 같은 사람이었다. 일본에서는 사귀기 힘든 사람이었지만, 그래도 나름 신사의 체통을 지키고 있었다. 그런데 한국에 입국하자마자 돌변하더니 우리에게 겁을 주었다. 김포공항에 내린 나는 관광 온 사람처럼 주위를 두리번거리다가 갑자기 엉덩이를 발로 채이고 크게 호통을 들었다. 순간 천국에서 지옥으로 추방당한 기분이었다. 그 후에도 그는 걸핏하면 협박을 했다.

"멋대로 굴면 입영 체험 훈련에 보내서 폭발이나 오인 사격 같은 구실로 죽여버린다."

'당근과 채찍'을 병행하는 그의 언동에 두려움을 느껴 고분고분 순종하는 척하기도 했고, 실제로 꼭두각시 인형처럼 조정을 당하기도 했다. 나는 여관에 누워서 '할 수만 있다면 헤엄을 쳐서라도 일본에 돌아가고 싶다. 얼마나 걸릴까? 돌아가면 불법입국으로 잡히진 않을까……' 등등 줄곧 그런 몽상을 했다. 그가 언제 순찰을 돌지 모른다며 겁을 내면서.

일본에서 태어났지만 투철한 반공 애국자였던 아버지의 명령으로 한국군에 입대하여 중사로 제대했다는 그 공포의 '귀신 중사'는 정말로 특이하기는 했지만, 특수한 예라고 딱 잘라 말할 수는 없을 것 같다. 재일조선인 1세뿐만 아니라 2세까지도 본국 여성을 애인으로 두고 이국 생활의 우울함을 달래거나 일시적인 평온을 즐기는 경우가 적지 않았으니. 일본인의 '매춘관광'에 대해 정의의 민족주의자인 양 맹렬히 비판을 하기는 해도 '네가 그런 말 할 자격이 있어?'라는 냉소 섞인 내면의 소리가 나의 정의감을 쿡쿡 찌른다.

그렇다고 해서 우리가 상을 받기 위해 승부에 집착한 건 아니었다. 일본의 고교야구 선수들은 오로지 고시엔[8]을 목표로 해서 그

---

8 한신전기철도가 소유한 야구장을 고시엔(甲子園) 또는 고시엔 구장이라 부른다. 프로야구팀 한신타이거즈의 전용 구장으로 잘 알려져 있다. 또한 전국고등학교

런지, 고시엔과 관련이 없는 시합을 할 때는 긴장감을 가지고 기를 쓰고 덤벼들지는 않는다. 오랜 세월에 걸쳐 친숙해진 상징 체계가 있고 그 틀 안에서 욕망을 부풀리며 살아왔던 탓인지 그 체제에서 한 발 벗어나자 우리들의 단련된 욕망은 맥이 풀리고 말았다. 그래도 다행히 여운은 남아 있었다. 일단 게임에 들어가면 아무래도 이기고 싶은 게 인지상정인지라 하얀 공을 쫓아가는 우리들은 승부에 집착하지는 않더라도 하얀 공 끝에서 승패를 추구하게 된다. 그렇지 않다면 시합은 상징 체계에서 벗어난 순진한 놀이도 못 될 것이다. 따라서 한국식 판정은 당연히 우리들의 몸과 마음을 위축시켰다.

"말도 안 돼. 이런 짓을 하다니……."

게다가 노골적인 편들기를 조장하는 함성, 즉 사방팔방에서 뿜어대는 적의에 찬 함성 소리는 우리들의 반발심을 불러 일으켰다.

"동포에게 이럴 수가!"

일본에서도 이방인, 이곳에서도 다시 이방인, 도대체 우리들은 무엇인가, 누구인가? 지금이라면 그건 지나친 억지라고 말할 수 있다. 아무튼 중요한 것은 한국의 첫인상은 '가난과 더러움'이었고, 여기서 태어나지 않은 게 다행이라고 생각할 수밖에 없었다는 점이다. 물론 여기서 태어나 자라났다면 가난하긴 했겠지만, 마음 편히

야구선수권대회 및 선발고등학교야구대회가 오래전부터 개최되어왔으며 고교 야구 전국대회의 대명사이다.

기를 펴고 살았을 거라는 생각도 했다. 그러나 그건 어디까지나 감상에 지나지 않으며 생활하는 곳이 한국이 아니라는 전제하에 떠올리는 생각이었다. 우리들이 동포라는 인식이 없는데 상대에게 그러기를 요구한다면 그건 정말 적반하장도 유분수라 하겠지만, 당시에는 그 정도의 이성조차 작동시킬 여유가 없었던 것이다.

'우시마츠'의 고백

우리는 조국의 동포와 야구 시합을 하면서 뜻밖에 그 관계의 정체가 드러났다고 굳게 믿었다. 그러한 심경은 나를 더욱 감상에 젖게 했다.

'완전히 거짓말만은 아니야'라고 강변할 수 있게 잘 짜인 지독한 거짓말을 했다는 사실이 견딜 수 없었던 나는 조금 복잡한 심정으로 일본 친구에게 편지를 썼다. '사실 나는 한국인이고 지금 한국에 있다'고. 그리고 여자친구에게는 '나는 한국인이다. 이제 우리 그만 만나자', 그만 만나고 싶다가 아니라 그만 만나자고.

한국인에게 거부당했다는 상처가 계기가 되어 나는 스스로를 한국인으로 부르게 되었다. 이것은 이상하게 여겨질지도 모르겠다. 그러나 전혀 이상할 건 없다. 사실 내가 한국인이라고 고백한 건 결코 나 자신의 주장이라고 할 수 없다. 거짓말 한 것을 사과하면서 동정을 구하려 한 것뿐이다. '의지할 곳 없는 고아의 거짓말을 용서해주세요' 나아가서는 '앞으로는 분수에 맞게 살 테니까 부디 동료로 삼아주세요' 하는 한탄 섞인 소망이 그 진실이 아니었을까? 마치 「파계」의 우시마츠[9]처럼. 그렇다. 나는 중학교 때 「파계」에 감동하여 고교 입시 작문에서도 그 작품에 대해 썼었다. 그리고 이번에는 우시마츠를 흉내 내어 고백극을 연출한 것이다.

일본에 돌아오니 예상대로 여자친구의 분노가 기다리고 있었다. 거듭되는 호출에 어쩔 수 없이 그녀를 만나러 나갔다. 그녀는 화가 많이 나 있었다.

"네가 한국인이든 뭐든 그게 무슨 상관이야? 나는 너랑 사귀는 거지 국적과 사귀는 게 아니라고. 그런데 이제 와서 국적이 다르니까 그만 사귀자니……. 싫어졌으면 그렇다고 말해. 국적이라니, 그게 무슨 이유가 돼?"

나는 항변하지 않았다.

"난 이미 결단을 내렸고, 네가 무슨 말을 하더라도 그건 절대 바꿀 수 없어!"

마치 말단 관리처럼 대답했다. 물론 '미안해'라고 거듭 사과하긴 했지만, 그 '미안해' 속에는 은밀한 계산이 포함되어 있었다. 역겨운 존재인 내가 결연히 물러난다. 그리고 상대방은 여전히 내게 호의

---

9   「파계」는 일본 자연주의 문학의 선구자 시마자키 도손의 대표작이다. 메이지 유신으로 신분이 철폐되었음에도 여전히 차별과 편견이 존재하던 시대를 배경으로, 백정 출신의 교사 우시마츠가 일생의 계율처럼 여겨왔던 '신분을 절대 밝히지 마라'는 아버지의 말과, 그것을 거부하고 당당히 신분을 밝히고 싶은 욕구 사이에서 끊임없이 번뇌하는 모습을 통해 천민 차별 문제를 정면으로 다뤘다.

를 품은 채 나의 깨끗함을 인정하도록 하는 것이다. 그러므로 그녀가 화를 내면 낼수록 내 자존심은 더욱 더 충족되는 셈이 된다. 아이쿠 머리야…….

기다리고 있던 건 그녀의 분노만이 아니었다. 대학입시도 있었다. 뜻밖에 그것이 나를 구원했다. 모든 걸 잊어버리고 할 수 있는 만큼만 하자. 생각하는 건 입시가 끝나서도 할 수 있다. 스스로에게 모든 사고의 정지를 허락하고, 살아남기 위한 알맞은 구실이었다. 조개껍데기 속의 자존심을 확실하게 지키면서 조개껍데기를 닫는 거다. 그래서였을까, 뜻밖에도 나는 시험에 합격했다.

정의와 의혹 _
현실로서의 '자이니치(在日)'

내게 대학은 유예기간이었다. 그 유예라는 틈새를 파고드는 이런저런 권유의 말들, 그 말에 이끌려 나는 조선인으로 살아가자는 신조를 만들었다. 그러나 그것은 겉보기처럼 미련 없고 깨끗한 것은 아니었다. 신조의 바탕은 지금까지 가짜로 살던 모습을 부정하고 다시 태어난다는 논리였다. 하지만 그것과 동시에 '투쟁하는 나'라는 자기상을 내세워 나 자신의 꺼림칙한 인간적 결점을 은폐하고 기회가 되면 내다버려야지 하는 흑심이 있었는지도 모른다.

여기까지 읽어온 독자들은 내 말에 어느 정도 '진정성'이 있는지 의심스러울 것이다. 그럴걸 알면서도 나는 자신의 내면의 나약함과 추함을 다시 재일조선인이라는 말을 축으로 하여 생각해보고자 한다. 그렇기 때문에 나는 '조선(朝鮮)'을 기피하는 것처럼 보이는 말에 지나치리만큼 과잉반응을 한다.

그러나 오로지 나의 개인적 경험을 이유로 내세워, 이미 널리 퍼진 '자이니치(ザイニチ)'란 말에 대해 무조건 안 된다고 외칠 수는 없을 것이다. 널리 퍼지는 것은 그 나름의 필연성 내지 유효성이 있을 것이기에.

그중 하나는 재일조선인에게 강요됐던 정치성이라는 것과 관련이 있을 것이다. 본인의 의도와는 무관한 명칭의 선택이 정치적 의지의 선택으로 판단될 수 있다. 이것은 분단국가를 내셔널리티로 삼는 사람들의 숙명이다. 오랫동안 기다려왔는데도 NHK에서 한글 강좌 개강이 미뤄지고 또 미뤄진 건 명칭에서 결론이 나지 않았기 때문이라고 한다. 조선인이든 아니든 조선과 조선인과 관련된 뭔가를 하려고 할 때면 언제나 그런 문제가 발생한다. 그 결과 한국과 조선을 병용하는 것이 통례가 되었는데 그 한국 조선, 혹은 조선 한국만 하더라도 어느 쪽을 앞에 둘까를 놓고 또 다투게 된다. 어찌됐건 성가신 일이다.

그러한 성가심을 피하려고 NHK는 한국어도 조선어도 아닌 한글을, 어떤 사람은 재일한국인도 재일조선인도 아닌 재일코리안을, 그리고 또 일부는 자이니치를 선택하게 되는 모양이다.

물론 그것만은 아니다. 때가 눌어붙은 정치적 대립을 거부하려는 의지, 혹은 헛된 대립을 극복하려는 젊은 세대의 자기주장도 또한 크게 반영된 표현일 것이다. '저 녀석은 북, 요 녀석은 남'이라는 식의, 같은 민족끼리 서로 보듬기는커녕 친척과 가족 내부에 쐐기를 박는 대립에 질려버린 사람들이 '자이니치(在日)'라는 말에서 적극적인 길을 찾아내려고 했을 수도 있다.

나아가서는 현재를 파악하는 방식에도 변화가 있었을 것이다. 1세는 그렇다 치고 2세, 3세는 민족어를 구사하지 못할뿐더러, 그 땅에서 산 경험도 없다. 그렇기 때문에 오히려 조국을 관념적으로 생각하기 쉽다. 학습하고 자신을 단련하여 진짜 조선인이 되자, 자이니치(在日)의 생활은 거기에 이르기까지의 과도기이다. 자이니치 조센징(在日朝鮮人)이라는 말에는 진짜에 대한 동경과 콤플렉스가 섞여 있었다. 그건 격려이기도 했지만 또한 구속이기도 했다. 그런데 관념에도 수명이 있다. 게다가 조국을 둘러싼 정보에도 변화가 있다. 조국의 중심이었던 '북'의 위신 내지 영광에 점차 어두운 그림자가 드리워지더니 결국에는 앞을 분간하기 어렵게 된다. 반대로 남쪽 조국과는 왕래가 자유로워지면서 그들과 우리의 차이가 우리를 곤혹스럽게 하며 낙담하게 만든다. 더군다나 남북의 대립 상황이 고착화되면서 '통일된 조국'이라는 이상향이 리얼리티를 잃는다. 그리하여 환상으로부터의 각성이 시작된다. 조국이나 동포라는 말 자체가 형식뿐이고 실질적인 가치나 의의가 없어진다. 자이니치(在日)에는 바로 이런, 껍데기만 남아 있으면서도 마치 주술에 걸린 것처럼 꼼짝 못하게 옭아매는 관념으로부터의 해방이라는 측면이 있을 것이다. 조국에 대한 고민은 잠시 보류해두고 우리는 무엇보다도

'현재'를, 혹은 '자신의 현실'을 살자, 그러한 목표의 전환이 자이니치라는 말을 지탱하고 있는 것은 아닐까? 만일 그렇다면 건설적이라고 말해야 할 것이다.

나아가서는 좀 더 편하게 해방을 꿈꾸게 하는 요소도 있다. '자이니치(在日)'는 그 뒤에 따라오는 무겁게 늘어진 민족적 태생을 지움으로써 일종의 보편성을 획득한다. 예를 들면 70년대 이후 재일외국인(특히 재일조선인)에 대한 연민을 품게 된 일본인 중에는 차별 해소를 위해 '자신들이 일본에 태어난 것은 우연이며, 태어나 보니 부모가 일본인이었다는 것에 지나지 않는다'고 주장하는 사람들이 생겨났다. 그들 일본인과 마찬가지로 재일조선인이든 재일중국인이든 그 밖의 다양한 에스닉 마이너리티가 자이니치(在日)의 뒤에 이어지는 국적이나 민족을 없애버린다면 자이니치라는 의미에서 동포가 된다는 것이었다. 적어도 이치상으로는 그랬다. 하지만 그런 생각을 가진 일본인은 역시 소수였기 때문에 어디까지나 그런 가능성의 '꿈'에 지나지 않았다.

그리고 또 한 가지. 내가 느끼기엔 탈색된 말인 자이니치(在日)나 강코쿠(韓国)가 젊은 세대에게는 리얼리티를 가진 말로 받아들여지는지도 모른다. 예를 들어 '조오센'과 같이 '멸시당하는 것'으로서의 현실인식에 더하여, '그것과 대치하며 사는' 의지(意志)라는 이중의 리얼리티가 담겨 있는지도 모른다.

이처럼 말에 대한 느낌에는 세대의 차이나 개인의 생활 이력에 따른 어감이나 생각이 작용할 것이다. 그 점을 충분히 알면서도 나

는 아무래도 자이니치(ザイニチ)에 대한 의혹을 씻어낼 수가 없다. 그 의혹이 도대체 어떠한 말 또는 생활과 얽히면서 생겨났는지를 찾아본 뒤에 다시 이 말로 돌아와 보는 것이 좋을 것 같다. 그래서 일단은 구체적인 말에 얽힌 나의 희로애락 이야기로 우회해보기로 한다.

그 일을 계기로 나는 패닉 상태에 빠졌다.

내가 사용하는 어휘에 두려움을 느끼고는

마치 몸속의 세균을 찾아내려는 듯

이종(異種)이라 의심 가는 말을 내 어휘에서 추방하고자 애썼다.

하지만 어디까지나 '애썼다'는 수준을 넘지 못했다.

절대적인 보증이 없었기 때문이다.

유일하게 기댈 수 있는 건 '두려움'과 자기 불신이었다.

코소소메 수프와 살래

착각_
처음 가본 '일본 집'

유식한 척 아는 척하려다가 되려 무지함이 드러나 망신만 당했던 경험은 누구에게나 있을 텐데 나도 그런 일이 있었다. 내가 중학생 때의 얘기다.

"그거 맛있더라, 코소소메, 코소소메 수프 말야."

나는 기고만장한 얼굴로 말했다. 친구들의 의아해하는 표정에도 기세가 꺾이기는커녕 목소리에 더 힘을 줘서 말했다.

"몰라? 세상에! 정말 모르는구나, 너희들. 아직도 못 먹어봤단 말이지? 그 코소소메를 못……"

이리저리 고개를 갸우뚱거리던 두 친구의 눈동자가 돌연 번쩍하고 빛나더니 찡그리던 얼굴이 활짝 펴진다.

"우헤헤헤, 그거…… 그걸…… 코소소메래…… 코·소·소·메…… 우헤헤……"

나는 당황한다. 나의 표정을 보고 두 친구는 더 크게 웃는다. 동정하는 기색이 섞인 눈빛이 나의 붉게 물든 얼굴을 화끈거리게 한다.

"코소소메…… 코소소메 수프라고, 우하하하. 아이구 배야. 못 참겠어, 아이구 배야, 재밌다…… 정말 웃긴다…… 우하하."

나는 도망치고 싶은 욕구를 필사적으로 억누르며 웃음의 파도가 빠져나가기를 기다린다. 땀이 등줄기를 타고 차갑게 흘러내린다. 그들의 집요한 웃음에는 평소 잘난 척하던 내 말투에 대한 복수의 냄새가 난다. 그런데 반론은커녕 해명조차 할 수가 없다. 실은 한 번도 먹어본 적 없는 코소소메이기에. 나는 아는 척하는 데 그치지 않고 못된 거짓말까지 보탰던 거다.

단순히 '응(ン)'을 '소(ソ)'로 착각하는 바람에 콘소메를 코소소메로 읽은 데에서 비롯된 해프닝이었다. 하지만 문제는 이렇게 착각한 것을 가지고 남의 무지를 놀리곤 했던 나였기에 거꾸로 창피를 당한 심정은 말 그대로 비참했다. 자업자득의 벌을 감내할 수밖에 없는 상황이었다. 그렇게 아이들의 놀림을 받으면서 서 있는 동안 일상 속에 묻어두었던 예전의 기억들이 하나둘 쏟아져 나왔다. 아주 비슷한 착각의 기억, 그러니까 '우리 집 언어'와 '남의 집 언어'의 다름과 차이에 얽힌 안타까운 기억들이었다.

아버지는 시내에서 작은 공장을 경영했는데 바쁠 때에는 어린 우리들까지 총동원되었다. 해가 저물도록 일이 끝나지 않으면 우동을 시켜주셨는데, 우리의 목적 중 하나가 그 우동이기도 했다. 따끈따끈한 우동으로 배를 채우고 또 한바탕 부지런히 일을 한다. 그리고 밤이 깊어 잔업을 하던 직공들까지 다 돌아가고 나면 말 그대로 집인지 공장인지 헷갈리는 가내공장으로 바뀐다. 이 시간이 우리 일가의 단란한 한때라고 할 수도 있었다. 드물게 찾아오는 단란한 한때가 가계에도 도움이 되었다. 어린 마음에도 행복한 시간이었다.

나는 우리 공장에서 일하는 사람들은 모두 조선인이라고 생각했었다. 일하는 사람들 대부분이 우리가 '삼춘(촌수를 따지기 어려운 먼 친척이나 어른을 총칭하는 제주방언—역주)'이라고 부르는 먼 친척 아저씨 아줌마들이었기 때문이다. 그런데 그중에 피부가 희고 왠지 모르게 기품 있어 보이는 젊은 직공이 있었다. 나는 그 상냥한 형을 잘 따랐는데 어느 날 그 형이 집에 초대해서 기쁜 마음으로 따라간 적이 있었다. 그런데 그 집에 들어서는 순간 느껴지는 아담하니 차분한 분위기가 왠지 나를 불편하게 했다. 그걸 가속시키듯이 그 형을 빼닮아 피부가 희고 청초한 여동생이 과자를 갖다주면서 상냥하게 말을 건넸다. 그러자 나의 긴장감도 최고조에 이르러 몸과 입이 굳어버렸다.

그 집을 나선 뒤로도 좀처럼 긴장이 풀리지 않았던 나는 집에 돌아오자 그 반동처럼 한꺼번에 힘이 쑥 빠졌다. '도대체 뭣 때문에 그처럼 불편했을까?' 혼자 계속 생각했다. 그런 내가 이상했는지, 어머니가 재미있었느냐고 물었다.

"이상해, 그 형네 집. 뭔지는 몰라도 우리랑 다른 것 같아. 내가 이상한 건지도 모르겠어."

나는 주뼛주뼛 거리며, 혼잣말하듯 대답했다.

어머니는 잠시 어리둥절해하더니 뒤이어 웃음을 터뜨렸다. 어머니는 웃음을 가라앉히고 천천히 내막을 밝혀줬다.

"아무것도 이상할 것 없어. 당연하지. 그 형은 우리랑 달라. 일본인이거든. 그래 네가 보기에는 어디가 달랐니?"

질문에 마땅히 대답할 말이 있는 것도 아니었다. 그리고 나는 그 형이 일본인이라는 사실에 조금 충격을 받았다.

"응, 뭐랄까…… 그냥, 느낌. 맞아, 감, 감이야."

그냥 어물쩍 넘기려 했다. 조선이라는 말이 나와야 하는 이야기는 피하는 것이 내 습성이었기 때문이다.

"으응, 그랬구나."

어머니는 네 속을 내가 다 안다는 표정으로 내 얼굴을 쳐다봤다.

그 후로 나는 남의 집에 가게 되면 늘 이 집은 이쪽, 이 집은 저쪽이라는 식의 감을 작동시키는 습관이 생겼다. 그리고 나중에 확인해보면 대부분 맞았다. 식별 요령을 체득한 것은 아니지만 그런 류의 감에 대한 자신감은 커졌다.

그런데 그런 감이 도리어 나를 당혹스럽게 했다. 집의 분위기로 그곳에 사는 사람의 국적을 식별할 수 있다면 사람의 외관도 마찬가지가 아닐까? 그렇다면 아무리 숨기려고 해도 나의 어딘가에 '징표' 같은 것이 있어서 누구나 나의 출신을 알게 되지 않을까. 그 징표는 물론 조오센이다. 이러면 곤란하다. 아니 이렇게 여유 부릴 애기가 아니다, 어쩌지? 정말 어찌할 바를 몰랐다.

그런 '징표' 중의 하나가 바로 언어였다.

'우리 집 언어'_
어머니

'우리 집 언어'와 '남의 집 언어'가 있다는 것을 알고 경악한 것은 언제였을까?

나는 조선인이지만 집에서는 조선어를 사용하지 않았다. 가족 모두가 그런 것은 아니었지만 특수한 경우에만 조선어를 썼다. 예를 들면 한 해에 몇 번 있는 제사가 대표적이다. 그날에는 친척들과 이웃에 사는 조선인들이 모였다. 12시 자정이 되어야 고인의 혼이 찾아온다고 하여, 해질 무렵 삼삼오오 집에 찾아온 남자들은 긴 시간 술잔을 주고받는다. 여자들은 여자들대로 손을 바쁘게 움직이면서 세상 돌아가는 얘기를 나눈다. 남자들의 화제는 친척들 근황에서 정치 얘기로 옮겨가고 끝내 말싸움으로 번질 때도 종종 있다. 정치 문제는 좌우, 즉 남북 대립 문제로 이어지는지라 현명한 여자들이 타이밍을 맞춰 개입하지 않으면 도무지 끝나는 법이 없다. 물론 어린 우리가 그 말뜻을 이해하는 것은 아니었다. 하지만 조국이나 통일, 미국이라는 말이 들리면 또 그 정치 얘기가 시작된다는 것쯤은 알고 있었다.

그것과는 별도로 조선어가 우리 집에서 중요한 의미를 가질 때도 있다. 부모님이 말다툼을 할 때, 드러내놓고 언쟁을 하는 것은 아니지만 오히려 그 어둡고 무거운 분위기가 우리들을 위축시켰다. 아이들이 알아서는 안 될 것 같은 이야기는 자연스럽게 조선어로 하는 것이다. 우리는 극히 한정된 단어를 제외하고는 도무지 알아들을 수가 없었다. 분절 가능한 언어라고 자각할 수 없는 고함이나 웅얼거림, 원망, 질투의 소리로 감지될 뿐이었다.

그와는 반대로 부모님들이 밝고 쾌활하게 조선어로 얘기하는 경우도 없지는 않았다. 1세들이 모여 수다스럽게 주고받는 말은 평소에는 볼 수 없는 화사하고 개방적이고 행복한 분위기를 느끼게 했다. 그러나 그 일체화된 정서의 세계에 우리 아이들이 낄 곳은 없었다. 한쪽 구석에 처박혀 잊혀진 존재가 된 우리들은 갑자기 다른 인종으로 변한 것 같은 부모들에게 소외감을 느낄 정도였다.

그러니 우리 아이들이 조선어에 친근감을 갖는 일은 거의 없었다. 오히려 자기 주변에서 조선어가 완전히 사라지기를 바랐다고 해도 과언이 아니다. 그것만 없어지면 자신의 힘으로는 아무리 해도 바꿀 수 없는 어둡고 음울한 현실이 사라져버린다고 착각했을 정도로.

하지만 우리들조차 멋모르고 조선어를 사용하는 일이 때때로 있었다. 부모님이 일본어 표현을 몰라서 대신 조선어 단어를 쓰거나, 알고 있으면서도 조선어 표현을 고집하는 경우도 있었다. 이 경우 문장 전체가 조선어면 문장을 분절하는 것이 불가능했기에 사실상 문장을 통째로 외울 수는 없는 일이었다. 그와는 달리 일본어 문장 속에 지극히 자연스럽게 조선어 단어나 어구가 끼어 있으면 어린 우리들은 손톱만큼도 의심하지 않고 그것을 일본어라고 생각하고 배우게 된다. 아니 일본어라기보다는 기억해야 할 언어로 받아들여 자신의 어휘 속에 포함시킨다.

열대여섯 살 때 조선의 한 시골 마을에서 일본으로 건너왔던 부모님이 자식을 낳게 되었을 때는 일본 생활이 이미 10년을 넘었고, 그런 면에서 듣고 말하는 능력은 일본어에 꽤 숙달되어 있었던 것 같다. 기억을 더듬어보아도 부모님의 조선어 억양 때문에 창피스러웠던 기억은 없다. 나는 부모님이 일본인과 다름없이 일본어를 구사하는 것을 남몰래 자랑스러워했다. 아무리 세월이 지나도 확연하게 티가 나는 '조선식' 일본어밖에 할 줄 모르는 어른들이 주위에 허다했다. 나는 그들이 뒤에서 손가락질을 받거나 매도되는 일을 종종 봐왔다.

부모님은 본인들의 신상에 관한 얘기를 좀처럼 하지 않았다. 단지 은연중에 단편적으로 흘러나오는 말들을 통해 그들이 학교를 다닌 적이 없다는 사실을 난 알고 있었다. 특히 어머니는 마을에 있는 야학에 다니고 싶어 할머니 할아버지를 졸라댔지만, 오히려 그것 때문에 심하게 꾸중을 들었다는 얘기를 눈물을 흘리면서 해주었다. 그런 부모님이 어떤 방법으로 일본어를 배우게 되었는지는 상상할 수밖에 없는데, 현지 생활을 통한 습득 외에 별다른 방법은 없었을 것이다. 이른바 돈을 벌기 위해 일본에 왔기 때문에 노동이 무엇보다 우선이었다. 당연한 말이지만 그들의 언어 습득은 현장 언어가 1순위였을 것이고, 서서히 살아가기 위한 최소한의 언어가 첨가되었을 것이다. 그런 까닭에 그들의 언어 습득에는 상당한 누락이 있었을 것이다. 읽고 쓰는 능력은 말할 나위도 없다. 그리고 읽고 쓸 줄 안다고 해도 그런 능력이 필요한 직종에 취직될 가능성은 없었다. 불편함이 컸을 게 분명하지만, 부모님은 그것을 견디어내고 우리가 알고 있는 일본어를 말할 수 있게 된 것이다.

그 극복에 얽힌 경험담이 몇 가지 있다. 그것은 쉰을 목전에 둔 지금도 여전히 내 가슴을 미어지게 한다.

최근에 외국에 나갈 일이 많아지면서 말을 못하는 것이 얼마나 괴로운 일인지를 늦게나마 깨닫게 되었다. 그나마 글자라도 읽을 수 있으면 어떻게든 위기를 모면할 수 있다. 그렇듯 글자를 읽고 쓸 수 있다는 건 매우 요긴한 일이다. 그런데 어머니는 그걸 못하니 당연히 여러 가지 불편이 따를 수밖에 없었다.

예를 들어 병원에 갈 때가 그렇다.

초진일 때에는 접수 창구에서 신청서에 주소와 이름을 써야 한다. 초진이 아닐 때에도 써야 할 경우가 있다. 글자는 누구나 쓸 줄 안다고들 믿는다. 그런데 어머니는 그 당연한 것을 못한다. 더구나 못한다는 걸 밝히지도 못한다. 부끄럽기 때문이다. 그것은 조선인이라는 것이 드러날까 겁나서가 아니다. 보통 사람이 보통으로 할 수 있는 걸 못하는 것에 대한 부끄러움, 인간으로서의 자존심 문제였을 것이다.

여기서 어머니의 기지가 발휘된다. 그건 비서를 대동하는 것이다. 형이 있으면 형이, 형이 없을 때에는 내가 어머니의 비서가 되었다. 비서가 된 형이나 나에게 어머니는 태연한 얼굴로 용지를 건네주면서 '네가 쓰렴' 하고 구두나 눈빛으로 지시한다. 그러면 우리들 역시 아무렇지도 않은 듯 서투른 글자로 또박또박 써 넣었다. 어머니 자신은 부끄럽고 한심스러웠음에 틀림없다. 본인이나 자식들 때문에 병원에 갈 일이 생길 때마다 우울해하는 것을 보면 알 수 있다. 집으로 돌아오는 길, 어머니는 눈에 띄게 기분이 좋아져서 우리에게 크게 선심을 쓰곤 했다. 우리는 그 감정의 기복에 잠시 혼란스러워지기도 한다. 다섯 형제 중 두 번째인 나는 어머니의 사랑을 독점할 수 있는 드문 기회라서 어머니가 원하는 걸 잘 수행해야겠다고 생각하는 순간이다. 그런 경험은 싫든 좋든 '똑똑해지고 싶은 의욕', 다시 말해 능력을 갖춰 내가 부모를 지켜야겠다는 책임감이 너무 이른 시기에 생겨나게 만들었다. 결국 이러한 실력 이상의 것을 탐하는 과도한 노력은 부작용이 따르게 마련이어서, 책임을 다 하지 못한 데 대한 부담감을 스스로 짊어지게 된다.

아버지

이번에는 아버지 얘기를 해보겠다.

지금은 상당히 간소화되었다고 들었지만 예전에는 학년 초가 되면 상세한 가정 실태 조사서를 제출해야 했다. 조사서에는 본적지 기입란이 있었다. 일본인 학교를 다닌 대부분의 조선인 아이들에게 그것은 학교생활에서 부딪치는 최대의 난관 중 하나였을 것이다.

누구에게도 털어놓을 수 없는 난관. 만약에 부모에게 그러한 기색을 보이게 되면 '혈통'을 부끄러워한다는 걸 고백하는 셈이고, 그렇다고 또 친구에게 고백할 수도 없는 곤란한 상황이다. 그럭저럭 그 위기의 순간을 넘긴다 하더라도 떳떳하지 못한 심정을 피할 수 없는 난관 중의 난관이었다.

우리는 학년 초가 되면 그것 때문에 겁을 먹으면서도 아무렇지도 않은 표정으로 넘길 수 있는 방도를 모색했다. 무엇보다도 본적지 기입란을 반 친구들 눈에 띄지 않게 해야 한다. 그래서 시험지를 제출할 때 흔히 쓰는 방법대로 자신의 것을 다른 학생 조사서 아래로 넣어서 숨기듯 제출한다. 그런데 이건 시험이 아니기 때문에 드러내놓고 그렇게 할 수는 없는 노릇이라 태연한 얼굴로 틈을 노리다 순식간에 해치워야 한다. 그 절묘한 타이밍은 미리 연습을 해야 맞출 수 있었으니 당연히 사전 준비를 게을리해서는 안 된다.

가끔은 이런 방법을 쓰기도 한다.

"아, 깜빡했네. 선생님, 잊어버렸어요"

그리고 방과 후에 친구가 아무도 없는 걸 확인한 다음, 직접 교무실에 가지고 간다. 다소의 잔소리는 각오해야 했고 이런 구실까지 미리 준비해둔다.

"죄송해요. 가지고 와놓고도 못 찾았어요."

제출기한 전날 밤에 잠자리에서 이런 순서를 거듭 반복해 머리에 넣어두는 것은 기본이다. 이렇게 온갖 방법을 써서 그 순간을 넘기는 것이다.

하지만 여기서 내가 말하려는 것은 그게 아니라 다른 기입란에 대한 것이다. 조사서에는 '부모의 학력' 기입란도 있었다. 우리 집에서는 어머니 아버지 두 분 다 심상소학교 졸업으로 써 넣는 것이 관례로 되어 있었다. 당시에 반 친구들의 부모의 학력이 어느 정도였는지 정확히 알지는 못했지만 표준보다 조금 밑돌 정도로 해두면 그것이 거짓말이라 하더라도 용납이 될 거라는 계산이 작용했던 게 아닌가 싶다. 그런데 부담감을 피하기 위해서는 그런 조사서 기재 하나에도 내가 잘하는 심리극이 필요했다.

아버지는 무학인데도 한자 필체가 뛰어났다. 심심파적으로 주위에 굴러다니는 신문지 같은 데에 정성껏 한자를 쓰는 취미가 있었다. 이 때가 어쩌면 시간이 그리 많지 않았던 아버지의 공부 시간이었을지도 모른다. 그리고 나는 나대로 언제면 그렇게 글을 쓸 수 있을까 생각하면서 아버지 흉내를 내며 시간을 보냈다. 아버지는 지금의 나보다도 훨씬 기품 있는 글씨를 썼던 것으로 기억한다. 그런 점에서 보면 조사서는 아버지가 쓰는 게 당연했고, 또 그렇게 해도 지장이 없었을 텐데 아마도 소학교 3학년 때부터였을 것이다. 조사서를 쓰는 일이 내 역할이 되어버렸다.

"네가 써라."

아버지는 그렇게 말했다.

나는 매년 조사서를 쓸 때마다 써야 할 내용이 무엇인지 알고 있었으면서도 그때마다 아버지에게 확인을 했다. 아버지는 귀찮다는 듯이 대답했다.

"몇 번을 말해야 알겠니. 심상소학교 졸업으로 해 둬."

나는 아버지의 대답을 확인한 다음에 짐짓 별일 아니라는 듯 조사서에 학력을 기입했다. 내 입장에서는 무학이라고 쓰는 것보다는 거짓말을 하는 쪽이 훨씬 나았다. 그런데도 그런 절차를 밟은 아버지의 심사는 도대체 뭐였을까? 아버지는 아버지대로 당신 손으로 거짓말을 쓰는 것이 싫었을 테고, 나는 나대로 거짓말을 쓰는 책임을 전가하고 싶었을 것이다. 내가 거짓말을 하는 것이 아니라는.

이렇듯 말과 관련된 나의 경험은 거짓말과 밀접한 관계가 있다. 부모의 거짓말, 그리고 나의 거짓말이 서로 맞물려 돌아가면서 말에 대한 경험과 그것과 관련된 심리극이 켜켜이 쌓여왔던 것이다.

곤혹_
'숟가락'

이야기가 살짝 샛길로 빠져버린 것 같다. 여기서 다시 부모님의 빈약한 일본어 어휘에 대한 주제로 돌아가보자. 부모님은 학교교육을 통해 배울 수 있는 언어뿐만 아니라 다른 어휘도 빈약했다.

예를 들면 일상생활에서 사용되는 '집안 언어'이다. 그들이 일본인들의 살림에 관여할 일은 거의 없었던 만큼 그에 관한 어휘는 두 분의 능숙한 일본어에 비해 많이 부족했던 것 같다. 아니면 부족한 것이 아니라 자신들의 내부 살림에 관한 언어가 편해서, 어른이 된 뒤에 배운 일본어보다 입에 익은 조선어를 우선시했는지도 모르겠다.

그래서 그랬는지 부모님에게는 그러한 특정 어휘의 부족으로 인한 지장은 없어 보였다. 하지만 자식인 우리는 그로 인해 성가신 일을 겪어야 했다. 언어를 배우는 아이들은 먼저 집안에서 쓰는 언어를 통해 자신의 언어 세계를 형성하고 집안 내에서 주고받는 언어에 의해 세상의 윤곽을 파악한다. 그리고 희미한 윤곽으로 그려진 세계에 자신을 투영해 그 배경 속에서 꿈을 키워 나간다.

그런데 불편함을 못 느끼던 그 언어가 집 밖으로 나오면 통용되지 않는다는 사실을 깨닫게 된다. 게다가 그 빗나감은 생각처럼 단순한 것이 아니었다. 부끄러워해야 할 출신을 노출시키고 멸시의 눈초리 대상이 되게 하는 상징, '징표'가 될 수도 있다. 그런 두려움은 '다름'을 의식하게 된 그의 언어 세계는 물론, 세계 자체에 암운을 드리운다. 더 나아가 균열을 가져오기도 했다.

그런 말 중에는 친척을 부르는 호칭이나 집안에만 있는 물건, 이를테면 '숟가락' 같은 것이 있다. 숟가락은 '오사지'라 하여 흔히 보는 물건이지만, 일본인 집에 일상적으로 왕래해본 경험이 없었던 나는 오사지를 오사지라고 부르지 않았다. 그리고 숟가락과 함께 식탁에 올라오는 젓가락을 부모님은 '하시'라고 일본어로 불렀기 때문에 우리는 하시는 일본어이고 숟가락은 조선어라는 분별을 할 수가 없었던 것이다. 물론 지금은 그 메커니즘을 설명할 수 있다. 조선인들이 음식을 먹을 때는 밥도 젓가락이 아니라 숟가락으로 먹고 국도 그릇을 들고 후루룩 들이키는 것이 아니라 숟가락으로 떠서 먹는다. 이처럼 숟가락이 주역이며 젓가락은 조역이다. 그런 만큼 부모님의 어휘에서 차지하는 숟가락의 중요도와 친근감이 강했을 것이다.

다시 말하면 어린 내게 하시와 숟가락은 양쪽 다 일본어였다. 즉 어느 자리에서 사용해도 부끄럽지 않은 말이었다.

그런데 학교에 다니게 되면서 좋든 싫든 급식이 있어 반 아이들과 밥을 함께 먹게 되었다. 그리고 거기에는 '오사지'가 눈앞에 있다. 그렇게 해서 숟가락은 이 사회에서는 통용되지 않는 언어, 즉 '우리 집' 언어에 지나지 않는다는 사실을 깨닫는다. 우리 집에서만 쓰는 말은 정체가 발각되는 상징이 되기 때문에 입을 꾹 다물어야 했다. 그리고 다른 사람들이 쓰는 그들만의 언어에 귀를 기울이고 그것을 배워야 했다. 더구나 공적인 자리에서 자신의 집안 말을 감추는 데서 오는 떳떳하지 못한 기분까지 극복해야 했다.

이렇게 말은 하고 있지만, 나는 우리 집 언어에서 남의 집 언어로 바로 넘어가지는 않았다. 숟가락 같은 경우는 다행히도 '스푼'이라는 우리 집안 것도 남의 집안 것도 아닌 중간에 위치한 외래어가 있었다. 스푼이라는 말을 중개자로 쓰면서 꺼림칙한 기분을 지운 적이 있다.

'살래'

숟가락과 비슷한 사연이 깃든 말로 '살래'가 있다. 살래는 나무로

된 찬장을 일컫는 제주도 방언이다.

"있잖아, 우리 집 이번 살래는 삐까번쩍해." 당시 아직 소학교 1학년인가 2학년이었던 나는 새 '찬장'을 샀다는 소식을 친구들에게 자랑스럽게 떠들고 다녔다. 이 뚱딴지 같은 말에 아이들은 고개를 갸우뚱하긴 했지만, 그 이상 추궁하지는 않았다. 하지만 분위기가 뭔가 수상했던 게 희미하게나마 기억에 남아 있다. 그리고 어느 날, 아마 교과서였을 것이다. 찬장에 해당하는 말은 살래가 아니라 '미즈야(水屋)'[10]라는 사실을 알게 된 나는 남모르게 식은땀을 흘렸다. 그런데 오늘날 아이들이 미즈야라는 말을 듣고 바로 그 의미를 떠올릴지 의문이며, 나의 유년 시절에 일본인들이 그 말을 얼마만큼 친숙하게 사용했는지도 잘 모르겠다. 그런 점에서 이 에피소드는 나 혼자만 민감하게 느끼고 가슴 졸였던 것일지도……

내가 지금은 찬장이라고 부르는 것이 미즈야라는 것을 알았을 때의 경험은 아무렇지도 않게 사용하는 언어가 자신의 정체를 폭로할 수 있다는 두려움을 주었다는 의미에서 숟가락이라는 말보다 충격이 더 컸다. 여기에는 스푼이라는 소위 중간 거처, 즉 탈출구라고 할 만한 것이 없었기 때문이다. 우리 집의 숟가락과 다른 집의 오사지와의 가교로 내가 숟가락이라는 말을 포기하고 스푼라고 부른 것

---

10 넓은 의미로는 부엌과 같은 물을 사용하는 장소를 말하지만, 다실에 딸린 준비실로 다과 준비를 하기 위한 장소와 시설, 또는 식기나 다기를 넣는 장롱 같은 가구를 말한다.

처럼 그들 또한 오사지를 버리고 스푼으로 이행했다. 그래서 나와 그들의 양보는 오십보백보였다고 변명할 수 있었지만, 이번에는 그 변명이 통하지 않는다. 그들의 내부와 공통어의 세계라는 양쪽 모두에 통하는 미즈야로 이행한다는 것은 전면적으로 그들에게 굴복한다는 의미다. 어쩐지 강요받는 느낌이 들었다.

하지만 나는 어떻게 해서라도 그 '보통의 남의 집안'으로 들어가는 열쇠를 놓지 않으리라 다짐하며 속으로 몇 번이나 미즈야를 복창했었다.

그 일을 계기로 나는 패닉 상태에 빠졌다. 내가 사용하는 어휘에 두려움을 느끼고는 마치 몸속의 세균을 찾아내려는 듯, 이종(異種)이라 의심 가는 말을 내 어휘에서 추방하고자 애썼다. 하지만 어디까지나 '애썼다'는 수준을 넘지 못했다. 절대적인 보증이 없었기 때문이다. 유일하게 기댈 수 있는 건 '두려움'과 '자기 불신'이었다.

이것이 나에게 편집증을 가져왔다. 주위 사람들과 비슷해지고 싶다, 비슷해져야 한다는 강박관념이었다.

하기야 내가 남과 다르다는 사실에 민감한 것은 결코 특별한 일은 아닌 듯하다. 아이들은 종종 남들처럼 되기 위해 열정을 쏟아붓는다. 특히 자기가 이종은 아닐까 하는 의심이나 확신이 있으면 남은 '보통'이 되고, 남과 비슷해지고 싶다는 바람은 열정으로 바뀐다. 물론 그 열정이 지나치면 긴장으로 굳어져 오히려 상처투성이가 되기도 한다. 자기 자신을 숨기려고 하는 과도한 열정이 반대로 '징표'가 되어버릴 수가 있다.

홈드라마와 전후 민주교육

그러던 중 공통어를 획득하는 데에 절호의 수단이 될 수 있는 매체가 보급되기 시작했다. 텔레비전이다. 내가 텔레비전을 보기 위해 이웃집을 드나들어야 하는 불편함에서 해방된 건 소학교 4학년 때였다. 텔레비전, 특히 당시 인기 홈드라마는 우리의 내부는 숨기고 일본인의 집안을 엿볼 수 있게 해주는 비장의 무기였다. 텔레비전에 비치는 홈드라마는 현실과는 거리가 있겠지만 나는 일반적일 것이라고 믿어 의심치 않았다. 드라마의 행복을 흉내 내며 나 또한 보통의 행복한 가정을 꾸리자는 생각을 갖게 되었다. 홈드라마는 내게 교육방송이기도 했다. 나는 그 사이비적인 일본 홈드라마의 열렬한 팬이었다.

동경을 담보로 한 교육은 효과가 있다. 부모님 또한 홈드라마를 통해 자연스럽게 남의 집안 어휘를 습득하게 되면서 우리 집에 그나마 남아 있던 조선어가 하나 둘 쫓겨났다. 이리하여 우리의 언어 세계는 '집안 말'에서 공통어로 급속하게, 그리고 순조롭게 넘어갔다. 텔레비전의 보급은 일본 경제의 비약적인 발전이 가정으로도 파급된 상징적인 것이었다. 그리고 약간의 시간적 차이는 있었지만, 재일조선인의 경제적 상승과 그와 비례하여 나타나는 조선인 집단 거주지의 해체도 병행되었다. 즉, 텔레비전은 상징성만이 아니라 실질적으로 재일조선인과 일본 사회와의 거리를 축소시켰다. 이른바 조선인 집단거주지의 격리에서 혼재의 길을 걷게 했다고 할 수 있을 것이다.

우리들에게는 또 하나의 강력한 지원군이 있었다. 학교였다. '집안'과 '보통'은 학교를 매개로 연결되었다. 그런 사정은 조선인만이 아니라 일본인도 마찬가지였다. 그런데 내 경우에는 내부의 언어, 즉 집안 말에 대한 두려움과 불신이 있었기 때문에 보통으로의 이행을 가르쳐주었을 뿐 아니라 그것을 가치로 교육시켜주는 학교는 무척 고마운 곳이었다. 특히 부모님에게는 그런 기회가 없었다는 사실을 알고 있었기 때문에 자신의 행운을 기뻐하면서 학교에 감사하게 된다. 그리고 실제로 이런 내 생각을 입에 올리기도 하는데, 그것이 일본인에게는 이상하게 보이는 모양이다.

나는 일본의 전후 민주교육 덕분에 그럭저럭 살 수 있었다. 그래서 일본의 전후 민주교육을 매우 고맙게 생각한다는 것인데, 조금 과장되게 보이는 이런 나의 발언은 반발 또한 만만치 않았다. 선생의 고약한 무책임을 모르는 아이가 없는데, 그걸 칭송하는 의도는 무엇이냐며 어이없어하기도 했다. 더욱이 형식적인 민주주의 뒤에서 상당한 차별을 받아왔을 재일조선인의 입에서 그런 말이 튀어나왔던 까닭에 선의에 찼던 진보파 친구들은 "무슨 바보 같은 소리!" 하며 펄쩍 뛰면서 의심을 품기도 했다. 하지만, 나의 감사에는 다소의 과장이 있긴 했어도 진심이었다는 것을 부정할 수는 없다.

물론 전후 민주교육에 민주주의는커녕 지독한 권위주의와 차별주의가 내재되어 있을 뿐 아니라 노골적으로 드러났다는 점을 모르는 건 아니다.

소학교 6학년 3학기(1~3월), 중학교 진학의 꿈에 부풀어 있을 무렵의 일이다. 내가 진학할 예정인 집에서 가장 가까운 중학교에서 부모님과 함께 학교에 와달라는 통지가 날아왔다. 이런 일에는 나의 감이 작동한다. 만약 신입생 전원에게 그런 의무가 있다면 소학교에서 선생님이 학생 전원에게 얘기했을 것이다. 그런 말이 없었다는 것은 나 아니면 나를 포함한 특정의 아이들에게 한정된 소환장이라는 감이 작동한 것이다. 그래서 친구들에게는 아무 말도 않고 그들이 하는 얘기에 귀를 기울인다. 아니나 다를까, 그런 얘기는 들리지 않는다. 그렇다면 부모님이나 형에게 물어보면 될 것이었지만 그렇게도 하지 않았다. 그런 이야기는 물어보지 않아도 알고 있어야만 한다는 것이 나를 비롯한 조선인 아이들의 철칙이었고, 부모님이나 형들의 사소한 언어나 행동으로 감은 대부분 확신으로 굳어갔다.

그날 나는 선망하는 중학교를 향해 점점 무거워지는 발을 질질 끌면서 아버지와 함께 걸어갔다.

마돈나의 출신

면접에 앞서 안내를 받은 교실에는 이미 많은 아이들과 어른들이 와 있었다. 두 군데 소학교 아이들이 한 중학교에 다니게 되는 거라서 거기 모인 아이들 모두 다 알지는 못해도 상당수가 아는 얼굴이었다. 여기서 아는 얼굴이라는 건 그냥 아는 것이 아니다. 말을 해본 적이 있는가 없는가의 차이는 있지만, 조선인이라는 것까지 알고 있다는 걸 의미한다. 그러나 모두가 마치 처음 보는 사이처럼 시치미를 떼었다. 쓴웃음을 보내오는 아이도 있었지만 거의 대부분 말 없이 순서를 기다렸다. 소학교에서는 선생님으로부터 미움을 받았던 악동들조차도 부모가 옆에 있는 탓인지 따분하다는 듯 묵묵히 창밖을 바라보고 있다. 부모들도 평소처럼 시끌벅적 떠드는 일 없이 간단한 인사를 나누는 정도였다. 그렇게 마냥 무료한 기다림의 시간과 함께 한참 동안 긴장감이 맴돌았다.

그때 문이 열리고 찬바람과 함께 또 한 명의 학생이 들어왔다. 나는 눈을 내리뜬 채 얼굴을 들었다. 그러자 생각지도 않던 모습이 내 눈에 들어왔다. 긴장한 여학생의 눈과 내 눈이 마주쳤다. 그 눈에는 놀라움과 부끄러움의 빛이 역력했는데 나 또한 그 여학생의 눈빛과 다르지 않았을 것이다. 당황한 나는 곧바로 눈길을 돌렸다.

조선인 아이들은 출신을 숨기고 일본인 집단 속에 몸을 감춘다. 하지만 거주 지역과 부모들 사이의 교제, 그리고 이름 등을 종합해서 감을 작동시키면 우리는 서로를 느낌으로 알게 된다. 그런 느낌은 대부분 틀림없이 맞았다. 그러나 그것을 입에 올리지 않는 것이 우리들 사이의 암묵적인 약속이기도 했다.

그런데 그 대합실에서 마주친 여학생의 경우, 나는 손톱만큼도 출신을 의심해본 적이 없었다. 그러므로 놀란 것은 말할 것도 없고, 본의 아니게 타인의 비밀을 엿본 셈이 되었다. 게다가 당사자에게 들키고 말았다는 난처한 경험을 한 것이다.

그녀는 1년쯤 전에 전학 와서 같은 학교에서 지낸 지 얼마 되지 않았다. 조선인 집단 거주지역에서 많이 떨어진 곳에 사는 것 같았다. 게다가 무엇보다도 용모와 행동에 청결감이 느껴졌고 말투에도 기품이 있었다. 눈매가 맑고 시원스러웠으며 성적도 좋았다. 당연히 남학생들에게 인기가 많았고 나 또한 마음이 끌렸었다.

하지만 청결감이니 기품이니 하는 것에 대해, 당시의 나에게 도대체 어떤 판단 기준이 있었는지 모르겠다. 오히려 나는 그녀가 조선인이 아니라고 단정했기 때문에 그녀에게서 좋은 점을 찾아냈던 것은 아닐까? 그날 이후 그녀에 대한 이미지에서 광채가 사라졌다. 멀리서 올려다보면서 느끼던 신비로움이 연기처럼 날아갔다. 그러자 기묘하게도 그녀가 결혼 상대로 떠올랐다. 더럽혀진 가족의 일원은 나와 상응하는 상대가 된 것이다. 어린 나이에 벌써 그런 계산을 거의 자동적으로 했던 것이다. 옛날 미국의 흑인은 흑인 이성에게 연애감정을 느끼기 어려웠다는데, 아마도 같은 심리가 내 안에도 있었던 듯하다. 욕망은 사회적 가치기준에 따라 '아래'에서 '위'로 향한다. 그 이후로 나는 여성에게 연정을 품을 것 같은 예감이 들면 반드시 자문했다. 그 여성이 조선인이라도 마찬가지로 끌렸을지를.

'심문'과 '평등'

드디어 내 차례가 돌아와 면접장에 들어가자 여러 명의 교사로부터 차례차례 질문이 쏟아져 나왔다. 그건 시간과 공을 들인 주도면

밀한 질문이었다. 하루를 어떻게 보내는지부터 시작해 용돈의 액수와 용도, 장래의 꿈까지 나의 일상과 느낌, 생각을 거의 모두 파악할 수 있는 질문이었다. 당연히 진절머리날 만도 했지만 나는 매우 의욕에 넘쳐서 성실하게 답했다. 다코야끼와 오코노미야키를 아주 좋아하고 어느 가게가 싸며 어떻게 맛이 있고, 어느 정도 빈도로 다니는지, 그리고 직업을 가진 다음 브라질로 이민 갈 거라는 장래의 꿈까지 솔직하게 얘기했다. 그걸 듣고 있던 교사들도 만족스러운 웃음을 지으며 차차 나를 격려하는 말투가 되어갔다. 이만하면 교사에게 아부하는 우등생다운 대응은 훌륭하게 수행한 셈이다. 같이 있던 아버지가 돌아가는 길에 한 말에 의하면, 내가 너무나 숨기는 것 없이 다 말하는 것을 보고 얘가 언제 이렇게 수다쟁이가 된 건지 놀랐고 조마조마하게 듣고 있었다고 한다.

　마지막으로 서류 양식 하나가 내 앞에 내밀어졌다. '중학교에 입학하기를 원하며, 절대로 폐를 끼치지 않을 것을 약속합니다. 만에 하나 문제가 생기면 부모가 책임을 지고 학교를 그만두게 하겠습니다'라고 맹세하는 각서였다. 그걸 본 순간 촐랑대던 나도 약간은 놀랐다. 재일조선인에게는 의무로서의 교육도 없고 권리로서의 교육도 없다는 것을 그때까지 몰랐던 것이다. 물론 조금은 상처를 입었다. 그러나 그 순간에도 만약 이 순간 아버지가 화라도 내면 나의 진학에 지장이 생길지도 모른다는 걱정이 먼저였다. 그걸 아는지 모르는지 아버지는 아무 일도 아니라는 듯 사인을 했고, 나는 입학 허가를 받을 수 있었다.

그 각서가 상징하듯이 아이의 마음에 상처가 될 수 있는 소환 면접이었는데도 내가 희희낙락 면접을 볼 수 있었던 이유는 무엇일까? 면접장에는 내가 늘 비교하고 대조하며 닮으려고 애쓰면서 한편으로는 그들에게 나의 출신이 드러날까 겁내온 '보통 아이들'이 없었기 때문이다. 그리고 면접을 하는 교사들로 말하자면, 그들은 애초부터 내 꼬리를 잡고 있었으니 더 이상 약점을 잡힐 걱정이 없었다. 그래서 내가 나에게 붙어 있는 꼬리를 뗄 가능성을 가진 사람, 그렇게 하기를 바라는 순진무구한 인간이라는 걸 보여서 그들의 기분을 누그러뜨리면 되는 것이었다. 그들이 차별 의식을 갖든 안 갖든 큰 차이는 없었다. 차별당하는 부류 속에서도 그 부류를 이탈하여 상승할 가능성이 있는 존재로 나를 부각시키면 되었다. 더구나 나는 이미 그렇게 할 수 있다는 확신을 갖고 있었다.

나는 소학교 선생님에게서 중학교 입학식 때 신입생 대표로 인사를 하게 될 거라는 얘기를 이미 들어놨던 것이다. 그렇듯 적어도 학교라는 곳에서는 능력만 있으면 그에 상응하는 취급을 받는다는 확신을 나는 갖고 있었다. 그러한 보증도 없었다면 면접장에서 심문을 받으면서 그렇게 들뜰 이유가 없었다. 하지만 내가 그렇게 열의를 가지고 면접을 본 것은 실은 내 안에 깃들기 시작한 편집증 때문이었는지도 모른다.

'징표가 붙은 보통'이 되고 싶다는 바람이었다. 보통이 못 되던 사람이 보통으로 되었다고 해도 타인이 그 사람을 원래부터 보통이었다고 간주한다면 그간 노력한 흔적이 묻혀버린다. 그러면 계산이 안 맞지 않은가. 그래서 두 배 세 배 고생한 흔적을 인정받은 다음에 보통이라는 대우를 받고 싶었다, 그래야 비로소 채산이 맞는다. 실로 기묘한 바람이었다. 이러한 비비꼬인 심성은 지금에 이르기까지도 나의 사고와 행동에 영향을 주는 것 같다.

어찌 됐건 원칙상의 형식적인 평등, 적당한 능력주의는 나를 고무시켰다. 내게 공통어의 가능성을 열어주고 남의 말로 연결하는 다리를 놓아주고, 그리고 추상적인 평등의 꿈을 꾸게 한 것은 '전후 민주교육'이었다. 이러한 자의적 해석은 동시대에 같이 학교생활을 했던 친구들도 이해가 안 되는 모양이다. 같은 말이라고 해도 그 말에 깃들어 있는 의미가, 그리고 눈높이가, 기대의 지평이 모두 다른 것 같다.

말에 계층성이 있다는 것은 당연한 얘기지만 학교교육은 그런 계층성을 은폐한다. 평등이라는 환상을 퍼뜨리고 공동성을 만들어낸다. 그리고 그런 교육을 받는 대상도 공동성에 몸을 의탁하려 한다. 근대국가에서 그런 것은 보편적이며 그렇게 하는 것으로 되어 있다. 따라서 '환상의 공동성'으로의 이행은, 말하자면 자연스러운 과정이며 현대사회에서는 성장과 동의어이다.

한편 한쪽 발을 거기에서 **빼냈다**고 생각되는 우리들 내부 세계(집안)의 후진성과 열등성은 완전히 떼어낼 수 있을 것처럼 보이지만, 그것은 어느 정도까지는 웃을 수 있는 현실, 또는 회상하며 쉴 수 있는 현실이다. 상승 과정에서 반드시 말소시킬 필요는 없다. 하부가 상부를 지탱해 연속하는 이중구조라고 해도 좋을 것이다. 그런데 우리 조오센에게 있어 제시된 그 공동성은 집안을 반드시 말소하거나 은폐해야지만 비로소 들어갈 수 있도록 허락해주는 그런 것이었다. 드러나게 되면 그 공동성에서 추방되는 '허물'로서 집안이 있었다.

학교교육에서 배울 수 있는 언어야말로 '부끄러운 조오센'이라는 수렁에 빠져들어가던 내게 던져진 생명줄이었다. 본래 집안 언어와의 왕래로 '살아 있는 언어'로서의 풍요로움과 부드러움을 발휘할 그 '공통어'를 자신의 집안을 버리는 도약에 의해 획득한 감이 있는 나의 언어, 그리고 그런 언어로 자신을 무장해온 것이 소년기 이후의 나의 '성장'이었다.

그건 그렇고 '찬장'에 비해 '미즈야'는 얼마나 함축성 있는 말인가? 이렇게 꼬리를 물며 생각을 이어가는 나는 아무래도 성장 과정의 '상처'를 다 털어버리지 못하고 있는 것인지도 모르겠다.

우리 재일조선인 2세는

여러 가지 거짓말을 하면서 살아왔고

결국에는 무엇이 거짓이고 무엇이 진실인지 구별을 하지 못한 채

거짓말을 반복하고 있지는 않은지 하는 의구심을 떨쳐버리지 못한다.

자신의 실존 자체가 허위일지 모른다는 불안을 안고 살아간다.

그렇기 때문에 '진짜'를 동경한다.

언젠가 '진짜'인 '나'의 삶을 살고 싶다,

그런 '나'는 어디에…….

요시미짱과 SUNYOON

"자아, 시작한다. 눈을 감고 가만히 귀를 기울여야지. 옛날 옛날 어느 마을에 요시미짱이라는 작고 귀여운 남자아이가 있었습니다."

지금은 다 커버린 딸들이지만 아이들이 아직 어렸을 때 우리 부부는 매일 밤 번갈아가며 이야기를 들려주면서 아이들을 재웠다. 아내는 아이들의 이름 '사애'와 '마유'에다 당시 유행하던 애니메이션 주인공 라라벨의 벨을 붙여서 만든 '사애벨과 마유벨의 이야기'를 들려줬다. 일상의 현실과 서양의 옛날이야기를 뒤섞은 꿈이 있는 이야기였다. 그런 아내와는 달리 이미 눈치채셨을지도 모르겠지만 나는 늘 나 자신을 떠나지 못했다. 그래서 이야기의 주인공에게도 나의 어릴 적 이름을 붙인 '요시미짱[11] 이야기'를 들려줬다. 내가

---

11 '짱'은 일본어 'ちゃん'을 발음한 것으로 주로 이름 뒤에 붙여 친근감을 표현할

어렸을 때 저지른 실수를 조금 각색했을 뿐인 이야기였다. 이야기를 들려주면서도 이렇게 꿈이 없는 이야기에 아이들은 신기할 만큼 귀를 기울이고 또 그렇게 잠이 드는구나 하고 쓴웃음을 지었었다.

"있잖아, 요시미짱은 부끄럼쟁이라서 아버지 어머니한테도 똑바로 말을 못 하고……"

"거기서 아버지가 그러니까, 우리 할아버지야?"

"응 그래. 아버지의 아버지. 아니 아니야, 아니야, 아니라니까. 요시미짱의 아버지야. 아버지도 요시미짱이었지만, 이 얘기의 요시미짱은 다른 요시미짱이야. 그 요시미짱은 밤마다 오줌을 싸고 늘 어머니한테 야단을 맞았어요. 소학교 3학년 무렵까지……"

"설마? 정말? 에그그 창피해라."

"그래 창피하지. 그렇지만 더 창피한 것도 많아. 그러니까 으 — 음, 요시미짱은 으 — 음……똥도 싼 적이……"

"말도 안 돼, 아무리……. 냄새 나."

"정말 냄새가 났어. 화장실에 가고 싶은데 선생님께 그 말을 못해서. 냄새만이 아니라 엉덩이가 미끌미끌……"

그 얘기를 딸들에게 전해들은 아내는 그런 한심하고 지저분한 얘기를 딸들에게 해준다며 기막혀했다.

요시미짱, 즉 나에게는 이름이 여럿 있다. 노베야마 요시미츠, 겐 요시미츠, 현선윤, SUNYOON HYUN이다. 두 번째 것은 한자를

_____
때 쓰인다. 윗사람이나 처음 만난 사람에게 쓰는 건 예의가 아니다.

일본어 음으로 읽으면 겐 젠인으로도 읽을 수 있으므로 다 해서 다섯 개가 된다(일본에서는 한자를 음으로도 읽고 뜻으로도 읽는다 —역주). 혹자는 "그건 좀 과장된 계산법이야"라고 할지도 모르겠다. 영문명은 누구나 쓰는 거니까 제외해야 할 것이고 겐 젠인도 한자를 짐짓 음으로 읽은 것뿐이니 계산에 넣지 말아야 한다면서. 그러나 그런 말이 나의 경우에는 잘 맞아떨어지지 않는다. 적어도 내 느낌으로는 그렇다. 지금부터 이에 대한 이야기를 해보겠다.

복잡함_
평생 네 개의 국적

재일조선인은 '본명' 외에도 '통명'[12]이라는 것을 갖고 있다. 누구나가 그렇다는 것은 아니고 현재 통명을 사용하고 있는지는 차치하더라도 갖고 있는 사람이 상당수에 달한다. 왜 이렇게 복잡한 것인지 알기 위해서는 역사적 사실을 되돌아봐야 한다.

일제는 식민지 조선의 민족성 말살을 위하여 창씨개명을 강요했고 조선인은 할 수 없이 강권에 못 이겨 그에 따르기는 했지만 그것은 어디까지나 마지못해 한 것이었다. 어쩔 수 없이 사람들은 일본식 이름을 지을 때 최대한 자신의 본래 성이나 본관과 연관성이 있는 이름을 선택하였는데 김(金)씨이면 그 뒤에 촌(村)이나 본(本)이나

---

12 본명 이외에 평소에 통상적으로 사용하는 일본식 이름.

정(井)을 붙여 가네무라(金村), 가네모토(金本), 가나이(金井) 등으로 바꿨던 것이다. 굴욕의 역사와 그 속에서 어렵사리 발휘된 민족적 자긍의 복합물이라고 해야 할지. 하지만 강요된 이름이라는 사실에는 변함이 없다. 그런데 그런 이름이 해방 후에도 살아남은 이유는 무엇일까?

우선은 조선인이라는 사실을 숨길 것을 강요하는 편견이 일본 사회에 여전히 남아 있었기 때문이라고 해야 할 것이다. 일본식 이름을 사용하지 않으면 불리하다는 계산을 재일조선인은 항상 해야만 했다. 이를테면 일을 하기 위해서는 신용이 필요한데 그 신용은 이름에 딸려오는 것이다. 일본식 이름을 사용하는 조선인에게는 어느 정도 신용이 부여된다.

그러나 일본식 이름을 계속 쓰게 한 건 그러한 이유 때문만은 아니다. 이름과 연관된 두 나라의 문화적인 차이도 원인 중 하나일 것이다. 조선은 성씨의 수가 일본에 비해 훨씬 적어서 같은 성씨인 사람이 무수히 많다. 그래서 어떤 사람의 이름이 박정지(朴政志)라면 가족이나 지극히 가까운 친구를 빼고는 일상적으로 그를 박정지 씨라고 부른다. 그렇게 해야만 인물을 특정할 수 있기 때문이다. 그러나 일본에서는 보통은 사람을 풀 네임으로 부르지 않는다. 일본의 그러한 문화적 풍토 속에서 살아가는 한, 조선인끼리라 하더라도, 예를 들어 박○○가 기노시타 ○○라는 통명을 갖고 있을 때에는 박 상[13]보다는 기노시타 상 쪽이, 그리고 '어느 동네 기노시타 상' 쪽이 편리하다. 통명은 때로 가짜 이름이라고 비방을 당하지만 이러한 문화 혹은 언어의 강제력을 무시할 수는 없다.

더욱이 무엇이든 익숙해지기 마련이어서 본인도 차츰 가짜 이름에 애착을 갖게 된다. 그러다가 결국 그 이름이 자신에게 더 어울린다는 생각을 하게 되는 것도 이상하지 않게 된다. 게다가 자녀들은 본명으로 살아본 적이 한 번도 없는 세대다. 그들에게는 본명이라고 해도 서류상의 이름일 뿐이다. 여기서 벌써 본명의 애매함이 드러나지만 얘기는 여기서 그치지 않는다. 예를 들면 서류상에도 정식으로 어느 이름이 본명인지 확실하지 않은 경우도 있다.

조선인이라도 일본에서 태어나면 일본의 관청에 출생신고를 한다. 그때 본명과 통명을 병기하는 일이 많은데 그 시점에서 이름이 두 개 생긴다. 그렇다고는 해도 거기서부터 자동적으로 본국에 서류가 회부되어 본국 관청에 그 이름이, 즉 그 인물의 존재가 등록되는 것은 아니다. 그리하여 본국에는 흔적조차 없는 인물이 이국에서 두 개의 이름을 갖고 인생을 시작하는 것이다. 마치 유령처럼이라고 말하고 싶지만 그 말은 과장되거나 시시한 말이다. 인간은 서류상에서 살아가는 것은 아니다. 게다가 그 유령의 일상에 지장이 있는 것도 아니다. 우리 재일조선인은 일본 국적이 아니어서 상거래, 진학, 취직 등에 호적 초본이나 주민표 대신에 우리들이 '개의 감찰'이라고 부르는 지문 찍힌 문서, 즉 외국인 등록증이라는 증명서를 이용한다.

---

13 '상'은 우리말 '~씨, ~님, ~선생님'에 해당된다.

가족들

아버지, 제주에서 밀항하여 영화감독을 꿈꾸며
북으로 건너간 후 돌아가신 친척 형님, 형, 여동
생, 그리고 나.

그런데 막상 일본 밖으로 출국하는 상황이 생기면 까다로운 절차가 시작된다. 일본 정부가 외국인에게 여권을 발급할 리 없으므로 국적국(본국) 정부에 그것을 신청해야 한다. 그런데 본국 정부도 본국의 호적에 존재하지 않는 인물의 여권을 내줄 리가 없다. 그래서 본국에 존재를 고지하여 인정받고 호적에 올려야 한다.

출생과 동시에 신고를 하는 사람도 있고 어떤 계기로 인해 신고를 하는 사람도 있다. 그래서 사람에 따라 시기는 다르지만 어쨌든 본국에 출생신고를 해둔다. 그렇다 하더라도 신고 절차가 복잡해지는 경우가 많다.

그 이야기를 하기 전에 먼저 봐야 할 것이 국적 문제다. 국적국(본국)에 신고를 하려면 먼저 국적이 있어야 하기 때문이다. 우선 재일조선인이라 해도 국적상으로는 크게 두 개의 그룹으로 나뉜다. '대한민국'적과 '조선'적이다. 이 국적에 관해서는 큰 오해가 있다.

내가 언급하는 복잡하다는 말은 사무 절차의 번잡함과 그 이유를 모른다는 두 가지 요인이 얽혀 있어 설명이 길어질 것 같다. 한마디로 말하면 재일조선인이라고 해도 국적상으로는 두 그룹으로 나뉜다. 대한민국 국적과 조선 국적이다. 국적에 관해서는 심한 오해가 있는 것 같은데 그것은 단지 일본인의 오해일 뿐이다.

일본에 거주하는 대부분의 조선인은 한반도 남쪽, 즉 현재의 한국 출신자이거나 그 자녀들이다. 그러므로 일부(과거에는 대부분이었지만)가 조선 국적인 것은 정치적 인식과 그 밖의 요인에 의한 선택의 결과이거나 선택 거부의 결과이다.

재일조선인은 식민지 시대, 그리고 그 후 수년간 일본인으로 살았다. 실제 대우는 어찌 됐건 형식상은 그랬다. 그런데 일본이 정식적인 독립국으로서 국제사회로 회귀했던 샌프란시스코 조약 체결에 의해 개개인의 의지와는 상관없이 갑자기 조선 국적으로 바뀌었다. 반드시 억지로 그랬다고 말하는 것은 아니다. 다만, 당사자에게 한마디 양해를 구한다거나 선택의 자유를 허락하는 절차가 없었다는 사실을 말하는 것뿐이다.

지금은 조선 국적에서 한국 국적으로 바꾼 사람들이 다수를 차지하지만 한국 국적에서 일본 국적으로 변경한 사람도 있다. 즉 귀화한 사람들이다. 이렇게 되면 일생에 네 개의 국적을 갖게 되는 셈으로 진정한 국제화의 현대 사회를 살고 있는 것이 된다. 어쩌면 젊은 이들로부터 '멋있어!'라고 환호를 받을지도 모른다.

그와 달리 일본 국적에서 조선 국적으로 변경한 채로 생활하는 사람도 있다. 대담하게 그렇게 하기로 결정했거나, 정치적으로 농락당한 것에 대한 혐오감 때문에 그대로 유지하는 사람도 있다. 그리고 북한의 정치적 정통을 인정해서 단호하게 조선 국적을 사용하는 사람도 있다. 그 정도로 명확한 정치적 의지가 있으면 조선민주주의인민공화국 국적을 허용하면 좋을 텐데 일본 정부는 그런 명칭의 국가의 존재를 인정하지 않는다. 그래서 일본 법률에서는 편의상 그들을 지구상 어디에도 존재하지 않는 국가의 사람으로 보고 있다.

그런데 그런 사람들은 어떤 식으로 국적국에 신고를 하는지, 솔직히 말해서 나는 잘 모르겠다. 들은 바로는 북에는 민법이라는 것이 없다는데(어디까지나 들은 얘기다), 만약 그것이 사실이라면 호적이라는 것이 어떤 위치를 차지하고 있는지 전혀 알 수가 없다. 더욱이 국교가 없는 국가의 기관이 일본에 나와 있을 리도 없어서 어떠한 절차를 거쳐 출생신고 등의 법적 절차가 처리되고 있는지도 잘 모르겠다. 북을 지지하고 적극적으로 지원하는 재일조선인 단체가 북쪽 정권의 관청 역할을 하고 있겠지 하고 추측하는 정도일 뿐이다.

한국 국적_ 국적이란 무엇인가

한편 나처럼 한국 국적을 가진 재일조선인인 경우 정치적 의지로 국적을 선택했는가 하고 물으면 그렇기도 하고 그렇지 않기도 하다는 애매한 답이 돌아온다. 경위야 어떠하든 조선 국적에서 한국 국적으로 변경했으니 선택한 것은 맞다. 그러나 그것이 정권의 정통성을 인정한 것이냐 하면 반드시 그런 것도 아니다. 앞에서 말했듯이 고향이 남쪽이라는 사정이 있다. 그곳에 친척들이 있고 조상의 무덤이 있기 때문에 조상 숭배라는 문화적 전통과 함께 혈연의 정이라는 것이 있다. 타향에서 고생을 하며 살아온 재일조선인의 경우, 이 '정'이라는 것은 매우 중요한 것으로 떨어져 있으면 있을수록 고향이 그리워지는 모양이다. 그런데 2세인 나는 그런 심경을 실감할 수가 없다. 사실 여부를 떠나 일본과 한국은 가까운 관계이다.

한일 간의 이른바 정치적, 경제적 협력 내지 유착의 역사는 알게 모르게 다양한 압력과 유혹으로 한국 국적으로 변경하도록 흐름을 조성해왔다.

일본인에게 조선은 거리는 가깝지만 정신적으로나 심리적으로는 차이가 있다는 의미에서 가깝고도 먼 나라라고 한다면, 재일조선인에게 조선은 멀지만 가까운 나라인 것이다.

세상 사람 모두가 일본인처럼 돈과 시간만 있으면 어디든 원하는 곳을 갈 수 있는 것은 아니다. 태어난 고향이지만 고향에 가기 위해서는 많은 장애물을 넘어야 했고, 거기에 발목이 잡혀 단념할 수밖에 없는 사람도 있었다. 그렇다고 해서 그들이 조국과 아무런 인연을 맺지 않고 살고 있는가 하면 반드시 그런 것만도 아니다. 다양한 형태로 조국의 정치적 힘과 일본의 경제적 영향을 받으며 살아가고 있다. 이 점에 대해 쓰다 보면 이야기가 너무 길어지기 때문에 이쯤에서 접는 것을 이해해주기 바란다.

한국 국적인 경우에는 일본에 대사관도 있고 곳곳에 영사관이 있어 절차는 간단할 것 같지만 그게 또 그렇지도 않다. 우리는 한국 정부의 공적 기관에 신청서를 제출하는 것이 아니다. 아니, 물론 제출은 하는데 그전에 다른 또 하나의 절차를 거쳐야만 한다. 다시 여기서 잠시 옆길로 빠질 수밖에 없을 것 같다.

재일조선인에게는 자주적인 몇 개의 단체가 있다. 일본의 패전으로 우리는 떳떳하게 자유와 해방을 얻게 되었다. 그런데 해방국민을 보호해줄 국가라는 것이 없었다. 패전국민인 일본인이 보았을 때는 일본의 패전을 너무나 기뻐하고 그때까지의 울분을 풀기라도 하는 듯이 난리북새통에 무법천지를 만들어놓고 은혜도 모르는, 다시 말해 점령국민도 일본인도 아닌 제3국 사람에게 쌓이고 쌓인 원한이 많은 것 같다. 하지만 그런 재일조선인의 인권을 옹호해줄 국가가 없었던 것이다. 게다가 지금도 정말 있는 것인지 여전히 의심스럽다. 그럴수록 자신의 생활과 인권을 스스로 보호해야만 했기에 사람들은 손을 잡기 시작했고 다양한 대중단체가 형성되었다. 그중에는 야쿠자 조직도 있었는데 그 단체들이 흔히 말하는 국가를 대신해왔다. 이 말은 도움도 주었지만 억압도 했다는 뜻이다.

　그중에서 현재 가장 큰 단체가 남을 지지하는 재일 대한민국 거류민단으로 남쪽 정부의 대리자 역할을 하는 영역이 있다. 자주적인 민주단체가 국가의 업무를 대행한다는 것은 권력의 일부를 민중이 이양받은 것이므로 민주적이라며 기뻐할 수도 있겠지만 실제로는 조금 달랐다. 민단은 감시자 측면도 있었기 때문이다. 민단을 감시역이라고 표현하면 거창하게 들릴지도 모르겠지만 그들은 단원의 신분을 보증하는 임무를 맡고 있다. 이 말은 반대로 신분과 행동을 감시한다는 말도 되며 실제로 그런 측면도 있었다. 예를 들어 민단의 보증서가 없으면 한국 대사관이나 영사관에 출생신고서를 제출할 수 없었다. 그러므로 민단이 의심이 가는 인물로 찍어버리면 한국 국민으로서 법적 절차를 밟는 일은 일체 불가능했다. 내가 바로 그중 한 사람이다. 이십몇 년간을 한국인으로서의 권리가

전혀 없는 상태에 놓여 있었다. 하지만 여기는 그 얘기를 할 자리
는 아니다.

어쨌든 민단의 신원보증을 얻어 본국에 출생신고를 마치려면 다
시 비용이 필요했다. 적어도 과거 5년을 거슬러 올라가는 기본 회비
와 추가로 들어가는 다양한 명목의 비용으로 최저 10만 엔 정도를
지불해야 겨우 그 단체에 가입 혹은 복귀할 수 있었다. 그때서야 비
로소 다양한 절차를 위탁할 수 있게 된다. 그런데 절차에서 엉뚱한
착오가 생기는 일도 드물지 않았다.

그에 대한 책임이 어디에 있는지는 모르겠으나 여기서 책임 운운
할 생각은 조금도 없다. 하물며 모든 재일단체가 완수해온 인권과
생활 개선에 관한 공헌을 무시하고 비방할 의도도 없다. 나는 재일
조선인이 사소한 일로 필요 이상의 수고와 금전적인 부담에 시달려
온 사실과 특히 여러 가지 사무적인 일로 자신의 아이덴티티를 고
민해야만 했던 사실을 요약해서 설명하고 싶었을 뿐이다(다만, 민
단에 얽힌 위의 기술은 조금 시대에 뒤떨어져 있다. 지금은 상황이
많이 개선되었다. 아마도 한국의 민주화가 최대의 요인일 것이며
국가기관과 시민의 관계에 관한 일반적 일본인, 나아가서는 재일조
선인의 감각의 변화도 작용했을 것이다. 어쨌든 여권 신청도 지금
은 개인이 대사관이나 영사관에 직접 할 수 있게 되었고 직원의 대
응도 믿을 수 없을 정도로 좋아졌다).

미로_
'진짜' 이름 찾기

예를 들어 민단을 통해 본국에 출생신고를 해두었는데 막상 여권이 필요해서 절차를 밟기 시작하면 자신의 이름이라고 알고 있던 것이 호적에 없는 경우가 있다. 본명은 김재준(金才俊)이고 통명이 가나이 마츠오(金井末男)라는 사람이 본국의 호적에는 본명과 통명이 섞인 김말남(金末男)으로 올라 있다. 또 어찌 된 일인지 부모가 모두 조선인인데 어머니의 이름이 통명인 야마다 히로코, 즉 일본인 이름으로 호적에 기재되어 있기도 한다. 이렇게 되면 본국의 호적으로는 한일 혼혈이 된다. 야마다 히로코가 외국인 등록증에 기재되어 있는 모친 도순하와 동일 인물이라는 걸 증명하지 못하면 자녀인 김재준 혹은 가나이 마츠오 혹은 김말남은 동시에 두 사람의 어머니로부터 태어난 사람이 된다. 물론 정정하면 되겠지만 정정하는 절차도 여간 까다로운 게 아니다. 잘못을 바로잡기 위해 동분서주하는 과정에서 점점 힘이 빠지고 '도대체 나는 누구인가?'를 자문하기에 이른다. 게다가 행정기구의 미로에서 헤매면서 살아 있는 인간보다 한 장의 증명서가 훨씬 중요한 의미를 갖는다는 사실을 새삼 실감하게 된다.

어쨌든 그런 절차가 무사히 완료되었다고 하자. 그러면 세 개의 이름이 생긴 셈이 된다. 내 경우로 말하자면 노베야마 요시미츠, 겐 요시미츠, 현선윤이다. 보통 우리는 한자를 일본어로 읽는다. 그래

서 나는 나의 통명인 연산선윤(延山善允)을 '노베야마 요시미츠'라고
하고, 본명 현선윤(玄善允)을 '겐 요시미츠'라고 불러왔다. 그런데 본
국에서는 한자로 현선윤(玄善允)이라고 표기하긴 하지만, 겐 요시미
츠라는 인물은 존재하지 않는다. 존재하는 것은 '현선윤'이다. 따라
서 서류상의 이름을 겐 요시미츠라고 하든 겐 젠인이라고 부르든
모조품이라는 의미에는 변함이 없다. 그런 점에서 '어디까지나 나는
겐 요시미츠다. 그것이 내게는 실존적 이름이다'라고 인정해버리면
그만인지도 모른다.

그런데 이 실존적이라는 것이 좀처럼 마음에 딱 와 닿지 않아 난
감하다. 나는 노베야마 요시미츠(延山善允)라는 통명을 버리고 본명
인지 의심스러운 겐 요시미츠(玄善允)를 쓰기 시작한 지 30년이 넘
는다. 더구나 그동안에 나는 민족적 각성을 거쳤다. 통명을 버리고
진짜 조선인이 된다. 대학 시절의 조선인 친구들 사이에서는 나는
현선윤이며 내가 겐 요시미츠라고 이름을 말하는 건 어디까지나 일
본인을 상대로 할 때뿐이다. 즉 30년간을 계속해서 자각적으로 두
개의 이름을 병용해온 셈이 된다. 그런 복잡한 상황이 된 것은 내
책임이다. 일본인에 대해서도 현선윤으로 했으면 이렇게 복잡하지
않았을 테니. 그런데 나는 그렇게 하지 않았고 앞으로도 그렇게 할
생각은 없는 듯하다. 마치 남의 얘기처럼 하는 이 말투는 스스로도
이상하다. 이 말투 속에 내 특기인 도피가 스며들어 있는 것 같아
뒤통수가 따갑지만 어찌 됐건 지금은 남 얘기하듯 말하지 않으면
견딜 수 없을 것 같다.

예를 들어 내가 현선윤 한 길로 왔다고 가정하자. 그러나 혹시 그랬다 할지라도, 참 이상하게도 한국의 친척들은 나를 요시미스(츠가 아니라 스)로 부르기도 했다. 나는 겨우 몇 해 전에 한국을 방문할 기회를 가질 때까지는 그러한 일이 진행되고 있다는 걸 꿈에도 몰랐었다. 현 요시미스라는 이름이 당사자가 모르는 곳에서 또 하나의 이름으로 돌아다니고 있던 셈이니 이렇게 되면 이름이 여섯 개나 되는 셈이다.

게다가 영자 표기도 문제다. 비단 그것만이 아니다. 파헤칠 미로는 많다. 무지의 결과인진 모르지만 이름의 영문 표기도 마음에 와닿지 않는다. 나는 성인이 된 뒤로 한글을 익혀서 서툴긴 하지만, 글자는 정확히 읽을 자신이 있다. 그래서 그런지 내 이름의 영문 표기인 SUNYOON HYUN을 보면 좀처럼 내 이름이라고 생각되지 않는다. 몇 년 전에 여권을 받았을 때에 영문 이름이 내 이름처럼 느껴지지 않아서 당황했고 외우는 데도 어려움을 겪었다. 지금도 영문으로 이름을 쓸 때에는 불안해져서 일일이 여권을 확인해야 할 정도다.

나아가서는 본명인 선윤까지도 가짜 같다. 옛날에 친척이나 부모가 어쩌다가 나를 본명으로 부를 때도 있었는데 그때는 선유니였고 한국에서도 요시미스 혹은 선유니이다. 그럼 그냥 '선윤'은 도대체 뭐냐 하는 거다. 하긴 여기에는 호칭과 관련된 관습이 얽혀 있다. 한국어에는 퍼스트 네임으로 부를 경우 이름 뒤에 '이'나 '아'를 붙이는 습관이 있어서 성을 빼고 이름을 부를 때 '선윤'이라고 부르지 않는다. 하지만 일본에서는 이름을 부를 때 그냥 이름으로만 부른다. 따라서 재일조선인 친구들이 '선윤' 하고 부르는 것은 한국 어법으로 봐서는 잘못이라고 할 수도 있겠지만, 그것이 잘못이라는 걸 몰라서 그렇게 부르는 건 아니다. 우리 재일조선인은 살아 있는 조선어를 사용하기에는 조선어의 세계와 너무나도 먼 곳에 살고 있어 그러한 관습적인 어법을 쓰기가 어색하기 때문이다. 이름을 부를 때 '이' '아' 같은 걸 붙이지 않고 그냥 이름만으로 부르는 환경에서 '선윤아'하고 부르는 것은 진짜 조선인이라는 것을 과시하기 위해 티를 내는 것 같은 느낌이 들어 낯간지러운 것이다. 그 결과 모조품 이름으로 적당히 얼버무리게 된다.

이처럼 나에겐 진짜 이름이 없는 것 같다. 이와 같은 사태를 놓고 감상에 젖는 건 바보스럽다. 이름에 진짜가 어디 있고 거짓이 어디에 있겠는가? 생활 세계와 서류상의 세계를 뒤섞어 미로에 빠져드는 것은 스스로 그렇게 몰아넣고 있는 것 아닌가? 자신의 실존적인 부분에 굳건히 서서 살아간다면 그러한 탐색이 끼어들 여지는 없지 않겠는가?

실제로 주어진 호칭 같은 건 딱 잘라 거부하는 사람도 있다. 부모가 자신에게 아무런 얘기도 없이 결정한 이름은 자신의 본질과는 관계가 없는 것이므로 따로 마음에 드는 이름을 골라 거기에 자신의 의식이며 감정을 의탁하는 사람도 드물지 않다. 혹은 '이름 같은 건 원래 기호에 지나지 않는 것이니 부르고 싶은 대로 불러라'라는 사람도 있을지 모른다.

나는 그러한 태도가 자유롭고 떳떳하다고 생각한다. 하지만 거기에는 '선망'이라는 싫은 감정이 항상 따라다닌다. 우리 재일조선인 2세는 여러 가지 거짓말을 하면서 살아왔고, 결국에는 정말 무엇이 거짓이고 무엇이 진짜인가를 구별하지도 못한 채 거짓말을 반복하고 있는 건 아닌가 하는 의심을 떨쳐버리지 못한다. 자신의 실존 자체가 허위일지 모른다는 불안을 안고 살아가고 있다. 그러므로 '진짜'를 동경한다. 언젠가 진짜인 '자신'이 되고 싶다. 그러나 그 진짜는 어디에 있는 것일까?

이런 친구가 있다. 그의 본명은 오주상이고 통명은 이시하라 요시오, 집에서는 욧짱이라고 불렸던 모양이다. 나는 그를 오주상 혹은 '주상'이라고 부른다. 주상은 대학을 졸업할 때 지도교수의 소개로 일본 기업에 취직하게 되었다. 상장기업이었으니 당시 우리로서는 꿈도 못 꿀 요행이었다. 그런데 그 회사는 그가 대학에 입학한 뒤로 계속 사용하던 고 슈쇼(오주상을 일본어 한자음으로 읽었을 때의 발음—역주)'란 이름을 입사 후에도 그대로 쓰면 곤란하다며 '이시하라 요시오'를 이름으로 쓰도록 권고했다. 그뿐 아니라, 면접 때 회사 정면에 히노마루(일장기)가 높이 걸려 있는 걸 보고 거부감을 느꼈던 그는 히노마루 앞에서 매일 아침 조회를 한다는 얘기를 듣고 결국 취직을 단념했다. 물론 지도교수는 크게 노했다. 재일조선인 학생을 위해 취직할 곳을 찾아주는 노고를 흔쾌히 떠맡아 정치력을 구사하여 대기업에 취업을 알선해줬는데 무슨 건방진 태도냐, 하는 것이었다. 이후 그는 연구실 출입이 금지되었고 어쩔 수 없이 재일조선인의 도움을 받아 작은 무역회사에 취직했다. 공학

부 기계과라는 전공과는 전혀 인연이 없는 업종이었으나 재일조선
인이라는 신분으로 직업을 고르는 사치를 기대할 수는 없었다. 더
구나 그 직장에는 학생 시절의 조선인 선배를 비롯하여 조선인들이
많이 있어서 상대적으로 마음 편히 다닐 수 있을 것 같았다. 그런데
거기에서도 생각지도 못했던 사태에 부딪친다. 그 선배들의 이름이
가지각색이었던 것이다. 사람의 이름이 다른 건 당연한 일이므로
농담처럼 들릴지 모르겠지만 그건 사실이었다. 어떤 사람은 통명이
고, 어떤 사람은 본명이긴 한데 일본어 발음으로 읽는 이름을 사용
하고 있었다. 그리고 그는 조선어 발음 그대로 오주상이었다. 학생
시절에 민족적 삶이란 어때야 하는지 교시해줬던 선배 김창호 씨의
경우는 회사 안에서는 '가네무라 상'으로, 일이 끝나 귀가 길에 한잔
할 때에는 '창호 상'으로 불러야 했다.

그 후 그는 규모는 작지만 자신의 능력을 높이 사준 회사로 임원
대우를 받으며 전직했다. 그리고 결혼을 하여 가정을 이뤘을 때 오
주상이라는 문패를 내걸었다. 드디어 일가의 가장이 된 것을 계기
로 진짜 이름을 높이 내걸었던 것이다. 그러나 이웃 사람들은 '중
국 분이세요?'라고 묻는다고 한다. 그래서 그는 한자로 표기한 이름
은 진짜가 아닌 것 같다는 이유로 이번에는 문패에 알파벳으로 OH
CHUSAN이라고 크게 써두고 이웃 일본인의 표정과 태도에 어떤
변화가 있는지 살펴보라고 부인에게 말했다고 한다. 그리고 그 사
후 보고가 술자리에서 이루어졌다.

"바보 같아. 아무 변화도 없어. 여기에 조선인이 살고 있다는 가

능성조차 일본인의 머릿속에는 없는 것 같아"

그의 말에 나는 반론했다.

"그건 일본인 특유의 배려의 결과가 아닐까? 그들은 조선인이라고 추측을 하면서도 그걸 말하는 건 실례라고 생각하는 거야."

"흠, 그런 측면도 있을 것 같긴 하지만, 어찌 됐건 우리 조선인의 존재는 결국 인지되어서는 안 되는 모양이야."

그는 이렇게 결론을 지었고, 우리는 씁쓸히 웃으며 술잔을 부딪쳤다.

"자, 마시자고. 마셔."

혼자 나댄 꼴이 되어버린 웃기는 헛수고 얘기가 아닌가?

게다가 주상의 부인이나 그의 부모 형제는 그를 아직도 욧짱이라고 부른다. 그 자신이 그걸 허용하고 있는 모양이니 지독한 모순을 안은 채 홀로 헛수고를 하고 있는 셈이다.

"여보세요, 주상 있어요?"

"욧짱, 선윤 씨가 전화했어요"

부인이 상냥하게 남편을 부르는 목소리가 전화기를 통해 들린다. 귀를 어디에 둬야 좋을지 모를 난처한 상황이다. 물론 친구끼리는 동병상련이라서 쓴웃음을 안주 삼아 술잔을 주고받을 뿐이다.

선택_
뒤가 켕기지 않는 선택

난 어떻게 할까, 망설이는 중이다. 나 자신의 이름을 어떻게 할까를 놓고 말이다. '아무런들 어떠리' 하는 생각과 '아니, 역시 이건 중요해' 하는 생각 사이를 오간다. '진정한 나는 있는 걸까' '그런 바보 같은 생각을 할 시간에 차라리 싱글벙글 즐거워 보이는 얼굴을 만드는 연습이라도 열심히 하는 게 낫지 않을까' 등등, 계속 우물쭈물 결론을 못 찾는다.

이런 우유부단한 태도에 문제가 생기지 않을 수 없다.

우리 집 큰딸은 일본의 공립 중학교를 졸업한 후에 한국계 고등학교에 진학하였고 이번에는 일본 대학으로 되돌아왔다. 어차피 일본에는 문부성의 인가를 받지 못한 북쪽 계통의 대학 외에는 한국계 대학 같은 건 없으므로 이건 선택이라고 할 수도 없겠지만, 어쨌든 큰딸이 대학 입시에 어렵사리 합격한 직후의 일이었다. 딸이 대학에 제출할 서류의 성명란에 후리가나를 '겐 사애'라고 쓰는 걸 보고 나는 당황했다.[14]

---

14 후리가나는 일본어 표기에 있어서 어떤 단어나 글자(보통 한자)의 읽는 법을 주위에 작게 써놓은 것을 뜻한다. 일본어 한자는 우리나라와는 달리 한 가지 음으로만 읽지 않기 때문에 일본의 관청에서 사용하는 모든 서류에는 성명란에 반드시 후리가나(ふりがな)를 기입하게 되어 있다. 여기서는 한자로는 한국과 마찬가지로 '玄沙愛'라고 쓰지만, 겐 사에라고 읽어야 하기 때문에 후리가나를 달아야 한다.

재일조선인 2세들은 아이가 태어났을 때 어떤 이름을 붙일지를 놓고 상당히 고심한다. 나처럼 여러 이름이 아니라 하나의 이름으로 살아갈 수 있게 하고 싶어서다. 그래서 한자 중에서도 일본어와 한국어의 발음이 비슷한 것을 고르는 데 특별히 신경을 쓴다. 그런 글자 중에서 이름에 적합한 것은 한정되어 있으므로 필연적으로 비슷한 이름이 속출하게 마련이다. 이름에는 유행이 있으므로 일본인이라도 비슷한 이름이 겹치기 쉽지만 우리의 경우 한자 읽는 법이 변하는 사태가 없는 한 영원히 같은 현상이 반복될 것이다. 서로 비슷한 이름이 영원히 계속 나온다는 것은 웃기는 얘기지만 먼 앞날을 걱정할 여유는 없다. 지금 당장을 어떻게 넘기느냐를 생각하는 데도 힘에 부친다.

그러면서도 성 쪽은 그냥 일본어 한자 읽기 식으로 읽는 경우가 많다. 이것은 한자를 조선어식으로 읽는 것은 아무래도 일본 사회에 대해 과도한 요구가 되지는 않을까 하는 배려 때문이기도 하겠지만, 자기기만의 혐의 또한 부정할 수 없다. '겐'으로 해두기만 하면 태생을 숨길 수 있지 않을까 하는 계산이 있다는 얘기다. 그러한 혐의를 부정하려면 깨끗이 '현'으로 하면 될 것 같으나 오랫동안 '겐'으로 해왔기 때문에 이제 와서 바꾸긴 힘들다는 식의 변명과 자기 회의가 뒤섞인 안이한 태도가 이 시점에 이르러 딸에게서 재현된 것이다. 물론 나의 책임이다.

반복하는 말이지만 아이가 이름으로 말미암아 뒤가 켕기는 경험을 하지 않았으면 하는 절실한 바람을 나는 갖고 있었다. 그렇기 때문에 딸이 고등학교 진학을 앞두고 민족계 고등학교로 가고 싶다는 희망을 밝혔을 때 부부가 함께 눈가를 적시는 장면을 연출하지 않을 수 없었다. 마음속으로 '딸이 나의 우유부단함을 끝내줬구나, 효녀구나' 하고 가슴을 쓸어내리기까지 하면서 말이다. 그러던 딸이 대학 진학을 앞두고 '겐 사애'라는 이름(후리가나)을 적은 것이다.

딸에게는 동족만의 세계인 민족계 고등학교와 일본인에게 둘러싸인 밖의 세계는 별개라는 현실적인 인식이 있었을 것이다. 일본인의 세계에서 그들과 달라서는 안 된다는 무의식적 궁리, 다시 말해서 도피처를 찾아야 된다는 생각을 했을 것이다. 뒤집어서 나 자신에 비춰 보아도, 또 일반적으로도 이러한 사례가 드물지 않다는 사실을 나는 알고 있다. 민족계 학교를 나온 아이들은 출신을 부끄러워하는 일 없이 정정당당하게 산다는 아름다운 이야기는 현실에 반드시 들어맞지는 않는다. 동족에 둘러싸여 거리낌없이 자라기는 했지만 일단 그 테두리 밖으로 나오면 불안이 엄습해온다. 일본인과 집단을 이루어서 산 경험이 없는 것이 오히려 큰 불안감을 불러일으켜 자기방어를 위해 일본 이름을 사용하게 되는 예가 수도 없이 많다.

그러나 이건 남이 아닌 내 딸의 문제다. 나 자신이 초래한 결과이며 그렇기 때문에 심각하게 받아들여야 할 문제였다. 그런데도 나는 자신의 책임은 뒤로 미뤄 두고 딸을 책망하는 논리를 만들어내고야 말았다. '고등학교 시절 친구에 대한 배반이 아니냐?' 등등. 그걸 상황론으로 보완했던 것이다. '모처럼 본명으로 살아본 행복한 경험을 갖고 있는데'라든가 '지금의 일본 사회는 이분자(異分子)를 받아들일 여지를 갖기 시작한 국제화 시대가 아니냐' 등등, 더 확실히 해놓자는 생각에서 밝은 미래의 전망과 실용성의 덕목까지 끌어들인다. '국제화 시대, 여권을 휴대하고 해외로 진출할 가능성이 다분히 있다. 그때 이름은 하나인 편이 어쨌든 좋지 않겠느냐' 등등.

이렇듯 부모 맘대로 딸의 자유의지를 존중하는 태세를 꾸며대고는 한 번 더 생각해보고 결론을 내리라고 권했다. 하지만 실은 강요한 것이나 마찬가지였다. 이 '어른의 논리'에 강력한 지원군이 나타났다. 아내였다. 나 이상으로 놀라서 화를 내는 건 아닐까 하고 남몰래 걱정했던 아내가 딸을 한 명의 어른으로 인정하고 자신의 입장을 간결하게 전달했던 것이다.

"선택해라."

그리고 나서 아내는 덧붙였다.

"선택했다는 사실을 확인할 것, 그리고 어느 쪽을 선택하더라도 후회하는 일은 없도록 할 것."

과연 오래 함께 지내온 내 아내라는 생각을 하지 않을 수 없는 감격. 결국 생각대로 딸은 '현사애'를 선택하였다. 그 후 학교생활은 순조롭게 하는 것 같아 우선은 만만세이나 그것으로 모든 문제가 해결된 게 아니란 건 말할 것도 없다. 이러한 결단의 문제는 앞으로도 여러 곳에서 접하게 될 듯하다. 그 사실을 잘 알면서도 나는 결단을 할 수가 없다. 누가 뭐라 해도 애착이 가는 이름은 '요시미짱, 노올자'의 요시미짱이고, 그러한 유년기로의 퇴행 현상을 끌어안고 무덤까지 갈 것 같은 기색이 사라지지 않으니 말이다.

나는 어떻게

'오토짱 · 오카짱'이란 호칭에 익숙해진 걸까?

'오'나 '아'가 빠지기는 했어도 틀림없는 일본어.

그러면서도 내게는 조선어로 느껴졌던

그 변형된 호칭.

오토짱과 아버지

일본에서는 아버지를 '오토오짱' 어머니를 '오카아짱'이라고 부르는데 그 호칭을 입에 착 달라붙게 발음하는 사람을 보면 마음이 편안해진다. 그리고 그 사람이 결혼해 아이가 태어나면 아이도 오토오짱, 오카아짱이라고 부르겠구나 하고 한가하게 상상이라도 하노라면 마음이 흡족해진다.

최근에 그런 호칭을 들을 기회가 줄어들어서 그런지 그리워지는 경우도 있다. 더군다나 내 입으로 그렇게 불러본 적이 없어서 그 호칭에는 조심스럽고 안정된 정서가 체현된 듯 들린다. 아마 '동경' 때문일 것이다.

동경한다면 그 호칭을 사용하면 될 것이지만 그게 생각처럼 그렇게 쉽지가 않다. 관계를 나타내는 호칭은 특수한 경우를 빼면 문화와 시대의 제약을 받는다. 서양에서는 부모를 퍼스트 네임으로 부르는 경우도 있는 듯하다. 하지만 내가 아는 세계, 다시 말해 조선과 일본에서는 일반적으로 용인되지 않는다. 그럼 오늘날 일본에서 아이들은 부모를 어떻게 부르고 있을까? 부모들은 자녀들에게 어떤 호칭을 사용하도록 하고 있을까?

바로 얼마 전까지 일본에서는 '파파·마마'가 범람했었다. 그런데 어느 틈엔가 그 외국에서 들어온 말이 썰물이 빠지듯이 사라지기 시작하여 지금은 그런 호칭을 들으면 조금 어색한 느낌을 가질 정도다. 최근 많이 사용되던 '토오짱·카아짱'조차도 지금은 시들해져서 '오토오상·오카아상'이 가장 널리 사용된다. 외래 문물을 중시하던 시대를 지나 국산품의 질이 좋다고 광고하게 된 현대 일본의 분위기를 그대로 반영하는 듯하다. 최근의 주류는 오토오상·오카아상인 것 같고 기본적으로 복고조라고 해도 될 것이다. 최근에 들었던 것 중에는 토오짱·카아짱이 마찬가지로 격세유전이긴 하지만 약간 변종으로 들릴 정도로 오토오상·오카아상이 널리 사용되고 있다. 외래 문물을 중시하던 시대에서 양질의 국산품을 확신하고 큰소리치는 현대의 일본을 그대로 반영한 듯하다.

그런데 이 복고조라고 할 호칭은 복고라는 것이 늘 그렇듯이 옛날과 완전히 같다고는 할 수 없다. 적어도 내 느낌으로는 옛날의 '오토오상·오카아상'은 지금의 그것보다는 상당히 격식을 차린 말에 속했다. 난 발을 들이밀 수도 없는 제대로 된 가정, 지금 유행하는 말로 하자면 중류(中流), 다만 지금처럼 비율이 많지 않은 중류층의 말이었다. 그러므로 지금의 '오토오상·오카아상'은 바로 '일억 총중류(一億総中流)'[15]의 사회의식을 반영한 새로운 표현이라 할 수 있겠다.

미아가 될 뻔했던 딸

그렇다면 나 자신은 어떤가? 악착같이 이리 뛰고 저리 뛰면서 어떻게든 생활을 꾸려나가는 신세라서 중류라고 칭하기가 부끄럽다. 하지만 나 또한 중류를 좇아 중류를 모방한 생활을 하고 있다. 빚에 쪼들리면서도 집도 있고 차도 있다. 딸의 대학입시 앞에서는 돈 걱정과 편차치 등 입시정보에 불안해 전전긍긍한다. 자식 문제가 해결되면 슬슬 노후 걱정이다. 이것이야말로 전형적인 현대 일본의 중류층의 모습일 것이다. 그런 점에서 '일억 총중류'라는 표현을 조소할 자격은 없지만, 그래도 우리 부부 나름의 자기주장이라는 것이 있어, 아이들에게는 '아버지·어머니' 아니면 유아기 말인 '아빠·엄마'를 사용하게 한다. 이 호칭에는 자랑할 만한 독자성이 있는 것은 아니다. 다만 내가 부모를 부르던 호칭과는 다른, 원래 존재했던 호칭으로 복귀했다는 의미에서 바로 현대 일본의 평균적 가정 범주에 딱 들어맞는다. 또한 나와 동세대로 어떠한 형태로든 민족성 각성을 경험한 과거의 동지들도 나와 같은 경우가 많았다. 어떤 면에서 보면 자신의 개별성을 돋보이려 했던 것이 한편으로는 다른 것에 의식적이거나 무의식으로 따라가고 있다. 유행을 좇고 있는 것이다.

---

15 1970년대 일본의 1억 인구 중 대다수가 자신을 중류층이라고 생각하는 '의식'을 말한다.

옛날 나의 동지였거나 혹은 가장 친한 친구라면 아마 비슷한 경험을 했을 사건이 있었다.

맏딸이 아직 어린이집을 다닐 적 얘기니, 벌써 14, 5년 전 일이다. 지금은 딸이 불쑥 나타나면 무섭다는 생각이 들 정도로 다 컸다. 그러나 당시에는 아직 고목나무에 매달린 매미처럼 짧은 다리를 초고속으로 회전시켜 잠시 눈을 뗀 사이에 순식간에 없어져서 당황했던 일이 자주 있었다. 그 딸아이의 미아소동 얘기다.

대형마트에서 쇼핑을 하고 있을 때였다. 방금 전까지 앞에 보이는 장난감 가게 안에서 여기저기 돌아다니고 있던 딸아이가 사라졌다. 서둘러 찾아 돌아다녔지만 보이지 않는다. 집사람은 일요일이라 한꺼번에 장을 보고 있었고 그사이 딸아이를 돌보고 있었던 나는 무슨 일이 생기면 큰일이라고 생각하면서 한바탕 수색전을 펼쳤다. 뿔 달린 아내의 얼굴이 떠오르고 허둥지둥 변명에 궁색해지자 점점 식은땀이 온몸을 적신다. 어찌할 바를 모르고 있을 때 장내 방송이 흘러나왔다. 보호자를 찾는 방송이었다. 나이와 차림새가 비슷한 것 같아 지정 장소로 달려갔다. 망연자실한 젊은 여직원 옆에 있는 아이는 뺨이 새빨갛고 눈물과 콧물로 뒤범벅된 딸아이가 맞았다. 여직원이 고개를 갸우뚱거리며 말했다.

"이 나이에는 아직 무리일지 모르겠지만요, 혹시나 싶어서 오토오상 이름은? 오카아상 이름은? 하고 물었어요. 그런데 글쎄 아버…… 인가 어머…… 같은 말만 하니 무슨 소린지 통 알아들을 수가 없었어요."

부인과 딸

딸도 지금은 상대와 상황에 따라 '오토오상 · 오카아상'과 '아버지 · 어머니'를 구분하여 사용하는 버릇이 생겼다. 어느 쪽을 써야 좋을지 판단이 안 설 때에는 무난한 것을 노려서인지 오토오상 · 오카아상을 우선시한다. 그걸 기뻐해야 할지 슬퍼해야 할지, 도무지 판단을 못 내리겠다.

어찌 됐건 무사하게 끝나서 만만세다. 놀란 가슴을 쓸어내리며 집으로 돌아왔다. 그리고 어떻게 된 거냐고 묻자, 딸아이는 가슴을 쑥 내밀며 자랑스럽게 말한다.

"오토오상은 아버지, 오카아상은 어머니, 몇 번을 그렇게 말해도 못 알아듣는걸. 그 아줌마 바보 아냐? 헤헤헤."

우리 부부는 눈물이 날 정도로 크게 웃었다.

딸도 지금은 상대와 상황에 따라 '오토오상·오카아상'과 '아버지·어머니'를 구분하여 사용하는 버릇이 생겼다. 어느 쪽을 써야 좋을지 판단이 안 설 때에는 무난한 것을 노려서인지 오토오상·오카아상을 우선시한다. 그걸 기뻐해야 할지 슬퍼해야 할지, 도무지 판단을 못 내리겠다.

부모에 대한 호칭을 보면 자신의 부모와 제3자의 부모를 부르는 호칭이 대개 다르다. 그것은 일본의 문화(물론 일본만의 문화는 아니겠지만)이다. 어쩌면 문화였다고 말하는 편이 정확할 지도 모른다. 내가 하고 싶은 말은 그런 문화가 사라지고 있다는 점이다.

요새 학생들은 우리 아버지라는 말을 옛날 전형이었던 '와타시노 치치(私の父)'부터 '우치노 오토오상(うちのおとうさん)'이나 오사카 방언인 '와이노 오통(わいのおとん)'까지 다양한 호칭을 사용한다. 아이들이 '와타시노 치치'라는 말이 규범적인 어법이라는 사실을 모르는 것은 아니다. 알면서도 그렇게 말하는 것은 나름의 이유가 있는 것 같다. TPO(Time, Place, Occasion)에 맞춘 그들만의 어법이 있는 듯하다. '와타시노 치치'라고 부르기가 민망스럽거나 예의 바르다는

규격품에 맞는 똑똑한 아이라고 하여 주위보다 튀는 것을 우려하는 것도 있는 것 같다. 또 교사인 나에 대한 친애의 표현이라고 생각하여 응석을 부리기도 한다. 어법을 무너뜨리는 것이 친근감을 준다는 사실을 그 무례한 학생들이 모르는 것도 아니다. 하지만 알고 있으면서 사용하지 않는 것은 모르는 것과 같다는 세상 이치에 비추어보면 그들은 역시 무지하고 버릇없는 젊은이들이다. 더욱이 언제 어디서나 친근감을 빙자하여 거기에 빠져보고 싶다는 바람이나 거동이야말로 유아성의 표출이라고밖에 할 수 없다. 딱딱함을 배제하고 항상 친화감을 조성하려는 것이 오늘날의 젊은이들의 특징인 것 같지만, 잘못된 어법으로 어른들의 지혜를 거부하는 것이 오히려 더 힘들지 않느냐고 바로 참견을 하고 싶어진다. 결국 그들도 사회에 진출하면 교정될 것이다. 그래서 교정되기 이전 상황에 있는 그들에게 일희일비하면서 때로는 그들에게 아첨하는 척하는, 아니 사실 아첨하고 있는 교사인 나만이 시대에 뒤처진 채 살아가고 있는 셈이다. 참으로 한심스러운 이야기다. 그러니 이제 쓸데없는 탈선은 그만하고 주제로 들어서는 것이 좋겠다.

숨기다_
실체와 그림자

지금부터 말하고자 하는 것은 제3자에게 자신의 부모를 소개하는 경우가 아니라 내가 부모님을 어떻게 불렀는지에 대한 이야기다.

그렇다고 두 가지 경우가 완전히 구분되어 있지 않다는 점은 새삼스레 말할 필요도 없다.

내가 철이 들었을 때에 이미 우리 집에서는 '오토짱·오카짱'이라는 호칭이 정착해 있었다(인토네이션이나 미묘한 자음 모음의 차이는 차치하더라도 오토오짱·오카아짱에 들어가는 장음 '오'나 '아'를 빼먹은 호칭이다). 하지만 지금은 늙으신 부모님을 '아버지·어머니'라고 부른다. 그리고 그렇게 부르는 데 망설임이 없어진 지는 얼마 안 되었다. 바로 그 망설임, 혹은 용기라고나 할까? 이에 대한 이야기를 하고 싶다.

새삼스레 언급할 필요도 없겠지만 말에는 지역성과 더불어 계층성이라는 것이 있다. 옛날의 내가 아는 범위 내에서 말하자면 오토짱·오카짱을 사용하는 건 조선인뿐이었다. 그러므로 내게 있어서 오토짱·오카짱은 일종의 조선어였다. 조선어라는 데에는 이중의 의미가 있다. 조선인만이 그 말을 사용한다는 의미와, 이 사회에서는 그 말을 사용하면 불이익을 당하게 될 가능성이 높고 또한 창피하다는 감각을 동반하기 때문에 숨겨야만 한다는 의미이다.

내가 자란 집은 여기저기 흩어져 있는 조선인 동네로부터 조금 떨어진 일본인 동네 안에 있었다. 그런데도 부모에 대한 호칭은 조선인 동네에서 사용하는 호칭과 같은 것을 사용했다. 우리 집이 주위의 일본인과 전혀 교제가 없는 건 아니었지만 교제의 양이나 밀도로 보자면 조선인 동네와의 교제가 압도적으로 많았다. 따라서 언어의 동질성이 생겨나는 것은 지극히 자연스러운 것이었다.

그렇지만 학교에 다니게 되면서 그 자연스러운 것이 문제가 되었다. 나는 조선인 동네에 사는 먼 친척이나 부모님의 지인의 아이들과 놀기는 했지만 시간이 흐르면서 비일상적으로 부모와 관련된 경우를 제외하고는 점점 우리 집 근처에 사는 아이들이나 급우들, 즉 일본인 아이들로 교류 범위가 옮겨갔다. 그 범위에 조선인 아이들이 끼어드는 경우도 있었지만 그 애들조차도 일본인으로 가장하고 있었다. 나와 다른 조선인 아이는 서로가 그 사실을 모른 척하기로 묵계하고 일본인 속에 섞여 있었던 것이다.

하지만 섞여 있다거나 숨긴다고 해봤자 어른들이 보면 구멍투성이였다. 지역 어른들은 그 아이가 어느 동네에 사는가를 알면 대략 정확하게 그 아이의 출신을 알아맞혔다. 게다가 문패에 본명이 쓰여 있으면 만사 도루묵. 다행히 우리 집은 조선인 동네에서 벗어나 있었고 문패에는 통명이 쓰여 있었으니 출생을 숨기려는 나에게는 뜻밖의 행운이었다. 다만 옆에는 작은 글자로 아버지의 본명이 적혀 있어서 친구들이 "너희 집 문패에 저건 뭐니?" 하고 질문이라도 하게 되면 큰일이었다. 못 들은 척하거나 일단 말을 흐려놓고 틈을 노려 바로 화제를 전환할 궁리를 해야 했다.

게다가 한 가지 더, 빈번하게 일어나는 일은 아니었지만 실로 성가신 문제가 있었다. 많을 때는 일 년에 한 번 심방[16]이 우리 집을

---

16 제주도에서는 무속적 사제를 통칭하는 무당이라는 말 대신에 심방이라고 부른다.

점령했다. 그런 날에는 전날부터 어머니는 대량의 삶은 달걀을 비롯해 공물 준비에 여념이 없다. 날달걀을 뜨거운 밥에 얹어 간장을 뿌려 먹는 것만으로도 충분히 맛있었던 시절이었다. 그래서 굿이 끝나면 큰 상에 수북이 쌓인 채 우리에게 돌아올 삶은 달걀에 대한 기대로 가슴이 부풀었다. 하지만 그날은 기대를 산산조각 낼 정도로 불안에 휩싸이는 날이기도 했다. 우리는 며칠 전부터 몸을 웅크리고 숨 죽여가며 그 날을 기다렸다.

드디어 그날 아침이 밝았다. 까칠해 보이는 얼굴을 한 초로의 심방 부부가 보자기 꾸러미를 여럿 안고 등장한다. 우선은 천천히 담배를 한 대 피우고 나서 옷을 갈아입는다. 스님의 가사와 비슷한 조선식 복장이다. 옷을 다 갈아입으면 어머니에게 지시를 내려 상을 차리게 한다. 종이를 자르고 먹을 갈아 뭔가를 써서 상 위에 놓으면 준비 완료. 남자 심방이 탁탁 목탁을 치면서 염불을 하기 시작한다. 여자 심방은 담배를 피우며 어머니와 세상 돌아가는 이야기를 나누고 있다. 때마침 남자 심방까지 염불을 중단하고 담배를 한 대 피워 물면, 아줌마들 수다 모임이 따로 없다. 저녁이 되면 염불과 목탁 소리가 커지면서 점입가경으로 치닫는다. 심방은 자신의 염불 소리에 신이라도 들린 듯이 갑자기 벌떡 일어나 방울과 북을 격렬하게 두드린다. 뒤이어 한쪽 손에는 부엌칼을 휘두르고 비어 있는 다른 손으로는 팥을 던지면서 뭔가를 외치며 굉장히 무서운 얼굴을 하고 온 집안을 돌아다닌다. 급기야 귀신 꼴을 한 채로 집 밖으로 뛰어나간다. 집 앞에서 조금 전까지 상 위에 올려 있던 종이에 불을 붙이고 그걸 태우고 나서 길가에 던진다. 이것으로 겨우 일련의 의식은 끝이 난다.

특히 아버지가 아프거나 가족 중의 누군가가 사고를 당하게 되면 친척과 지인들까지 가세하여 의식의 규모는 훨씬 커지고 아이들에게는 정말 여러 가지로 피해를 끼쳤다. 의식이 진행되는 동안은 텔레비전 시청은 물론, 식사도 대충 구석에서 몸을 웅크리고 서둘러 해치워야 했다. 그러나 무엇보다 가장 큰 문제는 이러한 집안 행사가 남의 눈에 띄는 일이었다.

여름이 되면 수영팬티만 입고 학교 수영장에 다닐 정도로 우리 집은 학교에서 아주 가까운 거리에 있었다. 더구나 집 앞길이 바로 주요 통학로였다. 이처럼 좋은 위치가 도리어 공포의 씨앗이 된다. 기괴한 의식이 친구들 눈에 띄면 어떻게 하나 하고 우리 형제는 숨을 죽인 채, 조선인 특유의 소란스러움이 가라앉기를 기다렸다. 또한 의식이 끝난 후에도 며칠 동안은 아이들의 반향이 어떠한 형태로 나타날지 살피느라 숨을 죽이고 귀를 쫑긋 세운 채 지내야 했다.

그 밖에도 출생을 들키지 않기 위해 애썼던 어린 우리들의 노력이 곤란에 부딪치기도 했다. 그중에서도 힘들었던 것은 부모에 대한 호칭이었다. 주위 아이들은 아버지를 우리 토오짱 혹은 오토오짱이라고 아주 자연스럽게 입에 올렸지만 이에 해당하는 조선인들의 표현인 우리 오토짱이라는 말을 우리는 당당하게 하지 못했다. 그렇다고 주위에 맞춰서 우리 오토오짱이라고 하지도 못했다. 별거 아닌 일인데도 그게 안 되었다. 아니, 간혹 그런 말을 썼을지도 모르지만 상당히 용기를 내야 하는 것이었다. 더욱이 습관이 될 때까지 용기와 끈기가 없었다. 그런 이유로 우리 오토오짱, 우리 오카아짱이라는 호칭은 내 어휘에 포함되지 않았다. 그럼 어떤 호칭을 사용했던 것일까? 아예 호칭을 사용하지 않았다. 답답함은 있었지만 그 편이 낫다고 생각했다. 그래야 거짓말을 했다는 양심의 가책으로부터도 벗어날 수 있었기 때문이다. 예를 들어 상대방의 '우리 오카아짱은 ……야'라고 말을 할 때는 '우리 집은 ……야'라고 장단을 맞추었다. 일본어에서 표현할 수 있는 생략이나 얼버무림을 최대한 사용해야 했다. 결국 내가 일본어를 정교하게 사용하지 못하는 것은 물론 재능의 문제도 있겠지만, 당시의 이러한 노력에 대한 반작용의 영향을 무시할 수 없다. 애매한 어법에 대한 근친 증오랄까. 개인적으로 좋아서 그렇게 쓴 게 아니라 어쩔 수 없는 상황에서 강요되었던 애매한 어법. 그것을 과다하게 사용하다 보니 이것이야말로 나의 나약함이며 추함의 표출이라는 의구심이 솟구쳐 오르고 극복하고 싶은 마음이 간절해진다. 이렇게 해서 과도하기까지 한 명시적 언어, 즉 퉁명스러운 언어에 대한 기호가 '그래야 한다'는 당위성의 색채를 띠고 태어나기에 이르렀다.

주제에서 벗어나기 시작한 감이 있지만 내친김에 좀 더 깊이 들어가보겠다.

애매한 어법은 아무래도 편리하지만, 편리한 것에는 이면이 있기 마련인지라 그 애매함은 우리들을 그림자로 양성해냈다. 은폐함으로써 자신을 그림자로 만든 것은 다름 아닌 자기자신이었다. 하지만 애매한 어법으로 인해 그 그림자가 일상적으로 굳어져버리는 상황을 견디지 못하는 자아도 있다. '그림자를 벗고 실체를 드러내고 싶어, 그렇게 되면 과연 너희들은 어떤 태도를 취하게 될까?' 이러한 도전적인 기분을 내부에 축적해간다. 애매한 어법은 이른바 선의의 일본인과 그림자인 내가 걸친 위선의 옷이다. '그것을 벗겨냈을 때의 나와 너를 보고 싶어. 너희들도 그것을 똑바로 지켜보는 게 좋을 거야'라는 심정이다.

제대로 표현할 수가 없다. 좀 더 설명해보겠다. 일상적으로 직면하게 되는 상황에서는 은폐함으로써 치욕이나 멸시를 피할 수 있지만 그것은 어디까지나 일시적인 미봉책에 지나지 않는다. 아무리 숨기려 해도 우리는 다양한 국면에서 조선인이라는 이유로 불이익과 멸시를 맛보게 된다. 이를테면 진학이나 취직, 결혼 같은 중요한 일에서는 반드시 경험하게 된다. 그런 상황에서는 은폐가 불가능하다. 실제로 경험하지 않았다고 해도 우리는 어린 시절부터 명료하게 윤곽을 그려놓고 있으며 대부분 원체험이 되어 있었던 것이다. 따라서 끝까지 숨기고 싶은 바람의 이면에는 언젠가는 밝혀질 운명이라면 지금 당장 진실의 세계에서 살고 싶다는 생각도 갖게 된다. 그것은 일시적인 히스테리적 감정의 폭발이기는 하지만, 한편으로는 나약하게 자신을 숨기는 일상의 뒤에서 그런 격정을 주체하지 못하고 있다. 그 결과 허위를 영속화함으로써 안정된 것처럼 보이는 이 세상, 그리고 그것을 뒷받침하는 애매한 어법을 마치 극악무도한 사람처럼 혐오하는 것이 진실된 자아에 이르는 길이라고 착각하기도 한다.

부모의 호칭_
멋쩍어하면서 부르는 '아버지 · 어머니'

자, 다시 부모에 대한 호칭의 애매함으로 돌아오자. 학교에서 부모에 대한 호칭 때문에 겪게 되는 남모르는 불편함은 그나마 편한 것이었다. 선생님이 칭찬할 때 쓰는 부 · 모라는 규범에 따라 그렇게 호칭하면 되었다. 정해진 환경은 삶의 모습을 배제한다. 따라서 자신의 실존과는 관계없는 '형식'을 기억하고, 형식적인 언어로 현실을 절단해버리면 그것으로 끝난다. 더욱이 이른바 형식적인 말을 칭찬으로 받아들이는 여유까지 생겨났다. 지금과 달리 당시의 소학교는 그런 곳이었다. 확실히 시대는 변했다.

그러나 집에서는 그것은 매일매일 처리해내야 하는 생활의 내용이었다. 집에서는 부모님을 여전히 오토짱, 오카짱으로 불렀다. 그런 익숙한 표현을 배제하고서는 부모 자식의 친화적인 정서가 생기지 않기 때문이었다. 하지만 일정 연령에 이르면 그 호칭을 바꿀 필요가 생긴다. 유아어를 버리고 어른이 사용해야 할 호칭으로 바뀌가야 하기 때문이다. 내가 아는 일본인들 중 남자들은 커가면서 아버지 어머니에 대한 호칭을 대략 '오야지 · 오후쿠로'로 바꾸는 것 같았다. '같았다'라고 말하는 건 그들의 집안에서 일어나는 일을 직접 확인할 길이 없었기 때문이다. 집안에서는 유아어를 못 버리는 사람도 많을지 모른다. 그러나 적어도 친구들 사이의 말투에서는 대략 그렇게 변했다. 일본인들도 그런 변화를 위해서는 나름대로 의식적인 노력이 필요했을 것이다. 먼저 밖에서 익숙하도록 사용해보고 다음은 당사자를 간접적으로 부르는 장면에서 사용해본다. "오후쿠로, 어디 갔어?" 하는 식으로. 그리고 마지막으로 직접 불러본다. "오후쿠로, 배고파. 뭐 없어?"라고.

내 경험에 비춰보더라도 이게 제법 힘든 일이었다. 오후쿠로에 비하면 오야지 쪽은 그나마 쉬웠다. 타인을 가리키며 '그 집 오야지'라는 식으로 부르는 훈련은 되어 있었기 때문에 어머니 앞에서 "오야지는 오늘도 술 마시러 갔어?" 하는 식으로 그 말을 가정 내로 은근슬쩍 끌어들일 수 있었다. 하지만 우리 조선인은 어린 시절부터 유교적인 교육을 엄격하게 받아서인지 아버지에게 직접 오야지라는 친근 어투를 말하는 게 쉽지만은 않았다.

오후쿠로는 오야지라는 말을 사용할 때보다 훨씬 어려웠다. 예비 훈련을 할 방법이 여의치 않았기 때문이다. 그리고 오후쿠로라는 호칭을 사용하는 것은 참으로 일본적인 어머니와 아들의 관계를 재현하는 느낌이 들어서 그런 표현을 쓸 때는 나와 어머니의 관계를 속이는 게 되는 건 아닌가 하는 의심을 떨칠 수가 없었다.

그러다가 대학에 들어가 민족에 눈뜨고 나서는 민족의식을 생활의 모든 영역에서 실천해야 한다는 의무감을 갖게 되고 그런 의무감이 호칭에까지 영향력을 발휘했다. 그것은 일상생활에서 민족성을 탈환하자는 의미였다. 그래서 가장 손쉽고 상징적인 방법으로 아버지, 어머니라는 호칭을 사용하기로 한 것이다.

처음으로 직접 아버지, 어머니라고 불러봤을 때는 양쪽 다 낮간지러움을 숨길 수 없었다. 이쪽은 이쪽대로 용의주도하게 준비를 했는데도 막상 말하려 하니 어색하고 목소리가 갈라졌다. 눈을 치뜨고 반응을 살폈다. 상대도 마찬가지였다. 아무렇지도 않게 받아들이려 애쓴다는 것을 알 수 있었다. 눈동자가 뱅그르르 돌고 놀라움과 당혹함의 눈빛이 느껴졌다. 나보다 더 부끄러워하는 것 같았다. 그래서 결국 해야 할 말을 못하고, "헤헤헤" 하고 도망쳐버렸다. 그렇지만 등 뒤로 따뜻한 시선이 느껴져서 행복했다. 이것으로 이제 어엿한 조선인이 되었구나, 하는 참으로 손쉬운 민족의식이 느껴졌다.

아버지, 어머니라는 호칭을 쓰게 된 것은 이처럼 대학의 선배와 친구들의 가르침이 직접적인 동력이었지만 실은 나 자신의 여러 가지 경험도 그에 일조했다.

'아버지'라는 말의 심층

예를 들어 다음과 같은 에피소드가 있었다.

내가 초등학생이었을 때였다. 아버지의 아버지, 즉 할아버지의 임종이 임박했다는 전보를 받았다. 아버지는 하루라도 빨리 고국으로 가서 뵙기 위해 동분서주했으나 무위로 끝났다. 결국 20년이 넘게 생이별을 한 채 살아오다가 할아버지의 부음을 타국 땅에서 받게 된 아버지는 심한 충격의 여파로 내가 이제껏 본 적이 없는 모습을 보이셨다.

그런 사태에 불안을 느끼지 않을 아이는 없을 것이다. 나는 엄청난 불안을 느꼈다. 그것은 나의 습성인 두려움이 아니었다. 아이들을 최대한 두려움에 떨게 하는 것은 부모의 말다툼이라는 것이 일반적 통념이다. 돈이나 술로 인한 부모의 언쟁, 특히 여자 문제가 얽히게 되면 생활을 뿌리부터 흔드는 공포와 불안이 덮치게 마련이다.

그런데 그와 달리 할아버지의 죽음이 계기가 된 아버지의 광란은 원인이 분명한 만큼 어린 마음에도 일시적일 것이라는 예감은 있었다. 게다가 무엇보다 어머니가 아버지를 위로하는 모습이 역력했다. 비상사태임에는 틀림없었지만 어린 내 생활의 열쇠를 쥐고 있는 부부의 유대는 강한 것 같았다.

아버지가 그렇게 흐트러지는 모습은 처음 보는 것이어서 불안했다. 그러면서도 강한 호기심이 뒤따랐다. 옆에 있는 나 따위는 안중에도 없다는 듯이 흐트러지는 아버지를 신기한 양 바라봤다. '저리 가라'며 나를 쫓는 어머니의 말도 그다지 강압적이지는 않다는 것을 느끼고, 응, 응, 건성으로 대답하면서 그 자리에 버티고 있었다.

아버지는 얼굴을 엉망으로 구기고 흐느껴 우는 틈틈이 조선어인 듯한 말을 중얼거렸는데 그것이 독특한 가락을 타고 흘러나왔다.

다른 아이들이라면 기괴하게 들렸을 그 가락이 오히려 나의 불안한 마음을 덜어줬다. 이미 많이 들어본 가락이었기 때문이다. 글씨를 못 읽는 아버지의 지인이나 친척이 조국에서 온 편지를 가지고 오면 아버지가 마치 노래라도 부르듯이 낭송하던 가락이었다. 목이 잠기긴 했지만 보통 때는 없던 윤기 있는 목소리로 울려 나오는 그 가락이 그리울 리 없는데 신기하게도 그리운 마음으로 귀를 기울이곤 했다.

하지만 이때는 편지 낭송 때의 윤기는 없었고, 비트는 듯한 목소리로 짜내는 낮고 완만한 리듬이 차차 감정의 파도를 넘어 포화점에 도달해서는 툭 끊기고 침묵이 찾아왔다. 그리고 느닷없이 흐느낌과 울부짖음이 터져 나온다. "아버지, 아버지" 하는 울부짖음, 그것이 몇 번이나 반복됐다.

그러한 슬픔의 표현도 문화적으로 양식화되었을 것이라는 추측을 지금은 할 수 있다. 만약 그 추론이 맞는다면 나는 그때 타향에서 조선 문화에 접한 것이 된다. 어쨌든 그런 종류의 기억이 민족적 삶이라는 논리와 손을 잡고 나로 하여금 '아버지·어머니'라는 말을 쓰게 해주었으리라. 그러나 여기에는 역사의 왜곡을 극복하고 정의에 도달했다는 식으로만 표현할 수 없는 뭔가가 있다.

아버지, 아버지 하고 흐느끼는 아버지의 절규를 귀에 접했을 때의 나의 느낌은 민족의 뿌리에 대한 향수 같은 것이라기보다는 오히려 그동안 믿었던 지주를 갑자기 잃어버린 것 같은 느낌이랄까, 거창하게 말하자면 소외감 같은 것이었다고 기억한다.

부모님이 우리들에게 조선에 대한 이야기를 들려주는 일은 거의 없었다. 그렇기 때문에 아버지로 하여금 주위의 눈치를 보지 않고 조선의 방식으로 자신의 감정에 빠져들게 하는 존재가 이 세상에 있다는 것 자체가 신기했다.

아버지는 자신을 오토짱이라고 부르고 친척이나 지인의 아이들에게도 '오토짱은 잘 계시냐?' 하는 말을 썼었다. 그런 이유로 나는 아버지라는 말을 아버지의 친밀한 세계에 속한 말로서 받아들일 수 없었다. 그런데 아버지는 '아버지'라는 말 속에 내가 느낄 수 없는 경험과 감정을 담아 토해낸다. 그건 물론 비애의 표현이었다. 20년 이상의 이별을 돌이키려는 간절한 기도이기도 했다. 또한 일상을 벗어나 마음속 깊은 곳에 계속 살아 있는 영원한 현재로 단숨에 들어가는 카타르시스이기도 했다. 그런데 그 카타르시스의 시공에는 내가 있을 곳이 없었다. 나는 그렇게 생각지도 못했던 진실을 곁눈질하고 홀로 남겨진 것 같은 쓸쓸함을 느꼈다. 오토짱이 아버지가 되었다, 아버지의 세계로 가버렸다. 아니, 아니, 내가 함께 살고 있던 오토짱은 가짜 모습이었던 게 아니었을까?

그러한 소외감은 그렇게 소외시키는 대상에 대한 강렬한 동일화의 충동을 안겨준다. 내가 '아버지·어머니'라는 말을 쓰게 된 데에는 민족적 자각 말고 그러한 배경도 있지 않았을까? 이 사실을 본인인 내가 한마디로 감정적 도착이라는 말로 잘라버릴 수는 없다. 하지만 거기에는 당위의 논리에 의한 경험의 왜곡이 있었던 것은 아닐까 하고 다시 생각해본다.

아버지가 말하는 아버지, 어머니라는 호칭은 내게 있어 오토짱, 오카짱에 지나지 않는다. 그런데도 나는 올바른 언어를 추구하느라 논리라는 도움을 빌려 자신의 언어를 버렸다. 그리고 그 사실에서 자신의 성장을 본 것이다. 하지만 이런 도약이 보복 없이 그대로 넘어갈 수 있을 것인가?

이를테면 그럴듯한 핑계를 대거나 주위와 자기 자신에 대한 검열이 작용할 여유가 없는 상황에 처했을 때 나는 과연 '아버지·어머니'라는 말을 할 수 있을까? 아마 '함께 산 경험'을 표현할 수 있는 '오토짱·오카짱'이라는 유소년기의 호칭으로 되돌아갈 것이다.

그런데 호칭은 관계를 표현하는 말이므로 아이가 부모의 호칭을 멋대로 변경할 수는 없을 것이다. 예를 들어 만약 아이로부터 갑자기 지금까지와는 다른 호칭으로 불린다면 부모는 어떻게 반응할까? 기뻐할지도 모르겠다. 말로는 표현하지 못하고 감추고 있던 우리의 바람이 드디어 이루어졌구나. 우리야 어쩔 수 없이 '오토짱·오카짱'을 썼지만 그 분함을 알아차린 아이가 어딘가에서 배워서 '아버지·어머니'를 받아들이게 되었구나. 이제야말로 자랑스런 조선인이 되었어. 역시 우리 아이야라고. 그러한 마음의 움직임을 상상하는 것은 쉽다. 나 역시 호칭을 변경할 수 있었던 건 그럴 거라는 확신이 있었기 때문이다. 그러나 그런 반면, 부모님은 자신들이 만들어낸 집안의 친밀한 세계에 이물질이 함부로 들어오게 된 데 대한 응어리와 경계도 어렴풋이 있었을 것이다. 내 입에서 나온 '아버지'는 말하자면 내 주장을 합리화하려는 그럴듯한 논리와 당위성에 따른 것이다. 따라서 일상 속에 그러한 논리가 침범해오는 것에 대한 위화감으로 마음이 불편했을 것이다. 뿐만 아니라 그러한 억지스러운 어색한 논리를 추구해가는 자식의 정의감에 조금은 머쓱했을 것이다. 조선인으로서의 삶은 자신의 대에서 끝날 거라고 체념했던 부모도 있을지 모른다. 자신의 대에서조차 진심으로 '조오센은 관두자'라고 결심했던 사람도 있었으니까.

그런 상황이었으므로 나는 특히 운이 좋았다고 볼 수 있다. 민족적 각성의 와중에 있던 '올챙이 지사(志士)'가 스스로의 사상을 집안에서 실천하려고 했을 때 다행히도 장애가 될 만한 인물이 없었다는 의미에서 그렇다는 말이다. 나는 나의 형제자매를 향해 몇 번쯤 아버지, 어머니라는 호칭을 시도하여 집안 분위기를 그 호칭에 익숙하게 만든 다음 그 분위기에 힘입어 실천의 단계로 옮길 수 있었다. 참으로 약하디 약한 눈물겨운 '지사'였던 셈이다.

1세가 살았던 현실

말이 나온 김에 마음 약한 학생 투사의 얘기를 덤으로 하나 더 해보자. 내가 그럴듯한 논리를 좇아 부모님의 호칭을 바꾸었을 때 부모님이 나를 부르는 호칭에는 어떤 변화가 왔을까? 이치를 따지자면 민족적 지사가 된 나는 이미 요시미츠가 아니라 선윤이므로 그렇게 불려야 하는 게 당연하다. 그런데 그렇게 불리기 위해 노력했느냐고 묻는다면 그렇다고는 대답할 수 없다. 마음이 약한 데다 그야말로 제멋대로인 민족 투사였던 것이다.

그런 바람이 없었던 건 아니다. 바라긴 바랐으되 그렇게 되도록 노력하지는 않았다. 변명처럼 들리겠지만 거기에는 이런저런 이유가 있었다. 하나는 나에 대한 호칭 변경은 내가 아니라 부모님이 결정해야 하는 것이었다. 선윤은 내가 당시 몸담고 있던 하나의 사회, 즉 역사와 민족과 같은 용어가 의미를 갖는 재일조선인 사회에서는 소위 나의 사회적 인격을 표현하는 말이었다. 그것을 가정 내의 생활에, 그것도 부모님께 강요할 수는 없다는 망설임이 있었던 듯하다. 게다가 부모님은 애초에 내게 선윤이라고 이름을 붙인 게 아니라 요시미츠라는 이름을 붙였을 거라는 '감'이 있었다. 당시 내가 갖고 있던 민족적 이론에는 반하는 것이었지만 강요할 방법이 없어 곤란했다.

하지만 그 말은 개인적인 핑계일 뿐이다. 그렇게 따지면 아버지, 어머니라는 말을 사용한 것도 일맥상통하기 때문이다. 그런 명백한 사실을 당시의 내가 몰랐을 리가 없다. 따라서 결국 내가 사용하게 된 아버지, 어머니라는 호칭은 내 나름의 균형감각이거나 타협의 산물이었다. 그런 대용품을 조심스럽게 부모에게 강요하는 마음속에는 어리광이 큰 힘을 발휘했을 것이다. 자식의 민족적 우월감의 표현을 건전한 유희나 성장의 한 과정으로 대범하게 받아들였을 때 비로소 조선인의 부모라는 합리화가 있었을 것이다.

어쨌든 그 '감'이 그 뒤에 일어난 일들로 보아, 아무래도 틀리지는 않았던 것 같다. 부모님은 요시미츠에 대한 집착이 제법 컸다. 아버지는 상황에 따라서는 '선윤이는……'이라고 남에게 얘기하는 경우도 있었고 그 호칭을 나의 일부, 즉 사회적 인격으로서 인정해주는 것 같았지만 나를 향해 직접 대놓고 선윤이라고 부르는 일은 드물었다. 하물며 어머니는 주위 사람들이 모두 선윤이라고 말할 때조차도 요시미츠를 절대로 양보하지 않았다. 한국의 친척들이 모두 선윤이라고 하는 자리에서도 어머니는 양보하지 않았다. 결국에는 주위 사람들이 어머니한테 져서 모두 다 요시미츠로 화합하는 일도 있었다. 그러한 어머니의 고집은 임기응변에 능하지 못해서였는지 아니면 뭔가에 대한 저항이었는지, 혹은 그것이 현실이라는 것이었는지 분명치 않지만 어쨌든 나는 어머니의 그런 태도가 못마땅하면서도 다른 한편으론 편하게 느껴지기도 했다.

내게는 다케시(武司)라는 이름의 남동생이 있다. 그 이름을 조선어로 발음하면 '무사'다. 그런데 난처하게도 한반도로부터 뚝 떨어져 있는 섬 제주도의 방언에서는 이 무사가 '왜?'라는 말이 된다. 억양은 다르지만 한글로 표기하면 같은 의미이다. 그 사실을 뒤늦게 알게 된 우리 형제들은 그걸 웃음거리 삼아 놀려댔다. 단지 무사가 '왜?'라는 뜻을 갖고 있어서가 아니라 그 말에서 어떤 인물의 표정과 말투가 연상되었기 때문이다.

일본에 사는 친척들 중에 아버지 쪽으로 가장 가까운 혈연은 아버지의 고모였다. 우리 형제가 고모할머니라고 부르던 그분은 이웃에 혼자 살면서 우리 집에 자주 드나들었다. 고모할머니는 젊어서 남편을 여의고 아이 둘을 홀로 키워낸 '억척 과부'로 완고한 데다가 잔소리가 많았다. 마음은 올곧은 분이었지만 살아생전 그분 입에서 상냥한 말이 나오는 걸 본 적이 없다. 마치 그렇게 했다가는 손해라도 보는 듯한 기세마저 느껴졌다. 그 할머니의 입버릇이 바로 '무사?이다. 그럴 때의 고모할머니의 뭐라 딱히 표현하기 어려운 험악한 그 표정과 말투는 잊을 수가 없다. 무사에 해당하는 오사카 방언인 '난야넨?(불만 있어?라는 말이 함축됨)과 비슷한 분위기이다. 그것이 전염됐는지 혹은 그게 원래 그렇게 쓰이는 건지 분명치 않지만 어머니도 우리들을 야단치기 직전이면 고모할머니와 같은 표정과 어투로 '무사?' 하며 겁을 줬다.

그래서인지 어머니는 다케시의 조선어 발음을 싫어했다. 우리가 동생을 '무사'라고 부르면 어머니는 동생이 어떻게 생각하는지 들어보지도 않고 타이른다.

"그런 이상한 이름, 입에 올리지 말아라."

당사자인 동생 입장에서 보면 '부모님이 마음대로 이름을 지어놓고 이제 와서 무슨 소릴' 하고 납득하기 어렵겠지만 그렇다고 우리가 다시 어머니에게 반박할 말이 있는 것도 아니라서 쓴웃음으로 얼버무리고 넘어가야 했다. 어설픈 민족심이 찬물을 뒤집어쓴 것 같아 주눅이 들었다.

이러한 사례에서 짐작할 수 있듯이 어머니뿐만 아니라 아버지도 역시 내 이름을 선윤이라고 지었던 것은 아닌 것 같다. 한자는커녕 히라가나도 육십이 넘어서 배우기 시작한 어머니는 최근에 겨우 어설프게나마 선윤(善允)이라고 쓸 수 있게 되었다. 그러니 어머니가 나를 키울 무렵에는 나는 선윤과는 아무 관계도 없는 요시미츠였을 것이다. 게다가 아버지는 조국의 풍습을 잘 아는 분이었다. 만약에 아버지가 우리 형제를 조선인으로 키우려는 생각이 있었다면 내 이름을 지을 때 선윤이 아니라 고국의 우리 사촌 형제들처럼 이름에 언(彦)이라는 항렬을 넣었을 것이다. 이제 와서 자식인 내가 민족을 내세워 부모의 무책임을 운운할 생각은 추호도 없다. 다만 우리를 낳아 키우던 그 시절, 우리 부모님 세대에게 민족적 삶과 같은 것은 중심적인 문제가 아니었던 것만큼은 확실하다.

사춘기까지는 조선의 시골에서 살았던 부모님에게 생활은 있어도 민족적 생활이라는 개념 따위는 없었을 것이다. 그리고 일본으로 건너온 이후로 조선인이라는 데에서 유래하는 슬픔과 고통은 있었지만 먹고살기에 바쁜 그들에게 민족적 삶이니 하는 말은 들어갈 여지가 없었을 것이다. 부모 세대의 그런 현실에 비추어볼 때 우리 세대의 민족이라는 말에는 어딘가 허약한 인공성이 있다는 사실을 부인할 수 없다. 그렇지만 우리 세대는 또 우리들에게 주어진 조건 속에서 무언가에 구원을 추구해야만 했다. 거기서 민족이란 말은 실체가 분명하지 않은 개념이었다고 해도 우리들 삶의 중요한 조건이었다고 할 수밖에 없는 상황이었다.

'오토짱·오카짱'의 뿌리

여기서 다시 부모님의 호칭 얘기로 돌아가겠다.

호칭이란 결국 익숙함의 문제이다. 하지만 익숙함을 우습게 여길 수는 없다. 낡은 습관을 버리고 새로운 습관을 만드는 데는 그에 상응하는 안팎의 힘이 작용한다.

그렇다면 이러한 호칭을 정착시킨 힘은 과연 무엇이었는지 그 힘의 원천을 찾아 떠나는 여행의 유혹에 몸을 맡기고자 한다. 오토짱, 오카짱의 뿌리 찾기인 셈이다.

나는 어떻게 '오토짱·오카짱'이란 호칭에 익숙해진 걸까? '오'나 '아'가 빠지기는 했어도 틀림없는 일본어, 그러면서도 내게는 조선어로 느껴졌던 그 변형된 호칭.

물론 부모님이 그 호칭을 사용했기 때문이다. 그렇다면 자신의 부모를 그렇게 불러본 적이 없었을 그들은 왜 그랬을까? 가장 그럴싸한 이유는 지금까지 몇 번이나 준거로 삼아온 언어의 계층성에서 찾을 수 있다. 조선인이 일본에 건너와 정착하거나 직장을 얻은 곳은 최하층 동네이거나 최하층 사람들조차 기피할 지역이었을 것이다. 따라서 그들이 배운 일본어는 그런 지역 나름의 계층성을 띤다고 생각하는 것이 정당한 이치다. 그런 점에서 호칭에도 역시 지역색이 뚜렷하게 모방되어 나타난다고 할 수 있다.

'오토짱·오카짱'이란 호칭이 형성된 뿌리로는 오토오짱·오카아짱, 토오짱·카아짱, 오통·오캉, 토짱·카짱 등을 들 수 있을 것이다. 그러나 그러한 몇몇 일본어의 호칭으로부터 어떻게 오토짱·오카짱이 생겨난 건지에 대해서는 명확한 설명을 하기가 어렵다.

이럴 경우에 나는 '체념이나 사변(思弁)'에 몸을 맡겨 거침없는 상상을 통해 설명을 이끌어내는 버릇이 있는데 그 버릇에 따르면 이렇다. 그들은 자기 인식에 기초하여 오토짱, 오카짱을 선택한 것이다. 일본어와 비슷하게 함으로써 일본인 사회로부터 불필요한 피해를 받지 않도록 배려하되, 어디까지나 주체성을 지키고 생활 의식을 반영한 표현으로서 오토짱, 오카짱이 창조되었다. 그것은 아이들에게 이 차별사회에서 민족성을 잃지 않고 씩씩하게 살아달라는 희망의 표현이었다고 상상해보는 것이다. 하지만 이것은 내가 말해온 '민족적 삶'에서 도출한 설로 아무래도 신빙성이 낮다. 설을 주장하는 당사자는 일종의 희열에 도취되기도 하겠지만 이제는 그런 것에 취해 살아갈 나이는 지났다.

그래서 원점으로 돌아가 납득할 만한 설명을 찾기로 단단히 각오했다. 습득한 언어와 육체를 통해 내는 소리에 주목해보았다. 그들은 오토오짱, 오카아짱이란 말을 제대로 발음하지 못했던 게 아닐까? 본인은 '오토오짱'이라고 발음했지만 입 밖으로 나온 말은 '오토짱'이었다. 그들은 당연히 일본어로 생각하고 말하고 있었으나 우리 아이들에게는 조선어로 들리는 발음이었던 것이다. 요컨대 일종의 사투리가 된 셈이다. 너무 뻔한 결론이라 죄송한 마음이 들지만 부디 용서를.

그런데 이쯤에서 오해를 피하기 위해 말해두는 게 좋을 것 같다. 재일조선인 모두가 오토짱, 오카짱을 사용한 것은 아니다. 이 글을 쓰는 과정에서 몇몇 동포 친구들에게 물어봤더니 통상의 일본어 범주에 딱 들어맞는 오토오짱, 오카아짱을 비롯하여 오토오상·오카아상, 심지어 파파·마마를 사용했다는 얘기도 들었다. 그렇다고 해서 나의 추측이 전혀 억지는 아니다. 나의 추측에서 벗어나는 그런 개별성에 대해서는 어느 정도 설명이 가능하기 때문이다. 우선

부모가 1세인가 2세인가에 따라 다르다. 즉 조선어와 일본어의 습득 정도가 그런 차이를 가져왔을 수 있다. 부모의 학력도 관계가 있을 것이다. 물론 재일조선인 1세 중 극히 일부를 빼고 제대로 된 학력을 갖추었다고 할 수는 없지만 조선이나 일본에서 제국 일본의 공교육을 받은 경험이 있는 부모들은 거기서 교정을 받았을 것이다. 즉 생활언어와 문자언어를 대조할 수 있을 만큼의 일본어 능력을 갖춘 부모라면 '오', '아'가 빠진 데다가 독특한 인토네이션을 동반한 '오토짱, 오카짱'이라는 호칭을 일본어로서 사용하는 데에 저항감이 있었을 것이다.

게다가 계층이 존재하고 삶의 지표에 차이가 있다. 어디까지나 일본적인 것을 지표로 삼아 그것이 조금이라도 가능한 환경이라면 오토오상, 오카아상이 지상명제였을 터이다. 그것이 극단적으로 파파, 마마라는 호칭이 되었다고 해도 놀랄 일은 아니다. 어쨌든 재일조선인 3분의 1 정도가 거주하는 오사카에서 오토짱, 오카짱이라는 호칭이 광범위한 재일조선인 가정과 지역에서 사용되었던 것은 확실하다.

나의 '아버지 · 어머니'

'오토짱 · 오카짱'이라는 말이 통용될 수 있었던 것은 그 호칭만으로도 모든 게 해결되었기 때문이다. 외부와 접촉할 때 약간의 어려움은 있었지만 힘든 만큼의 친밀하고 안정된 심정이나 생활을 상징하는 일종의 관용어구가 탄생했다는 것은 공간적으로는 일본인 거주지역에 띄엄띄엄 거주하고 반드시 마을을 형성하지 않았어도 실질적으로 그들이 하나의 울타리에 둘러싸인 취락, 다시 말해 마을을 형성했다는 증거가 된다.

그렇기 때문에 우리는 조선어나 조선 문화를 제도적으로 배우지는 못했지만 조선어 생활 속에서 그 변형을 조금이나마 호흡하면서 살아온 셈이다. 그리고 일본 속에 있는 조선 마을에서 생활했다는 말도 될 것이다.

그러나 다른 한편으로 아이들은 그 마을을 벗어난 세계에서 자신이 살아갈 세계를 보고 있었다. 학령기의 그 세계는 학교였고 졸업 후의 그 세계는 사회였다. 그곳에는 미래가 있었고 넓은 사회('일본'과 거의 동의어)라는 빛이 보였다. 어떤 속임수가 있다고 해도 그 빛에 모험을 걸지 않는다면 미래는 없는 것 같았다. 우리는 어둠 속에서 빛을 받으며 자신에게 엉겨붙어 있는 그림자를 털어내며 살아왔다. 그것이 우리의 성장이었다.

부모가 발음하는 오토짱, 오카짱과 우리가 발음하는 그것 사이에도 이미 미묘한 차이가 생기기 시작했다. 일본의 교육에서 문자언어를 배운 우리는 그 문자에 적합한 음으로 그것을 발음하게 되어 결국에는 그것마저도 떨쳐버리고 말았다.

그리하여 지금 재일조선인들은 파파·마마, 오토오짱·오카아짱, 오토오상·오카아상, 아버지·어머니 같은 호칭을 사용하게 되었다. 물론 이것은 우리가 일본에서 생활하고 있는 한 일본 사회의 변화를 호흡하며 살아가야 한다는 사실과 무관하지 않다. 이러한 풍요로운 사회가 허락해준 자유를 향유하면서, 동시에 그 사회가 발산하는 환상에 흡인되는 하나의 현상이다. 결국 스스로 선택한 것이 실은 선택을 당했다는 말이 된다.

그렇다면 그런 표현 중 하나인 '아버지·어머니', 즉 내 자식들에게 부르게 하는 그 호칭은 도대체 무엇이란 말인가. 그것은 우리 부모님이 사용했을 아버지·어머니와도 다르고 조국 사람들의 아버지·어머니와도 다르다. 조국의 그것보다는 오히려 오토짱, 오카짱 쪽을 닮았다. 그것은 우리의 이디엄인 것이다. 그러나 그 '우리'는 범위가 매우 좁은 우리다. 핵가족인 우리 집안에서 사용하는 아버지·어머니는 거의 고유명사화한 보통명사라고 할 수 있다. 두 개의 국어의 역사와 현재와의 사이에 떠다니는 표류물 같은 말.

그 호칭에 의미를 두고 있는 사람은 자식들에게 그 호칭을 사용케 하는 부모인 우리뿐일지 모른다. '나는 민족적 각성을 배반하지 않았어요, 과거의 정의를 팔아넘기지 않았어요' 정도의 알리바이 증명에 지나지 않는 혐의가 농후하다.

아버지 어머니라는 호칭을 통해 희미하기는 하지만 민족의 역사와 연결되고 싶은 바람, 즉 바른 삶에 대한 동경의 잔재가 그 선택에 영향을 준 것이다. 그러나 과연 그것뿐일까?

온 몸뚱이가 이 사회에 포박당해 있으면서도 한편으로 언제 거기서 배척당할지 모른다는 불안에 떠는 나. 그런 자신의 상징으로 아버지라고 불리기를 원했던 것은 아니었을까? 뭔가에 뿌리내리는 것을 편집적으로 추구하면서도 그 어디에도 뿌리내리지 못하는 나. 그런 존재야말로 뿌리는 있지만 왠지 정체를 알 수 없으며 의탁할 곳 없고 고립된 말인 '아버지'라고 불리기에 적합하다.

나이든 부모님과 함께 한국을 방문할 때마다

아버지나 어머니의 입에서 새나오는 말이 나를 먹먹하게 한다.

'무섭다'고 그들은 말한다.

꿈에 그리던 고향 땅에서 맞닥뜨리는

인정의 이면에 숨은 미묘한 기류와 암묵적 양해의 무게.

일본에 있을 때가 오히려 마음이 편하다는 아이러니.

60년의 세월은 무섭다.

고향은 멀리 떨어져서 그리는 것이라는 말은 참 적절한 표현이다.

시골과 고향

"자아, 드디어 내일이구나. 바다에도 가고 산에도 가고. 그래그래, 시골에도 가고. 즐거운 일들이 많겠지? 그런 걸 그림일기에 잘 그려 보는 거야. 매일매일 빼먹지 말고 써야겠지? 즐거운 기분을 그대로, 마음의 색깔을 그대로 칠하는 거야. 알겠니?"

"네에!"

선생님의 목소리는 한껏 들떠 있었고 아이들은 당장이라도 내뺄 태세로 엉덩이가 들썩거린다. 여름방학을 하루 앞둔 교실의 광경이다.

그렇지만 내빼고 싶은 기분 한 켠으로 일말의 외로움을 느끼는 아이도 있지 않을까? 도시에서 태어났고 부모님 역시 도시 출신이면 고향이 시골이 아니라서, 한숨을 쉬며 한탄하게 된다.

"아아, 나도 시골이 있었으면 좋겠다."

'나도 그랬다'고 하고 싶지만 실은 나에게는 시골이 있었다. 그것도 그냥 '촌'이 아니라 앞에 '깡'을 붙이면 잘 어울릴 만한 곳. 그런 곳이 있기는 했지만, 사실 내게 시골은 없는 거나 마찬가지였다. 너무 멀리 있어서 본 적이 없었고 그곳을 방문하는 일 같은 건 상상할 수도 없었기 때문이다.

고3 여름

그런데 고3 때 그 멀고 먼 고향을 처음 찾아갈 수 있게 되었다. 독자 여러분들 중에는 '아아, 그 얘기구나' 하고 머릿속에 떠올릴 분이 있을 텐데, 그렇지 못한 분들을 위해 다시 요약하자면, 나는 고3 여름방학에 어느 단체의 일원으로 한 달 남짓을 조국에서 지내게 되었다. 그 단체의 명칭은 '재일교포 고교생 야구단'이었다. 일본에서 고등학교에 재학 중인 재일조선인 야구선수를 대상으로 팀을 구성해서 한국을 방문하여 재일교포라는 글자를 가슴에 달고 여러 도시를 돌며 한국의 고교 팀과 친선시합을 하는 것이다.

재일조선인 야구소년 리스트라는 것이 있을 리도 없고, 그 대부분이 통명의 그늘에 몸을 숨기고 있는 터라 수많은 고교 야구단원 중에서 조선인 선수를 찾아내는 것은 쉬운 일이 아니었을 것이다. 하지만 실은 그게 그렇게까지 어려운 것도 아니다. 조선인들은 통명을 보면 "이건 냄새가 난다" 하는 감이 작동하기 때문이다. 각지의 야구단원 리스트에서 감이 오는 이름을 발견하면 해당 고등학교에 연락을 한다. 물론 학교에서 쉽게 정보를 발설할 리 없다. 그럴 경우에는 대충 짐작을 하여 직접 본인에게 전화를 해보면 감이 맞았는지 틀렸는지 알 수 있다. 물론 빗나간 경우도 있고, 끝까지 시치미를 떼는 학생도 있다. 그러나 팀을 구성할 수 있는 스무 명 정도를 모으는 것은 예상보다 수월하다. 더군다나 재일조선인들끼리 야구를 하는 학생들도 많았다. 민족적으로 스포츠를 잘한다거나 좋아해서 그런 것이 아니다. 통상적인 루트로는 사회적 지위 상승이 어려운 마이너리티들이 집안 내력과 상관없이 오로지 실력과 헝그리 정신만으로 승부할 수 있는 세계에서 활로를 찾는 건 만국 공통이기 때문이다. 하긴 일약 스타로 출세한 후에도 출신을 숨기는 건 일본 사회 특유의 현상일지도 모르겠다.

참고로 일본의 스포츠계나 가요계의 대중적 히어로로 등극한 몇 명은 완전히 거물급 자리에 오른 뒤에서야 조선인의 피를 이어받았다는 소문이 돌기도 했다. 혼혈의 비애니 숨겨진 과거니 하는 진위가 분명치 않은 성공담이 사람들의 마음을 자극시켜 그들의 신화는 부풀어 오른다. 고귀함과 비천함은 동전의 양면인양, 히어로와 히로인은 출신의 천박함이라는 양념이 가해져 더 높은 곳으로 날아오른다.

자, 이제 다시 고향방문 얘기로 돌아오자. 일본 각지에서 선발되어 결성된 팀은 신오사카역에 집합했다. 지방예선을 통과하여 경하스럽게도 본선시합이 벌어지는 고시엔에 나가게 된 선수들은 나중에 합류하기로 했다. 반신반의했지만 정말 고시엔에서 중도 탈락하자마자 한국으로 날아온 선수도 있었다. 그리고 결승까지 진출하게 되면서 결국 참가하지 못한 선수도 있었는데 그는 준우승을 한 고시엔 히어로로 매스컴의 주목을 받으며 명문 프로야구팀인 요미우리 자이언츠에 입단하여 에이스가 된다. 그는 거기서 멈추지 않았다. 한국으로 건너가 초창기 한국 프로야구에서 대활약을 했으며, 선수생활 말년에는 다시 일본으로 돌아와 젊은 시절보다 더 노련한 피칭으로 야구팬들의 눈을 휘둥그레 하게 만들었다. 지금까지도 야구인들의 입에 오르내리는 그는 바로 니우라(新浦壽夫, 김일융) 투수이다. 당시 본선에서 일찍 패했다면 그 역시 방문단에 참가하기로 되어 있었다.

그렇게 구성된 방문단 야구팀의 첫 대면에서 나는 평소에는 못 느끼던 긴장감을 느꼈다. 야구 명문고의 선수들인데다 키가 2미터 가까이 되는 녀석까지 있는 걸 보고 '후덜덜하구나 진짜. 이러면 곤란한데' 하는 생각이 들기도 했다. 실은 참가를 권유하는 글귀에 '학교 주장이니까 이번 혼성팀에서도 주장을 맡길 생각' 운운하는 말도 들어 있었지만 그건 애초에 말도 안 되는 소리란 걸 확인하는 순간이었다. 중매쟁이의 말은 믿을 수 없다는 옛말을 일찌감치 경험한 셈이었다.

우리는 곧바로 도쿄로 향했다. 그 짧은 순간만으로 이미 "역시 조오센이야"라는 생각에 쓴웃음을 감출 수 없었다. 낯가림 따위 어느 세상 얘기냐 할 정도로 농담이 끊이지 않았다. 물론 그 유명한 이카이노(猪飼野)[17] 출신들이 중심에 있었다. 오사카발 도쿄 상행선을 탄 열 명 중에 고교는 다르지만 같은 중학교 출신 아이들이 네 명이나 있었다. 모든 곳이 자기 집 안방인 양 떠들면서 웃음을 참고 있는 내 표정을 재빨리 읽어내고는 이야기에 끌어들인다.

도쿄에서 다른 지방 선수들과 합류했다. 어느 대학 구장을 빌려서 이틀간 황급하게 합동연습을 한 후 하네다에서 비행기를 타고 서울로 향했다. 그때 난 이미 야구를 할 기분이 깨끗이 사라져버렸다. 막상 연습을 해보니 내 몸이 생각대로 움직여주지 않았다. 달리거나 공을 던질 때에는 마치 관절이 빠진 것 같은 느낌이었다. 눈도 공을 따라가지 못했다. 왜 그런 건지 생각해봐도 이유를 알 수 없었다. 체력과 기력이 고시엔의 시합을 준비하는 과정에서 다 고갈돼버린 모양이었다. 이런 상태가 그 후 거의 한 달이나 계속됐으니 나는 전혀 쓸모없는 선수였다. 야구를 시작한 이후 처음 경험하는 굴욕적인 나날이었다. 일본에서만 쓸모가 있다는 자각을 했다고 해도 틀린 말이 아니었다.

어쨌거나 나는 태어나서 비행기를 처음 타보는 거였다. 탑승을 하고 내심 흠칫흠칫하면서 이륙을 기다리는데 아무리 기다려도 이륙하려는 기색이 없더니 갑자기 안내방송이 나오면서 내리라는 거다. 우리는 이유를 모르는 채 공항 대합실로 돌아갔다. 아무래도 엔진 문제인 듯했다. 조마조마. 그런데 그때부터 쉽게 찾아오지 않는 경험이 시작됐다. 우리를 인솔하는 어른들이 아니나 다를까, 조선인의 기개를 드러냈던 것이다. 싹싹 비는 항공사 담당자에게 비행

---

17 일본 오사카 동남부에 위치한 자이니치의 대표적 집단 거주지역.

기가 이륙하지 못한 잘못을 따지면서 최고급의 서비스를 요구했다. 덕분에 우리는 공항 내 레스토랑으로 직행하게 됐다. 나비넥타이를 맨 보이가 세련되게 주문을 받으러 왔다.

"무엇으로 하시겠습니까?"

"에에, 잠깐만요, 카레를"

"바보냐, 너? 이런 데서 무슨 카레를……."

"그럼 뭘로 하지?"

"비프테이크로 해."

"그래 그렇지, 그럼 비프테이크!"

"비프스테이크에도 여러 가지가 있는데요."

"으-음, 그렇다면 제일 비싼 걸로, 제일 좋은 비프테이크."

"알겠습니다. 그럼 다른 분들은?"

아예 한 목소리로 주문을 한다.

"제일 비싼 비프테이크!"

무리를 이루면 무서울 것이 없다는 바로 그런 상황이었다. 한편 인솔자 아저씨들도 우리의 활발함에 더욱 힘이 났는지 기세 좋게 외쳤다.

"제일 비싼 와인도!"

배는 부르고 거나한 기분으로 바에 직행할 정도로 어른도 우리도 잠시 동안 왕이 된 느낌이었다. 그런데 그것도 잠시, 서서히 따분해졌다. 바로 그때 옆에 있는 특별 대기실에서 영화배우의 기자회견이 있다는 정보를 입수하고 우루루 몰려갔다. 와타리 테츠야와 마츠바라 루미코는 영화에서 본 것보다 작긴 했지만 과연 스타다운 위엄과 빛이 날 정도의 미모로 탄성을 자아냈다. 폭풍처럼 몰아치는 플래시 세례 속에서도 미소를 잃지 않는 모습을 숨죽여가며 쳐다보았다. 평소에는 경험할 수 없는 즐거움을 만끽한 시간이었다.

귀신 중사

서울의 김포공항 세관에 도착하자 여기서도 신기한 일이 벌어졌다. 당사자인 우리가 모르는, 즉 우리 이름으로 되어 있다는 짐이 차례차례 나타났다. 세탁기, 냉장고, 그 밖의 전자제품이 잇달아 나왔다. 마치 여우에 홀린 기분이었다. 아니나 다를까, 세관에서 말썽이 일었다. 관리가 큰소리로 클레임을 거는 기색이다. 하지만 이미 다 알고 있었다는 듯이 우리 일행의 감시역, 통칭 중사님이 시치미를 떼고 작은 꾸러미 몇 개를 세관원 곁에 슬쩍 밀어넣고는 눈짓을 했다. 신호를 곁눈질로 확인한 세관원이 시치미를 떼고 그 꾸러미를 자기 쪽으로 재빨리 끌어당기더니 아무 일 없었다는 표정으로 검사를 진행했다. 마치 호흡을 맞춘 것처럼 순식간에, 그것도 아주 매끄럽게 전개되는 광경이 슬로모션 필름을 보는 것 같았다. 그때에서야 나는 겨우 수긍이 갔다. 고등학생 야구팀 인솔을 명목으로 다량의 전자제품을 무관세로 가지고 들어가 팔아치울 속셈이었던 것이다. 소문으로 들어본 적은 있지만, 설마했던 일이 현실이 되었다. 이쪽 사회는 이렇게 움직이는구나. 제법 사회 공부를 한 듯한 기분에다가 비밀을 알았다는 생각에 득의양양하던 나는 느닷없이 등 뒤에서 엉덩이를 발로 차였다.

"여긴 일본이 아냐, 우쭐거리다간 가만 안 둬!"

중사의 고함소리를 듣고서 해협 이쪽의 현실을 더 생생하게 느낄 수 있었다.

허나 어찌 됐건 서울에서 약 20일, 그리고 그 후 지방도시를 며칠 더 전전하면서 우리는 훌륭히 친선의 열매를 맺었다. 전적은 6승 6패 6무였다. 상대의 홈구장에 와서 그 정도 결과를 낸 데 대해 우리는 크게 만족했다. 우리에게 승패는 별다른 의미가 없었지만 귀신 중사는 화를 냈다. 프로이면서 대선수로서 후세에 이름을 남기고 있는 장훈(일본명은 하리모토 이사오) 선수를 1기로 한 13년간의 역사에서 이렇게 나쁜 성적은 없었다고 했다. 그러나 이제 곧 그 '귀신'의 재앙으로부터 빠져나갈 수 있다고 생각해서인지 중사의 무서운 표정과 협박 따윈 이미 아무런 효력이 없었다. 우리는 각자 고향으로 가는 왕복 항공권이나 기차표, 게다가 주최자인 신문사에서 준 용돈까지 챙겨들고 발걸음도 가볍게 여행에 나섰다. 덧붙이자면 그때 우리는 실제로 몸이 가벼웠다. 귀중한 야구 도구를 마지막으로 대전한 팀 선수들에게 증정했기 때문이다. 나중에 '아까운 짓을 했어' 하고 살짝 후회하기도 했지만 한편으로는 내게도 그런 순진한 면이 있었구나 하고 회상할 수 있게 되었으니 결국 본전인 셈이다. 내게는 오사카 상인의 피는 흐르지 않지만 그 영향은 살갗을 꿰뚫고 거의 육화된 듯하다.

깡촌과의 조우

드디어 고향에 도착했다. 숙부가 비행기 트랩까지 마중을 나와주었다. 첫 대면이라 악수를 하면서 인사를 나눴다. 국빈 대우를 받았다고 하고 싶지만 그곳은 단지 육지와 떨어진 작은 섬이었고 그에 걸맞은 공항에, 숙부 또한 경찰 정보 관계 일을 하고 있어서 자유롭게 출입이 가능했던 것일 뿐이었다. 그날부터 나는 사흘(2박 3일)을 꼬박 땅과 사람의 미로로 안내를 받았다.

경찰 정보 관계 일을 하던 숙부가 준비한 지프차로 엉덩이를 털털거리며 시골의 흙길을 달려 고향 마을의 종가에 도착했다. 큰아버지가 좌정하고 계신 방으로 이끌려 들어가 숙부를 따라 아주 정중하게 절을 올리고 인사를 했다. 큰아버지나 안내 역할을 한 숙부나 식민지 시대에 '국어(일본어)'를 배운 탓에 의사소통에 큰 지장은 없었다. 하지만 할 얘기가 별로 없었다. 두 사람 역시 오랜만의 재회인 듯 내가 알아들을 수 없는 그들의 말로 근황 얘기에 들어갔다. 무료함을 주체 못한 나는 꿇어앉은 다리가 저리기 시작했다. "요시미스는 산책이라도 하고 오렴" 하고 숙부가 구원의 말을 해줘서 방 밖으로 나왔다. 곧장 변소를 찾았다. 실은 아까부터 변의가 있었던 것이다. 게다가 변소에 관해서는 '공포스럽다'는 말을 들었기 때문에 날이 밝을 때 탐색을 해둬야 했다. 역시, 돼지우리와 변소가 한데 있었다. 진흙에 웅크리고 누워 있는 돼지를 먼눈으로 확인하고는 조심조심 바지를 내렸다. 인기척을 느꼈는지 돌연 꿀꿀 하는 소리가 들리

고등학교 3학년 때 야구시합으로 한국에 왔을 때,
제주의 종가에서 친척들과 함께

볕에 탄 주름투성이 농부의 무리 가운데 홀로 파리한 얼굴을 하고 찍혀 있는 사진. 파리하게 느끼는 건 나만의 지나친 생각이겠으나 그 사진을 볼 때마다 변비로 괴로워하던 날들을 떠올리게 된다.

고 진흙으로 검게 빛나는 피부를 요염하게 움직이며 이쪽으로 다가 왔다. 돼지는 오로지 내 엉덩이만 바라보면서 코끝을 바짝 갖다댔 다. 나는 허둥지둥 바지를 끌어올리고 도망쳤다. 변의 같은 건 깨끗 이 사라져버렸다. 이렇게 나의 쓰라린 변비의 3일간이 시작되었다.

밤의 장막이 내렸다. 전기는커녕 수돗물도 안 나오는 시골이었 다. 완벽한 암흑과 정적이 지배하는 곳이었다. 툇마루에 나가보니 멀리서 빛의 홍수처럼 반짝이는 것이 보였다. 눈을 크게 뜨고 바라 보았다. 그건 별이었다. 그런데 별이 하늘 위가 아니라 눈앞에 있었 다. 천천히 얼굴을 들어올리니 하늘을 온통 수놓은 별들이 마치 플 라네타륨 같았다.

"와아 굉장해."

감탄사가 저절로 터져 나왔다. 자연의 아름다움 같은 것에는 전 혀 무관심한 인간이었던 나는 별을 보고 감동하는 자신에게 또다시 감동했다. 나의 시골과의 조우는 그렇게 이루어졌다.

날이 밝자 일가친척이 줄지어 모여들었다. 아버지의 아무개, 혹 은 아버지의 무슨 누구누구라고 소개받으면서도 뭐가 뭔지 종잡을 수가 없었다. 다 함께 찍은 기념사진이 지금도 남아 있다. 볕에 탄 주름투성이 농부의 무리 가운데 홀로 파리한 얼굴을 하고 찍혀 있 는 사진. 파리하게 느끼는 건 나만의 지나친 생각이겠으나 그 사진 을 볼 때마다 변비로 괴로워하던 날들을 떠올리게 된다.

사진 촬영을 끝내고 숙부에게 이끌려 다시 하루 일정으로 여행에 나섰다. 수많은 선영과 이웃 인척들을 찾아뵙고 나서 다시 장시간 시골길을 걸었다. 이번에는 상당히 먼 곳으로 갈 기색이었다. 계속 펼쳐지던 감귤 밭이 사라지고 전망 좋은 곳이 나타나자 잠깐 쉬자는 말이 나왔다. 숙부가 가리키는 방향을 바라보니 멀리 바다가 반짝반짝 빛났다. 멀리 보이는 해변 마을에 어머니의 아버지, 즉 나의 외할아버지가 계시다고 했다. 처음 들어본 얘기였다.

바다 냄새가 떠다니는 마을로 들어섰다. 마을에서 유일하게 수도가 설치되어 있는 너른 마당과 이웃한 집으로 안내를 받고 들어서자 어떤 노파가 나타나 감격스러운 얼굴로 내 손을 잡고 몸을 쓰다듬다가 결국 눈물을 보였다. 나는 당황하면서도 억지웃음을 지은 채 몸을 맡겨놓고 있었는데, 속으로는 '이 사람은 누구지?' 하는 기분이었다. 게다가 쓰다듬고 어루만지고 하는 접촉은 그다지 기분이 좋지 않았다. 숙부는 빙글빙글 웃고 있을 뿐 아무 말도 해주지 않았다. 그때 안에서 노인이 나타났다. 외할아버지라고 했다. 노인은 유창한 일본어로 "어머니는 건강하시냐?" 하고 말을 걸어왔지만 나는 뭐가 뭔지 정신을 못 차리고 엉거주춤한 채 그냥 고개를 끄덕였다.

수박으로 갈증을 달래면서 나는 생각했다. 어머니의 어머니, 즉 외할머니는 오사카에 혼자 살고 있다. 외할머니 댁에 가는 길에는 오사카의 포병 공창(工廠)의 거대한 잔해를 볼 수 있다. 나도 외할머니 댁에는 여러 번 다녀왔다. 외할머니는 일본어를 하기는 하지만 특유의 억양이 있는지라 때로는 의사소통이 힘들었다. 밥은 먹는지 의심스러울 정도로 비쩍 마르긴 해도 활달한 성격에 가만히 앉아 있는 모습을 본 적이 없다. 뭔가 일을 만들어내서는 작은 몸을 날렵하게 움직이는 분이었다. 그분의 남편, 즉 외할아버지의 얘기 같은 건 들은 적이 없어서 돌아가셨다고만 생각했었다. 그런데, 그 사람이 돌연 나타났다. 게다가 이 할아버지와 동거하는 것으로 보이는 이 할머니는 도대체 누구인가? 그의 부인이 아닌가, 그렇다면 오사카의 할머니는 이 노인에게…… 너무 복잡기괴해서 어머니가 나한테 아무 말도 안 한 거구나 하고 수긍이 갔지만 뭐가 뭔지 모르겠다는 느낌은 변함이 없었다. 여우에게 홀린 것 같은 일들이 그 뒤로도 계속되어 마치 꿈속을 걷는 것 같았다. 게다가 변소 공포증으로 완전히 변비 상태에 빠진 나는 어디를 가도 많은 양의 식사를 억지로 권하는 통에 배가 불러 터질 것만 같았다. 게다가 얼핏 본 솥단지 속은 시커멨다. 자세히 보니 파리가 가득했다. 지금은 웃을 수 있는 옛날 이야기지만 당시에는 고통스러운 시간이었다.

나는 나중에 그런 미로의 수수께끼를 풀기 위해 노력했다. 아무에게도 물어보지 못하고 다양한 상황과 말 하나하나의 의미를 파악하며 수수께끼를 하나씩 풀어나갔다. 그리고 지금은 거의 밝혀졌다. 하지만 여기서 그 얘기까지 하게 되면 이 기차는 탈선에 탈선을 거듭할 것 같아 마음 한구석에 얌전히 눌러두기로 한다.

대학입시

나는 그런 깡촌을 시골마을로 갖고 있었지만 가야 할 시골이 없다고 쓸쓸해했고 그렇다고 일본이 아닌 다른 곳에 있는 시골마을의 존재를 사람들에게 떠들어댈 수도 없었다. 그래서 오히려 태연한 척 이렇게 오기를 부리기도 했다.

"우리 고향은 오사카야, 좋을 거 하나도 없어."

다만 이 오기에는 거짓이 단단히 들러붙어 있다는 것을 지금까지 이 글을 읽은 사람이라면 다 알고 있을 터, 그것은 어떻게든 부모의 고향이 알려져서는 안 된다는 굳은 결의의 표현이었다.

그런 의미에서 나는 시골을 전혀 모른 채 자랐다. 내가 태어나고 자란 땅, 대도시 오사카에서 한 역만 지나면 나타나지만 내가 초등학생이었던 시절에는 연못과 논 사이에 마을이 흩어져 있는 곳이었다. 그런 곳을 도시라고 할 수 있다면 말이다.

고3 여름의 경험을 통해서 내 마음속에 고향이 확고한 위치를 차지하게 될 수도 있었겠지만 그렇게는 되지 않았다. 그 경험을 반추할 틈도 없이 나는 입시 공부에 들어갔다. 게다가 고향 방문의 경험은 완전히 남의 일인 양 나 몰라라 하고 기억하고 싶지 않은 불쾌한 일들이 퇴적된 경험과 악몽으로 치부하고 묻어버렸다. 결국 그것은 존재하지 않는 경험과도 같은 것으로 내겐 시골이라는 것이 없었다는 말도 된다.

그런데 이번엔 정말로 '반전'이라고 할 수 있을 정도로, 대학에 들어가자 고향은 나에게 돌연 커다란 의미를 갖게 된다.

일반적으로 일본의 젊은이들이 어떤 목적으로 대학에 진학하는지 자세히는 모른다. 흔히 말하는 장래를 보장받기 위해서라는 게 사실이라 해도 내겐 그런 동기가 없었다. 대학 졸업장이 장래를 보증해 줄 거라는 생각은 전혀 없었다. 이건 누가 가르쳐줘서가 아니라 주변의 공기로부터 체득한 지식이었다. 다만 그것으로 미리 무장하여 앞으로 겪어야 할 환멸로부터 자신을 보호해야 한다는 생각은 했다.

대학 졸업년도가 되자 사방에서 친구들이 성가시다는 얼굴로 말했다. 이 회사 저 회사에서 다이렉트 메일이 산처럼 날아들어 지긋지긋하다고. 그들의 자랑 얘기를 들으며 내겐 그런 것이 전혀 안 온다는 사실에 일말의 씁쓸함을 느끼면서도 '다 내가 예상했던 대로야' 하고 스스로를 위로했다. 세상일은 뭐든 다 간파하고 있다는 우월감까지 느꼈을 정도였다. 그런 심리적 합리화는 내 장기였다.

나는 졸업하면 가업을 이을 작정이었고 가족들도 그것을 자못 당연한 일인 양 생각했다. '그럼 왜 대학엘?' 하고 묻는다면 '그냥 별생각 없이'라고 대답할 수밖에 없다. 거기에 산이 있으니까 라는 등산가의 표현을 흉내 내어 거기 대학이 있으니까 시험을 쳤다는 느낌인데 여기에는 상당한 자기기만이 포함되어 있다. 도리어 나 자신에 대한 알리바이 증명이라고 하는 편이 사실에 가깝다. 내가 남보다 뒤처진 게 아니라는 걸 스스로에게 증명해보이고 싶은데 그 기회가 바로 입시였다. 숙명적으로 열성인자를 타고 난 존재라는 생각에 빠져 있던 나는 그렇지 않다는 것을 자타에 증명할 수 있는 기회가 오기를 기다렸다. 그 기회를 잡아서 나의 능력을 보여줄 수 있다면 주위에서 무슨 말을 하든 자신의 내부에서는 털어버릴 수 있다는 논리에 매달렸던 것이다. 시험에 붙기만 하면 그 다음은 아무래도 좋았다. 그러니 학교생활의 반은 가업인 공장 일에 쓰고 반은 재일 학생단체 활동에 쓰면서 학업은 저리 가라였고 졸업할 마음도 없었다. 실제로 퇴학을 당한다 해도 이상할 것이 없었다. 그런데 대학에서 공장으로 수업료 체납 연락을 해왔고 전화를 받은 아버지가 배달에서 돌아온 내게 말했다.

"가능하면 졸업은 해둬라, 돈은 내줄 테니."

수업료를 이미 아버지에게 받아 다 써버린 나로서는 양심의 가책도 느껴졌고 그걸 없던 것으로 해준 아버지의 너그러움에 대한 의리도 생각해서 주임교수에게 쭈뼛쭈뼛 상담하러 찾아갔다.

"좋을 대로 하게."

그렇게 해서 나는 서둘러 졸업논문을 제출하고 무사히 졸업장을 받았다.

얘기가 너무 앞서 간 것 같다. 다시 시간을 조금 뒤로 돌리겠다.

그렇게 나는 입학시험에 붙는 것만으로 나의 모든 할 일이 끝난 것과 같았고 그로부터 남겨진 4년은 유예기간이나 마찬가지였다. 그 기간 동안 나는 나의 내부를 파고드는 열등감을 시험 이외의 수단으로 해소할 수 있다면 그 이상 무엇을 바랄 것인가 하는 심경이었다. 그런데 거기에 예상치 못한 유혹이 손을 뻗쳤다. 그건 다름 아닌 '조선인이 본질적으로 열등한 건 아닙니다, 조선인에게도 권리 의식이 있어야 합니다, 가슴을 쫙 펴고 고개를 들고 자신의 인생을 재인식합시다. 그리고 내 인생과 이어져 있는 조국의 역사를 다시 돌아봅시다'라는 호소였다. 나는 그 유혹의 손길에 냉큼 손을 내밀었다. 그 결과, 고향마을은 껍데기부터 내실까지 조국으로 탈바꿈하여 나를 붙잡았다. 지금까지 몇 번이나 찔끔찔끔 언급해온 '민족적 각성'이었다.

그러한 내적 변혁에 의해 고향마을은 일거에 나의 내부로 들어왔고 나는 고향마을과 이어지는 정신적 끈을 획득했다 하는 식으로 얘기가 진행될 법도 한데 안타깝게도 여기서도 그렇게는 되지 않았다. 한 번도 내 마음 안에 자리를 차지한 적 없는 고향마을은 재차 무시되어버린다. 나는 고향마을이 아닌 조국에서 귀의할 대상을 찾아내고는 덩실덩실 춤을 추며 기뻐했던 것이다.

내가 억지스런 콤플렉스를 품었던 것은 재일조선인이었기 때문이다. 재일조선인이 그런 상황을 강요당한 것은 일본의 역사와 사회, 그리고 뼛속까지 식민지 근성에 중독된 매국 정치가와 자본가 때문이다. 내가 진짜 인간, 즉 '진짜 조선인'이 되기 위해 내세우는 필수 조건이 두 가지 있다. 우선은 잘못된 일본 사회에 맞설 것, 그리고 조국에서 민주 독립을 위해 싸우는 민중과 지식인들의 전열에 가담할 것, 즉 '진정한 민족사'에 참여하는 것이다. 이와 같은 이치에 편승하여 내 정신적 고향은 역사적 투쟁이 한창인 조국이어야 했고 나를 지배하는 것은 서울의 반체제 지식인과 그들을 뒤따르는 순수한 민중이어야 한다는 당위의 논리였다. 얼굴 없는 인간들이 영위하는, 생활이 빠진 역사가 소위 나의 정신적인 고향이 된 것이다.

'고향'은 어디?

젊은 시절을 비웃는 것으로 성숙을 과시하려는 듯한 얘기로 흘러 버렸다. 조금 다른 각도로 이야기해보는 게 좋을 듯하다.

조선인이 처음 만났을 때 반드시 화제에 올리는 얘기가 두 가지 있다. 하나는 본관이 어디냐며 성씨의 계통을 묻는 것으로 나의 경우를 예로 들면 '연주(延州) 현씨'(이런 연유로 통명이 노베야마(延山)가 되었다)로 그걸 서로 물어 확인한다. 만약에 본관이 같으면 생면부지의 사람이더라도 혈연관계가 있는 것으로 여기며 그걸 모르고 남녀가 사랑에 빠지기라도 하면 짐승만도 못한 놈 취급을 당하게 된다.

또 하나 정해진 질문은 고향이 어디냐는 것이다. 나의 고향은 한국에서도 바다를 건너야 하는 제주도, 게다가 제주도 안에서도 벽지 중의 벽지 산골이다. 물론 지금은 한국 최고의 관광지가 되어 신혼여행객이나 일본인 관광객의 무리가 밀려드는 바람에 세계의 변화에서 완전히 소외된 옛 모습은 자취를 감추었으나 그래도 역시 아직은 시골이다. 한가로운 자연경관이 매우 아름다운 곳이다. 옛날 변소는 지금은 없다. 돼지를 키우는 변소는 민속촌이라는 관광단지에 옛 풍속 중 하나로 전시해놓았을 뿐 지금은 그런 변소를 사용하는 집은 없다. 변소에서 똥을 먹고 자란 똥돼지는 맛있다고 하여 귀하게 여겨지는데 정말 똥돼지인지 의심스럽다. 그러나 어쨌든 '맛있는 똥돼지'라는 그로테스크한 선전 문구는 지금도 널리 사용되고 있다.

오사카 재일조선인의 반 정도는 제주도에서 건너온 사람들이거나 그들의 자제들이다. 오사카의 여기저기서 듣게 되는 조선어는 진짜 조선어가 아니라 제주도 방언이며 지금은 제주도에서도 못 듣게 된 옛날 말이라고 한다. 나 같은 사람이 어렸을 때 몇 마디 주워들어 아는 조선어(제주도 방언)도 지금의 젊은 한국 사람들은 못 알아듣는 듯했다. 예를 들어 이미 한 번 등장시킨 '하마니(할머니)'가 뻔질나게 우리 집에 와서 무슨 일이 있을 때마다 내뱉는 잔소리가 실로 그러했다. "문 더끄라"는 "문을 닫아라"라는 뜻의 방언인데, 지금의 한국 젊은이에게 '더끄라' 해봤자 통하지 않는 모양이다.

　그런 벽지에서 별안간 일본의 대도시로 건너온 부모들이 겪어야 했던 고생을 생각하면 우리 2세나 3세가 정체성 부재의 고통 운운하는 것은 사치스러운 감도 있다. 하지만 이것은 문제의 범주가 다르므로 비교해서 논하는 것 자체가 이상하다. 그런데 이상하게도 자기 소유의 논밭도 없이, 일이라고 해야 소똥 말똥을 주워다 퇴비나 연료로 돌아다니며 팔 정도의 빈농의 아들로 자란 사람이 돌연 아시아에서도 손꼽히는 도시에 건너와서 그곳에서 살기 위해 겪었을 많은 갈등을 생각하면 격려가 된다. 대단한 가정교육 같은 건 없었다. 대신 어릴 때부터 기회가 있을 때마다 아버지는 내게 강조했다.

　"조선인은 일본인의 두 배 세 배 노력해야 인정받는다."

　어쩌면 이것은 내가 아닌 당신 자신에게 한 말인지도 모르겠다.

　아마도 아버지는 그 말로 자신을 채찍질하면서 살아왔을 것이다. 하지만 그만큼 다양한 억압과 분열이 체질화되어버린 듯하다. 이 사실을 가장 잘 아는 건 아버지의 성격을 견디며 쓰라린 경험을 해야 했던 어머니다. 그리고 그 영향을 조금은 받고 자란 듯한 나 또한 필요 이상으로 어깨에 힘이 들어가고 기를 쓰며 살아가는 것 같다. 이런 뒤틀린 성격이 주위를 질리게 만드는지도 모르겠다. 그러나 나로서는 어쩔 도리가 없다. 이미 벌어진 일에 대해서는 올 것이 왔구나 하고 아예 체념하고 뻔뻔한 태도를 취하는 수밖에 없다. 물론 이런 일이 특별히 재일조선인에게만 해당되는 것은 아니다.

다만, 나이든 부모님과 함께 한국을 방문할 때마다 아버지나 어머니의 입에서 새나오는 말이 나를 먹먹하게 한다. '무섭다'고 그들은 말한다. 꿈에 그리던 고향 땅에서 맞닥뜨리는 인정의 이면에 숨은 미묘한 기류와 암묵적 양해의 무게, 일본에 있을 때가 오히려 마음이 편하다는 아이러니. 60년의 세월은 무섭다. 고향은 멀리 떨어져서 그리는 것이라는 말은 참 적절한 표현이다.

나 역시 한국말을 조금 할 수 있다고는 해도 문화적 차이가 너무나 커서 망연자실, 한국에 오면 마치 어린애나 다름없게 된다. 실제로 내가 유치한 한국어로 열심히 의사소통을 시도하는 모습이 어머니에겐 견딜 수 없는 고통인 듯, "그만, 이제 일본어로 하거라" 하고 제지한다. 나는 상대가 일본어를 안다고 해도 한국어로 말하는 것이 예의라는 생각도 있고 연습 겸 한국어로 말해야지 하는 마음도 있다. 어머니는 그걸 다 알면서도 나이깨나 먹어서 어린애 같은 말을 쓰는 데다 아무한테나 경어를 쓰는 걸 보다 보면 정말로 한심해서 화가 나는 모양이다. 그럴 때 나는 사방팔방에서 책망을 듣는 기분이다. 가끔은 한심스러워 일본으로 도망치고 싶은 마음도 든다. 그러면서도 한편으론 이것이 내 운명이니 그런 세계를 이해하고 받아들여야 하며 잘만 되면 잃어버린 시간을 되돌릴 수도 있지 않을까 하는 기대도 한다. 물론 그건 억지스런 생각이다. 역사를 되돌리는 일이 가능할 리 없다.

그런 내가 한때는 조국을 위해 이 한 몸 바치겠노라며 큰소리를 쳤으니, 그걸 아는 사람이라면 지금의 나를 보고 웃음을 참지 못할 테지만 그렇다고 대놓고 웃는 사람은 없다. 그 친구들도 모두 나와 대동소이하니 그런 나를 조롱하는 것은 자기 얼굴에 침을 뱉는 거나 다름없기 때문이다. 나만이 나를 조롱할 수 있을 뿐이다. 이것 또한 특별히 재일조선인에게만 해당되는 건 아니다. 이 세상 어디에서나 있을 수 있는 얘기다.

어엿한 조선인인 척, 처음 만난 학생에게 "고향은 어디지?" 하고 물어보았지만 정작 나 자신은 고향에 대해서 서류상의 본적지라는 정도의 유대밖에 느끼지 못했었다. 그런 내가 고향을 정말 '고향'으로서 실감하게 된 것은 최근 몇 년의 일이다. 고등학교 시절 처음 고향을 방문하고 나서 25년이 지난 수년 전부터 고향을 자유로이 왕래할 수 있게 된 덕이다. 왕래를 거듭하면서 실제로 그곳에서 많은 것들을 보고 듣고서야 비로소, 아버지가 이 섬에 왜 자신의 무덤을 만들고 싶어 하는지 그 뜻을 조금이나마 이해하게 되었다. 그와 동시에 아버지의 그 뜻이 실현 가능성이 옅은 몽상이라는 느낌이 들어 나의 가슴을 무겁게 짓누른다.

갑자기 모르는 사람에게서 전화가 걸려온다.

"무사히 도착했다. 30만 준비해서 ○○로."

다음 날 새벽, 누군가가 어둠을 뚫고 인적 없는 상점가 구석에 놓여 있는

지정된 공중전화 부스에서 지정된 번호로 전화를 건다.

다시 지시를 받고 골목을 차례차례 돌아나가 겨우 도착한 곳.

돈을 건네주고 사람을 건네받은 후

사방에 경계의 끈을 늦추지 않은 채 귀가를 서두른다.

밀항과 불법입국

앞장에서는 고향이 없던 아이가 우여곡절 끝에 겨우 자신의 본적지를 찾아가 '고향'이라는 걸 갖게 된 순간, 도리어 고향에 대해 거리감을 느꼈다는 이야기로 끝났다. 이번에는 계속해서 그 거리감에 얽힌 사연을 마무리 지으려 한다. 여기서 말하는 거리감이란 물리적인 거리가 아닌 마음에서 느껴지는 거리를 뜻한다.

결산의 결과_
변경으로서의 '자이니치(在日)'

이쯤에서 깊이 숨을 들이마신 뒤 단숨에 뱉어내는 기세로 가장하고 싶은 말을 한 마디하겠다.

"재일조선인과 조국의 조선인들은 서로 멸시하다가 결국에는 미워하게 된다."

이건 물론 과장된 데다가 관심을 끌려는 말이라서 반감을 살 게 분명하며 어디선가 돌이 날아올 수도 있다고 긴장하면서도 굳이 하고 있다. 다른 사람이 던지는 돌이라면 옛날에 야구를 하던 솜씨로 자신 있게 받아 되던질 수 있겠지만 실은 이게 내가 나 자신에게 던지는 돌이라서 문제이다. 그래서 더더욱 곤란한 얘기인 것이다.

그렇다. 복잡한 얘기인데 그 복잡함도 나 자신이 만들어낸 복잡함이다. 내게는 조국과 자이니치(在日)를 이율배반적으로 설정하는 것을 성스러운 것에 대한 모독으로 간주하는 정신구조 내지 멘털리티가 배어 있다. 반면에 그 금기를 깨고 해방되고 싶어 하는 충동도 감춰져 있다. 내가 걱정하면서도 이 한마디를 뱉어내는 것은 금기를 깨는 은밀한 기쁨 때문이다.

요새 젊은이라면 한순간 어리둥절해하다가 뒤이어 웃음을 터뜨릴 수도 있는 그런 말이 예전에는 사람들을 몰아세우기도 했다.

예를 들어 '민족'이라는 말이 그랬다.

"자기 민족이니까 사랑해야 한다. 사랑할 수 없다는 것은 민족 허무주위에 빠져 있다는 증거이다. 고로 민족 허무주의는 민족을 팔아넘길 전조다."

이런 식의 삼단 논법이 우리들 사이에서 크게 회자되었다. 새삼 무엇을 숨기랴. 그것도 2차 대전 후의 일본에서 그랬다는 얘기다. 일본 대도시 한구석에서 우리는 마음속에 싹트는 의혹과 반발을 억누르며 그러한 논법을 익히려 애썼다. 마침내 의혹과 반발심을 극복하고 하나의 문구처럼 완벽하게 사용하면서 성장이니 해방이니

하며 자랑하던 역사가 있다. 지금 그것을 허망한 일이었다고 열을 올리며 말하고 있는 지금의 내게도 어딘가 잔재가 남아 있을 것이며 과장된 이 말도 그 증거일 것이다. 그 사실만 확인된다면 나는 침착해질 것이며 내가 한 말을 수정할 준비가 되어 있다.

미리 증오를 앞세울 것이 아니라 쌍방 모두의 감정을 문제 삼아야 한다. 이쪽 사람과 저쪽 사람은 서로에 대한 생각이 다르다. 이쪽은 저쪽을 사랑하려고 노력해왔는데, 그 노력과 감정의 강도에 상응하는 반응이 없자 결국 저쪽을 미워하거나 업신여기거나 하여 심리적 손익을 맞추고자 하는 것이다. 그런데 저쪽 사람에게는 재일조선인 같은 건 아무래도 상관없는 존재일 뿐이다. 물론 이런 것은 인간의 선악과는 아무런 관계도 없다. 자연스런 현상이라 해도 좋을 일이다. 일계 브라질 이민과 일본인과의 관계를 생각해보면 이해에 도움이 될 것이다.

혹은 가장 보편적인 모델이 필요하다면 중심과 변경이라는 학문적 도식은 어떠한가? 변경은 중심에 흡인되지만 중심에서 보면 그 변경이란 것은 여럿 있는 것 중의 하나에 지나지 않는다. 때로는 신기해하며 관심을 보이지만 기본적으로 그들의 눈은 그들의 중심을 향하고 있다. 중심이란 미국, 일본 그리고 서울이거나 그 자신이다.

한편 재일조선인은 조국의 변경일 뿐만 아니라 일본에 대해서도 마찬가지 입장이다. 물리적인 거리상으로 봤을 때 가장 가까운 중심은 물론 일본이다. 그런데 그 일본에 대한 욕망의 시선은 끊임없이 외면당한다. 그러다 보니 멀리 있기에 더욱 아름답게 보이는 또 하나의 중심에 시선을 고정하게 된다. 바로 선조의 땅.

소외감이라고 하는 것은 때때로 아름답고 게다가 나를 안고 쉬게 해주는 '어머니'를 연상케 한다. 그렇게 생각하며 오랜 기간 동경해온 고국을 막상 대면했을 때 거기서 발견한 건 무관심과 냉담이다. 그 결과 낙담과 함께 배신당한 애정의 과실인 증오와 경멸이 생겨난다.

해석놀이의 경향을 부인할 수 없을 것 같다. 그것은 아마 마음을 마치 자립적인 것처럼 취급하고 있기 때문일 것이다. 시각을 조금 바꿔보자. 마음의 거리가 있다고는 해도 그것이 자리잡고 살며 자라기도 하고 얽매이기도 하는 '몸'이라는 것이 있다. 이런 경우에는 일본과 한국의 남북 문제, 보다 알기 쉽게 말하면 경제 격차, 나아가서는 일본과 조선의 역사, 그리고 시골에서 도시로 돈 벌러 나온 사람과 시골에 남은 사람 사이에 생기는 생활 감각의 차이 같은 것들과 연관지어 생각해보는 것이 좋을 것 같다.

그와 같은 방향으로 얘기를 끌어가고 싶기는 한데 그건 나의 얕은 경제나 정치 지식으로는 도저히 감당할 수 없는 욕심이란 걸 안다. 이럴 때는 역시 '말', 불안과 희망이 뒤섞인 그리운 말에서 이야기의 실마리를 풀어갈 수밖에 없을 것 같다.

사어(死語)_
'밋코'

그런 것 중의 하나로 '밋코'라는 말이 있다.

"저 사람도 그거야. (주위를 둘러보며 목소리를 낮추고) 밋코라니까. 늘었어, 밋코가."

일본인의 귀에 들어가기라도 하면 일이 복잡해진다는 걱정 탓에 소곤소곤 속삭이긴 하지만 재일조선인 세계에서는 충분히 시민권을 얻은 말이다. 서류 없음이나 종이 없음이란 말로 바꿔 쓰는 경우도 있고 조금 꼬아서 허가증 없음으로도 통용되었다. 들개는 자유롭기는 하지만 언제 들개 사냥꾼을 만나 수용소로 보내질지 모르는 일이다. 여기까지 말하면 감이 잡히지 않았을까? 그렇다. 밋코란 바로 밀항(密航)이다.

갑자기 모르는 사람에게서 전화가 걸려온다.

"무사히 도착했다. 30만 준비해서 ○○로."

다음 날 새벽, 누군가가 어둠을 뚫고 인적 없는 상점가 구석에 놓여 있는 지정된 공중전화 부스에서 지정된 번호로 전화를 건다. 다시 지시를 받고 골목을 차례차례 돌아나가 겨우 도착한 곳. 돈을 건네주고 사람을 건네받은 후 사방에 경계의 끈을 늦추지 않은 채 귀가를 서두른다.

이러한 어둠 속 거래가 재일조선인 세계에 그리 드물지 않던 시절이 있었다. 브로커에게 먼저 비용의 반을 지불하고 잔금은 이쪽에 있는 친척이나 고용주가 떠맡는다. 이러한 방식으로 많은 한국인들이 일본에 일하러 오던 시절이었다. 10만이 20만, 20만이 40만, 40만이 80만, 천정부지로 오르는 그 비용을 여기저기서 끌어모아 일본으로 일본으로 밀항을 했다. 배 밑바닥에서 꼼짝달싹 못한 채 숨까지 죽여야 하는 고통의 며칠을 보내야 했고, 무사히 도착했다 하더라도 언제 체포당할지 모르는 불안에 떨었다. 고통과 불안을 극복하면서 잘 되면 몇 년, 혹은 10년 이상 이국 생활을 하게 된다. 그들은 장시간의 가혹한 노동과 남의 눈을 피해 어둠 속에 숨어 살아야 하는 고독한 생활을 견디면서 빚을 청산하고 조국으로 송금까지 했다. 미래에 대한 희망과 눈앞에 어른거리는 부모님의 기쁜 얼굴만을 의지하면서. 그런데 정신을 차리고 보니 돈을 송금하던 조국에 자신이 있을 곳이 사라지고 없더라는 쓰라린 얘기도 수없이 들었다.

어쨌든 그런 사람들 덕분에 가까스로 살아남기도 하고, 진학을 하여 지금은 중산층의 행복을 누리고 있는 사람들이 한국에는 있다. 어둠 속에서 생활해야 했던 그들이 오늘날의 한국 번영의 일부를 견인했다는 얘기다. 또한 그런 사람들의 노동력을 이용하여 재일조선인 영세 하청기업이 유지되었고 그것이 일본 기업의 성장에 일조한 바 있으니 일본의 번영 역시 그들과 그녀들에게 빚을 졌다고 할 수 있다. 더구나 우수하기로 명성이 자자한 일본의 공안경찰이 일본 경제의 건전한 운영에 협조를 아끼지 않았다. 예를 들어 일손이 남아돌면 경찰은 빈번하게 밀항자 사냥에 나선다. 고용 조정을 하는 것이다. 그것만이 아니다. 이른바 종이 알선가도 존재했다. 성실하게 일한 밀항 청년이 생활의 기반을 갖추고 이제 살 만하다 싶어지면 출입국관리국의 전직 공무원이라는 사람이 나타난다. 자수를 조건으로 등록을 받을 수 있게 편의를 제공해주고 그에 상응하는 액수의 수수료를 받아 챙기는 것이다. 양심적인 전 공무원과 그와 결탁한 양심적인 현 공무원 덕택에 무사히 허가증을 획득하여 그림자의 존재에서 벗어난 사람도 있다. 사람은 돈을 좇아 흐른다는 속설은 일본과 한국 관계에서도 기막히게 들어맞는 진실이다.

지금은 신참 중국인 등의 밀항에 관한 소문을 자주 듣는다. 다만 지금은 불법입국 혹은 불법체제라는 정식 명칭이 주류다. 밀항이라는 친근한 말은 듣기 힘들어졌다. 내가 '자이니치 마을'을 반쯤 이탈한 탓에 정보에 둔해진 탓도 있겠지만 국권을 침해당하는 법치국가와 국민 쪽에서 나오는 관제언어가 어둠 속에서 꿈틀대는 인간들의 공포와 희망을 담은 밀항이라는 말을 몰아내버렸다. 정의의 매스컴과 국가의 언어가 밀항이라는 말을 사어로 만들어버린 느낌이다.

한국도 지금은 한때의 일본을 웃도는 경이적인 경제성장을 달성했으니 더 이상 필요가 없어진 거라면 다행이었겠지만, 아직은 시기상조다. 지금도 밀항과 유사한, 한국에서 일본으로 일하러 오는 사람들이 끊이지 않는다. 한국과 일본의 경제 격차는 지금도 상당한 수준이니, 하물며 그 옛날은 말해 무엇하랴. 당시에는 격차라는 말 자체가 어울리지 않을 정도로 경제적 수준의 차이가 있었다.

관광_
이국 생활

여기까지 꽤 멀리 돌아온 것 같다. 그렇다, 나는 예전의 일본과 한국의 남북 문제와 그것에서 유래하는 감정의 갈등을 얘기하고 싶었다. 그런데 그 옛날, 그렇다고 해봤자 겨우 2, 30년 전의 일에 지나지 않지만, 어쨌든 그 시절에는 일본 사회의 말단에 위치한다고는 해도 일본의 번영에 편승하여 생활을 지탱하고 살아온 재일조선인의 경제력도 조국 사람들의 경제력과는 천양지차가 있었다. 더구나 벼락부자가 된 재일조선인은 자유 왕래가 허락되자마자 봇물 터지듯 고향을 찾았다. 물론 빈손이 아니다. 어쨌든 오랫동안 헤어져 있던 끝에 맛보는 조국 방문이다. 무리에 무리를 거듭하여 수많은 친척들에게 줄 성대한 선물도 챙기고 조상의 땅에 자산도 확보할 목적으로 고향으로 금의환향을 했다.

'고향으로의 금의환향'은 영광스러운 일임에는 틀림이 없지만 한편으로는 그림자를 동반하기 십상이다. 대부분의 재일 1세는 영세 농민 출신으로 고향에 논밭을 소유하는 것이 평생의 꿈이었다. 그것은 조상에 대한 최고의 효도일 뿐 아니라, 오랜 이국 생활 뒤에 여생을 고향 산천에 안겨 편히 보내고 싶다는 꿈의 표현이기도 했다. 그런데 공교롭게도 그 당시 조국은 해외 교포의 부동산 권리를 인정하지 않았다. 그래서 어쩔 수 없이 친척 명의를 빌려야 했다. 그리고 그들이 사는 곳은 일본이었기 때문에 밭의 관리를 친족에게 위탁하고 그들은 다시 일본에서 악착같이 일을 했다. 그러다가 때로는 자산을 늘리기 위해 조국을 찾기도 했다. 이른바 부재 지주였던 것이다. 육친의 정과 경제적 이해가 얽힌 이런 종류의 관계에서 문제가 생기지 않을 리 없다.

오랜 이국 생활을 해온 그들은 이국의 눈으로 조국을 바라보는 시선을 갖게 된다. 이것은 부정할 수 없는 사실이다. 풍요로운 일본과 비교해보자면 조국은 뭐든 뒤처져 있고 가난했다. 그 결과 조국을 찾는 재일 1세는 돈과 선진성을 내세우게 된다. 본인에게 그런 자각이 없더라도 그렇게 비친다. 뿐만 아니라 개선장군과 같은 환대를 받는 사이에 흥에 겨워 그만 지나친 행동도 하게 된다. 이를테면 이국에서의 힘든 고생에 대한 보상으로 조국의 품에서 쉬고 싶다는 생각이 친족이나 일반 사람들의 빈축을 사는 여자 사냥으로 이어지기도 했다.

한편 상대방은 어떤가? 본국 사람들은 물론 처음에는 환영한다. 육친의 정도 정이지만 어쨌든 그들은 '성공한 사람'이 아닌가. 그러나 일시적인 그리움이 지나가고 나면 아무리 육친이라 하더라도 짐이 되기 시작한다. 오랜 이별은 서로 다른 생활 감정을 만들어낸다. 더구나 앞서 말한 경제적 이해관계도 있다. 내 명의인 데다가 내가 경작하는 논밭이니 내 것이라고 생각하게 된들 이상할 것이 없다. 이리하여 자산을 둘러싸고 친척과 형제, 나아가서는 부모 자식 간에도 싸움이 벌어진다. 육친의 정과 신의라는 미풍은 사라지고 재일교포는 돈에 인색하다는 소문이 퍼진다. 비록 가난하긴 해도 자부심만큼은 높았던 조국 사람들은 돈을 위해서라면 뭐든지 할 것 같은 재일조선인을 부끄럽다고 생각하게 된다.

예를 들어 다음과 같은 이야기를 종종 들었다.

한국에서 해외여행이 자유롭지 않던 시절의 일이다. 친지 방문을 명목으로 출국 허가를 받아 일본에 온 친척에게 관광 온 김에 재일조선인의 생활을 알려주고 싶어서 오사카 변두리에 있는 조선 시장으로 데려간다. 그런데 그들의 표정이 도무지 좋지 않아 보인다. 백화점이나 니혼바시(日本橋) 주변의 휘황찬란한 풍경을 보았을 때 보였던 부러움의 반응과는 다르다.

"부끄러워, 마치 거지 같아. 저런 모습을 일본인에게 보여 주는 건 민족의 수치야."

실망에 가득 찬 표정으로 얼굴을 붉혔다.

가짜인 '자이니치'는 진짜의 말에 약하다. 꾸중을 듣는 것 같은 기분에 그만 미안한 생각까지 하게 된다. 하지만 차차 반감이 밀려온다. 살기 위해 길가에서 물건을 파는 것이 뭐가 나쁜가. 그런 겉모습에 개의치 않고 씩씩하게 사는 것이 재일 1세들의 존재 조건이었으며 그 덕분에 2세, 3세가 존재했다. 무사태평한 2세를 비판한다면 모를까 몸 사리지 않고 살아온 그들 1세들이 민족의 수치일 리 없다는 반감이 치밀어온다.

가만히 생각해보면 이렇게 생각이 어긋난 원인은 큰 오해에서 비롯됐음이 분명하다. 어쩌면 공연한 겸손이 거꾸로 무익한 반발을 야기시켰는지도 모른다.

조국 사람들이 일본을 방문하는 목적은 그리운 친척과의 대면, 그리고 관광이다. 그 관광에는 일본의 번영을 우러러보는 것은 포함되어 있지만 가짜를 알기 위한 관광 같은 건 포함되어 있지 않았다. 일상적으로 진짜와 함께 사는 진짜가 굳이 일부러 외국에까지 가서 가짜를 보고 싶어 할 리도 없다. 그들에게 재일조선인이 어떻게 살고 있는지를 소개하고 이국에서의 생활의 고초를 이해받으려고 하는 것은 '자이니치'의 헛수고에 지나지 않았다.

참고로 그들의 희망에 따라 예를 들어 도요토미 히데요시(豊臣秀吉)의 성으로 유명한 오사카 성으로 안내하면 그들은 정말이지 진지해진다.

옛날에 조선 침략을 기도한 '도요토미 히데요시'의 힘의 비밀을 찾겠다는 눈빛이다. 실패로 끝났다고는 하지만 대외 팽창의 발단이 된 도요토미 히데요시 시대의 권력과 부에서 일본 번영의 비밀을 찾아내어 일본을 따라잡고 추월하고자 하는 것이다. 오사카 성과 전시품을 잡아먹을 듯이 바라보는 그들의 진지한 모습과 그것을 어이없어하며 바라보는 재일의 차이야말로 재일조선인과 조국 사람들의 관계의 한 측면을 보여주는 건 아닐까.

일본이 번영을 했으니 거기 사는 조선인은 당연히 그 성과를 나눠가졌을 거라고 생각할지도 모른다.

밀항한 사람도 조국 사람이다. 겨우 이쪽 일본 생활에 익숙해져서 한숨 돌릴 때쯤 되면 농담 반 진담 반 이렇게 말한다.

"이렇게 죽어라고 일을 해야 할 줄은 꿈에도 몰랐어."

"이만큼 일할 작정이었다면 여기 안 오고도 충분히 먹고 살 수 있었을 거야."

"맞아. 그렇긴 해도 일본인은 정말 열심히 일해."

'그래그래, 그 말이 맞아' 하고 자이니치(在日)는 내심 맞장구를 치면서도 다음에 이어질 한마디를 기대하며 입가를 바라본다. 일본인이 열심히 일한다면 그보다 불리한 조건에 놓인 재일조선인이 제대로 살려면 열심히 정도가 아니라 바보처럼 일만 해야 한다. 그리고 실제로 그렇게 살아왔다. 이러한 사실을 인정받고 싶은 것이다. 그러나 그런 달콤한 기대가 충족되는 일은 드물다.

밀항한 사람에게 재일조선인은 식구다. 식구니까 무조건 그들을 도와줘야 한다고 생각한다. 그게 조선의 전통이며 미풍이다. 그러나 그와 같은 기대가 충분히 충족되는 일은 드물다. '식구인데 냉정하다'는 불만이 쌓이게 된다. 그뿐만이 아니다. 실제 재일조선인은 밀항자들의 저임금과 장시간 노동의 덕을 보고 있는 측면도 있는 만큼 자신들을 먹잇감으로 하고 있는 상대를 칭찬할 수도 없는 것이다.

결국 접촉이 이해를 낳는다는 일반론은 개개의 현실에서는 반드시 들어맞는 말은 아닌 것 같다. 이해하려는 의욕과 서로의 입장을 인정하려는 노력 등이 지속되지 않으면 오히려 서로 불신만 커질 수도 있다. 안이한 반발이 더 커져 고정관념화되기 쉽다.

'교포'

이번에는 한국에서의 사례를 소개하겠다.

자이니치 2세, 3세의 조국 유학이 유행하던 시기가 있었다. 일본에 혈연이 없는 조국 사람들은 매스컴이나 정부의 정치선전 또는 고향에 금의환향한 1세들이나 기생관광 여행자들을 통해 재일조선인에 대한 정보를 접할 수 있었다. 이런 상황 속에서 유학생들의 생활상이 자이니치에 대한 악평에 박차를 가했다고 한다.

유학이라 해도 여러 가지 동기가 있으므로 일괄적으로 말할 수는 없지만, 일반적인 유학과는 상당히 차이가 있었던 것만큼은 분명하다. 무엇보다 조국으로 가는 유학이다. 그리고 그 조국은 일본에서 보자면 확실히 후진국이었다.

조국으로 '돌아가' 기여하고 싶다는 예도 없지는 않았다. 조국 사람들과 같은 생활을 하면서 진짜가 되자. 그 후 조국의 역사에 참가하자는 것이었다. 그러나 정작 조국은 그런 진지한 해외동포를 환대할 상황이 아니었다. 재일조선인에 대한 편견이 있었다. 자유로운 나라 일본에서 '북'과의 접촉 가능성에 대한 의심 때문이었다. 실제로 일본에는 북의 준국가적 조직이 존재할 뿐 아니라 많은 자이니치가 지지자였다. 정치적 긴장이 고양되면 그러한 편견을 배경으로 진지한 유학생들을 악용했다. 북의 스파이라며 희생물로 만드는 것이다. 진짜인 한국인이라면 그러한 날조에 대항할 세력의 도움을 얻을 수 있었겠지만 그들은 자이니치다. 지나칠 정도로 진지하게 학업은 물론 조국 사람들이나 사회와의 접촉을 위해 애쓰고 있다. 혹시 다른 이유가 있는 건 아니었을까? 이러한 재일조선인에 대한 편견은 여러 가지로 입증이 되었다. 물론 그것은 임전태세에 있는 조국의 현실에 대해 일본에서 배운 정의나 진리를 무방비 상태에서 펼친 순수함의 결과였다. 악착같이 일하지 않으면 생활을 유지할 수 없는 사람들에게 타인의 순수함만큼 의심스러운 건 없다. 그리하여 성실한 자이니치 유학생은 군사정권의 연명에 이용되었을 뿐 아니라 편견을 더욱 조장시키는 역할에 들러리를 서는 처지가 되었다. 그들 중 운 좋게 위험을 모면한 유학생들도 역시 공포와 절망이 뒤섞인 좌절감에 떨면서 일본으로 귀국했다. 이후 그들은 조국과는 거리를 두게 되었다.

그런데 이러한 진지한 유학생은 어디까지나 소수에 속한다. 일본에서는 제대로 된 대학에 들어갈 수 없을 바에는 차라리 조국에 보내자는 부모의 생각 때문에 한국으로 유학을 온 경우가 많았다. 공부는 못해도 현지에 있다 보면 말 정도는 익힐 수 있겠지 하고. 다행히도 재외동포의 대학입학에는 우대제도라는 게 있었다. 본국의 입시생이 군침을 흘리는 유명대학의 문도 매우 쉽게 넘어설 수 있었다. 무사히 졸업만 하면 일본에서는 별 도움이 안 되더라도 자이니치 사회나 조국에서는 벼슬이 된다. 조선인은 원래 감투를 아주 좋아한다. 요즘도 지방에 가면 자식의 박사학위를 받은 지역 출신자를 축하하는 현수막이 여기저기 바람에 나부끼는 것을 볼 수 있을 정도다. 학벌, 혈연, 지연이 일본과는 비교가 되지 않을 만큼 큰 힘을 갖는 사회다. 그러한 풍토와 전통이 있는 만큼 제대로 된 교육을 받을 기회가 없었던 자이니치 1세들은 대학이라고 하면 눈빛이 달라진다. 고생이나 돈 걱정은 자신들 세대에서 끝나고, 자녀들은 대학을 졸업해 양복을 입고 명령하며 살기를 바라는 것이다.

이리하여 조금이라도 여유가 있는 집은 자녀를 조국의 대학에 보냈다. 자, 그렇게 보내어진 자제들은 어떠했는가? 동기나 계기가 어떤 것이었든 간에 모처럼의 유학이다. 더구나 차별과 열등감에 고민할 필요 없는 고국이다. 이것을 계기로 심기일전하는 기특한 심경이 됐다 하더라도 전혀 이상할 게 없다. 그러나 그 일념을 현실화하려면 지속적으로 강한 의지와 용기를 북돋워줄 뭔가가 있어야 하는데 오히려 악조건이 산처럼 가로막고 있었다. 먼저 기초학력의 차이다. 우대받아 입학하더라도 졸업까지 특별대우가 계속될 리 없다. 게다가 언어 문제가 있다. 문화적 코드도 다르다. 얼굴이 매우 유사하다 하더라도 발성 방식부터 표정을 만드는 방식, 자기표현법, 희로애락의 농도가 완전히 다르다. 더군다나 한일 간의 역사에서 유래하는 미묘한 고독감이 있다. '조국인데…… 왜?' 하는 생각이 절망을 가속시킨다. 물론 그런 악조건 속에서 포기하지 않고 끝까지 그 일념을 달성해낸 대단한 사람도 있다. 하지만 그건 역시 소수파에 지나지 않았다. 오히려 기분 전환을 위해 그들끼리 몰려다니게 되기 십상이다. 안 좋은 곳을 드나들거나 여자에 광분하는 일도 종종 있었다. 물론 그걸 가능하게 해준 것은 한일 간의 경제격차다. 그 유리함을 한 번 경험해보면 자긍심 높은 정의의 민족적 언사가 난무하는 그 세계도 뒤에서는 돈으로 움직이고 있다는 것을 눈으로 보게 된다. 돈으로 뺨을 때리고 꼴좋다 하고 복수를 한 기분도 느낄 수 있다. 그 연장선상에서 진짜에 대한 경멸의 감정이 싹트는 것도 당연하다. 한편 그걸 보거나 듣거나 하는 저쪽 사람들 역시 자이니치에 대한 편견을 더욱더 키워간다.

이런저런 일로 재일교포라고 불리는 재일조선인에 대한 조국에서의 평판은 그리 좋지 않다. 재일조선인 야구선수가 조국의 프로야구의 요청을 받고 스타가 된 기분으로 해협을 건넌 것까지는 좋았다. 그런데 막상 가보니 쓰러뜨려야 하는 '적'으로 여기더라는 얘기는 이런 점에서 보면 극히 자연스러운 결과이다.

그렇다면 이번에는 현재의 일본에 시선을 돌려보자. 일본에 존재하는 조선인은 일반적으로 60만이라 하는데 실제로는 80만이나 100만에 이른다는 설도 있을 정도로 신규 유입자가 많다. 소위 뉴커머라고 불리는 사람들로 그들은 재일조선인이라고는 불리지 않으며 그들 역시 그러한 자기인식은 없는 것 같다. 자이니치라는 것은 그저 단순히 '일본에 있다'라는 중성적인 말이 아닌 것이다. 어찌됐건 이들 뉴커머 중에는 서류상으로는 존재하지 않는, 즉 비합법적 존재도 상당수에 달할 것이다. 옛날과 달라서 밀입국의 형태가 아니더라도 관광비자로 입국해서 그대로 머무는 사람, 관광비자를 이용하여 일하러 오기를 반복하는 사람이 다수 있는 모양이다. 오사카의 남부나 동부 환락가, 그리고 가내공업을 겨우 면한 정도의 소규모 공장은 그러한 사람들의 존재 없이는 돌아가지 않는다. 가혹한 저임금 장시간 노동이 그 존재 조건이다. 고용주가 조선인인 곳을 일부러 골라서 일하려고 하는 일본인은 아무리 불경기라 해도 많지 않다. 결국 재일조선인이 조국 사람들을 희생물로 삼는 관계가 생기게 된다. 또한 유흥업을 생업으로 하는 여성들에게는 목돈을 가진 소수의 1세, 그리고 열등감을 돈의 힘으로 메우려 드는 자이니치 2세, 3세가 고객이다. 단기간에 돈을 많이 벌려면 돈 잘 쓰는 손님을 고객으로 만들어야 한다. 잘만 되면 부인 혹은 세컨드가 되어 고향으로 금의환향할 수 있다. 여기서는 거꾸로 조국의 여성이 재일조선인을 희생물로 삼는 셈이다. 물론 일방적인 희생은 아니라고 할 수도 있다. 단지 희생물이라는 사실을 충분히 인식하고 있으면서 일시적인 욕망이나 '조국의 품에 안긴다'는 감상적인 면을 고려하면 타산이 맞는다는 계산도 충분히 성립한다.

상당히 난폭한 표현을 쓴 것 같다. 유착관계 또는 이해관계의 미묘함을 상상하며 읽어주기를 바라는 바이다.

인간의 본성

이런 관계에도 변천이 있기 마련이다. 그것은 시간 축으로 볼 때 세 개의 시대로 나눌 수 있을 것 같다.

먼저 피(혈연)와 관념의 시대가 있었다. 하긴 피란 관념의 산물이므로 관념의 시대라고 해도 되겠다. 이 관계는 대략 1965년쯤까지 계속되지 않았을까. 그해에 한일조약이 맺어지고 조선적에서 한국적으로 바꾸는 현상이 눈사태처럼 일어났으며 그와 나란히 한국과의 왕래가 빈번해졌다. 그때까지는 일부 예외를 제외하면 한국은 저 멀리 있는 세계였다. '향수'라든가 '이상화'라는 관념도 있었지만 일본 언론의 보도와 그 밖의 영향으로 괴뢰정권하의 지옥이라는 견해가 대세였다. 그런데 한일조약 이후는 실제로 한국과 자이니치 사이의 교섭이 시작되는 시기다. 하지만 교섭이 시작되긴 했지만 즉시 현실적인 견해가 뿌리를 내린 것은 아니다. 이 시기는 '피'와 '관념'과 '돈'이 삼파전을 이뤘다고 할 수 있다. 이 시기에 재일조선인이 한국에 가지고 들어간 돈은 합법 비합법을 합쳐 실로 거액일 것이다. 돈이 관련되면 어떠한 환상도 옷을 벗는다는 건 동서고금 변함없는 원칙인 듯하다. 조금 시간이 지나서 보니 피라는 관념은 현실 생활이나 돈의 힘과 비교했을 때 아무것도 아니라는 것이 분명해진다. 걸친 것 모두를 빼앗기고 두 번 다시 그 나라에는 안 간다는 사람이 차례차례 나타났다. 물론 그쪽에서도 돈이 없는 자이니치는 무지한 사람들에 지나지 않았고 귀찮기 이를 데 없는 존재였을 것이다. 게다가 그쪽도 일본을 추월하는 경제성장이 꿈에서 현실이 되었다. 그런 현상이 분명한 형태를 취한 건 1988년 서울올림픽 때부터이다.

분명해진 현실이 양쪽 관계의 기준이 되었다. 한쪽에선 자이니치는 역시 피는 통하지만 어디까지나 남이라는 삭막한 견해가 지배적이었고, 다른 한쪽에서는 조국이긴 해도 조상의 뿌리를 찾는 감상적인 여행 정도였다. 거기에는 일체화라든지 애증의 연출은 옛날이야기에 지나지 않았다.

그렇다고는 해도 그러한 제3의 시대가 어느 순간 갑자기 과거와 인연을 끊고 다가온 것은 아니다. 제1시대와 제2시대를 거쳐 현 시대를 모두 경험하며 사는 사람들이 있다. 그런 부류의 사람들에게는 과거의 아름다운 관념의 잔재가 배신감이라는 감상적인 감정으로 모습을 바꾸어 계속 남아 있다. 물론 이렇게 말하는 내가 바로 그 마이너스 표본인 것이다.

어쨌든 이게 내가 그리는 재일과 조국 사람들 간의 관계의 변천사이다. 생각해보면 당연한 일이 일어난 셈이다. 다만 이런 표현들은 모두 나중에 깨닫게 된 것, 즉 사후적 지혜이다. 이런 사후적 지혜를 내세워 앞선 어느 시대의 사람들을 어리석었다고 조소하는 건 오만이다. 과거를 조소하는 것은 결국 현재를 조소하고 미래를 조소하는 것이 된다. 그리고 이 모든 세상을 비웃으며 살아갈 수 있을 정도의 강인한 사고를 할 수 있는 사람은 전 시대를 통틀어 그리 많지 않을 것이다.

아마도 그러한 '인간의 본성'을 직시하면서 앞으로의 현실을 만들어가는 것이 이상적이겠지만 잔재를 불식하려면 시간과 노력이 필요하다.

예를 들어 나는 한국에 가면 모든 차이에 압도되어 굉장히 괴로워진다. 표정에서 행동거지, 발성 방식 등, 그러한 하나하나의 미묘한 차이가 나의 '일본 문화인적 존재'를 더욱 또렷하게 하여 나를 더욱 침울하게 만든다. 그러다가 결국에는 거부당하고 있다는 피해망상까지 들고 그 반동으로 진짜의 결점들을 끌어모아 감정의 채산을 맞추려 애쓰게 된다. 문화적 차이가 더 큰 유럽에 갔을 때는 그런 일이 일어나지 않는다. 또한 일본인에 대해서도 그런 감정은 없다. '조국인데 왜?'라는 감상이 초래한 악폐, 서운함이다. 다를 수밖에 없는 게 당연하다는 현실적인 시선은 엄청난 노력 끝에 얻을 수 있을지도 모르는 목표에 머물러 있다.

무서움_
아버지의 등

부모님이 자신들이 태어나서 자라난 고향을 '무섭다'고 중얼거린 이유가 지금까지의 얘기로 이해되었으면 하고 바라는 건 아무래도 염치가 없는 것 같아서 마지막으로 그 무서움에 대해 조금 더 기억을 더듬어가며 이해를 돕고 싶다.

소작농의 셋째 아들로 징용을 피해서, 그리고 먹고살 길을 찾으려고 일본으로 흘러들어온 아버지는 제복과 양복을 입은 사람들에 대한 경외심이나 경계가 거의 몸에 배어 있는 수준이었다. 일본에서 알몸뚱이로 살아남아야 했기에 그랬겠지만 일본의 관료와 양복을 입은 부류들에 대해서는 거의 본능처럼 지나치게 굽실거렸다. 아들인 나는 어쩌다가 그런 현장에 함께 있게 되면 참을 수 없는 기분이 되곤 했다.

소학교 2, 3학년쯤이었다. 겨우 익힌 자전거로 아버지가 거래처로 배달 나가는 것을 따라간 적이 있었다. 평상시에 자식들에게 전혀 신경을 쓰지 않는 아버지가 그렇게 따라가는 것을 허락한 것은 특별한 조처였다. 나는 아버지가 날 인정해줬다는 생각에 기분이 한껏 고조되었다. 그런데 막상 그 회사에 도착하자 한껏 고양되었던 기분은 비참한 기분으로 반전이 일어나게 된다.

아버지가 자전거 짐칸에 높이 쌓인 물건을 안아 내리려고 하자 아버지의 더러운 작업복과는 대조적인 넥타이 차림새의 젊은이가 터벅터벅 아버지에게 걸어오더니 당장 쓰러뜨리기라도 할 기세로 고함을 지르기 시작했다. 아버지는 평소에 등을 쫙 폈던 자세와는 완전히 다른 모습으로 머리를 연신 조아리며 변명의 말이라고는 한 마디도 못한 채 무거운 짐을 끌어안은 자세로 서 있었다. 나는 처음에는 놀라움과 공포에 빠져들었지만 차차 슬픔이 밀려왔고 이내 배신감까지 들었다. 마치 아버지를 타인인 것처럼 뒷걸음질로 거리를 두고 사건이 일단락되기를 기다렸다. 변이 급히 마려웠지만 아버지한테 '똥'이라는 말 한마디를 하지 못했다. 초췌한 모습의 아버지는 말없이 제품을 짐대에 정성스레 고쳐 매고 겨우 귀로에 올랐다. 그 장소에서 빨리 벗어나려는 듯 스피드를 올리는 아버지의 자전거를 따라가기 위해 열심히 자전거 페달을 밟던 나는 참고 또 참아왔던 반동으로 그만 바지에 실수를 하고 말았다.

조심조심 집에 도착했다. 나의 걸음걸이는 영 불편했다. 어머니는 나의 이상한 거동을 알아차리고 날카로운 목소리로 뒷마당으로 가라고 소리쳤다. 벌거숭이가 되어 호스의 물을 맞으면서 엄청나게 야단을 맞았다.

"아버지한테까지 똥 마렵다는 말도 못하니? 기가 막혀서."

할 말을 잃은 나는 딸꾹질과 함께 서러운 울음을 터뜨렸다. 아버지는 이런 나를 저만치에서 말없이 바라보고만 있었다.

또 하나는 벌써 15년쯤 전에 있었던 이야기다.

집을 장만하려고 이곳저곳 물색한 끝에 나는 그럭저럭 살 만한 물건을 발견했다. 그런데 업자가 알선하는 은행이 주택융자를 받아주지 않았다. 이유를 물어보았다.

"이건 비밀인데요, 국적 말고는 달리 이유가 없네요. 죄송합니다."

주택융자 전문 회사라면 어디든 상관없다는 얘기도 나왔지만 그런 곳은 이자가 비싸다. 원금만으로도 융자를 갚아나갈 계산에 힘이 부치는데 이러지도 저러지도 못해 아버지께 의논을 했다. 다행히 아버지가 오랫동안 거래하고 있는 신용금고에서 융자해주겠다고 하여 아버지와 동행했다. 아버지의 신용과 예금이 담보였다. 다시 말해 아버지와 공동명의로 돈을 빌리는 조건이었다. 그런데 거기서 나는 또다시 어린 시절의 기억을 떠올리게 되었다. 보통 때의 상거래 응대라고는 도저히 생각할 수 없을 정도로 아버지는 저자세였다. 나름대로 자부심이 높았던 내 입장에서는 도무지 아버지를 이해할 수가 없었다. 돌아오는 길에 아버지에게 불만을 터뜨렸다.

"우린 고객이잖아요."

"잘 해결했으니 됐다. 괜히 쓸데없는 걸로 화내지 마라."

아버지는 이렇게 나를 달랬다.

일본식의 성실과 신용을 배우고 익혀 아무리 짓밟혀도 그것만을 의지하여 일본에서 60년 이상을 살아오신 아버지다. 그런 아버지에게 한국은 언제나 그리운 고향임에 변함이 없지만 이미 타향이 되어버린 부분이 더 많다. 더욱이 아버지가 조국에서 지내던 시절에는 관료주의 시대이기도 했다. 젊은 시절에 몸에 밴 관리나 양복 입은 자들에 대한 경외심은 사라지지 않았다. 그쪽에서 계속 산 사람들이라면 그런 것을 무너뜨릴 방법을 익힐 수도 있었겠지만, 아버지는 그런 것을 배울 기회가 없었고 그렇게 할 수도 없었다. 어쩔 수 없이 아버지가 잘하는 저자세를 취하면 성의가 통하고 이쪽의 약점을 간파하여 상대가 기세등등해진다. 뭐든지 정도껏 해야 하는데 그게 없는 사회였다.

그런 아버지가 찾아간 조국 한국은 아버지를 타인 취급했다. 외부인이 내부 세계로 들어가는 게 힘들다는 건 어느 세계나 마찬가지겠으나 군부의 권위주의적 통치가 만들어낸 강권적 제도의 잔재, 그리고 그것을 보완하는 암묵적 논리와 정이 뒤얽힌 세계에서는 그게 정말 어렵다. 게다가 어설픈 동족 의식 탓에 작은 어긋남이 심리적으로 확대되고 결국에는 거절당했다고 하는 서운함도 한층 더 커진다. 이것이 결국 '무섭다'는 한숨으로 표현된 것이다. 그런데도 아버지는 자신이 죽으면 무덤은 무조건 고향에 만들라고 우리에게 엄명했다. 그런 상호 모순되는 말을 듣는 나로서는 역사와 사회와 인간이 난해하기 이를 데 없다. 스스로 한심하다는 생각까지 하게 된다. 거참, 결국에는 이번에도 이렇게 답답한 불평으로 얘기를 끝내게 되었다.

삼춘은 공장을 떠나 여름에는 금붕어 잡기 같은 노점상을

겨울에는 '군밤보다 맛있는 군고구마'를 외쳐대는 군고구마 장사로

급기야는 조선인이 잘 한다는 넝마주이로 일을 바꿨다.

알코올중독으로 입원하거나 경찰서 드나들기를 밥 먹듯이 하는 등

뜻대로 풀리지 않는 인생을 살던 그 삼춘은

10년쯤 전에 허망하게 인생의 막을 내렸다.

삼춘과 오지상

 '오지상'이라는 호칭에는 부드러움과 풍만함이 있다. 친근감을 주는 호칭이지만 그렇다고 해서 무람없지는 않다. 딱 좋은 거리가 느껴지는 표현이어서 어디에서 써도 실수는 없을 것 같다. 조금 편안한 오지짱이나 옷짱 쪽은 스피드감과 가벼움이 있다. 거리감이 사라진 만큼 생생한 울림이 있어서 듣고 말할 때 상쾌하다. 그러나 나이를 더하면서 사용 빈도가 적어진다. 비슷한 파생어 옷상의 경우는 정말 신경 써서 사용하지 않으면 상대가 싸움을 걸어온다고 오해할 소지가 있다. 옷상은 오지이상(할아버지)에서 파생된 오징과 거의 비슷한 말로 일부러 웃음을 불러일으키려고 자기 자신을 가리키는 경우 말고는 이미 이 나이가 되면 쓸 수 없다.

 그런데 내가 어린 시절에 그러한 옷짱·오바짱 혹은 오지상·오바상의 의미로 썼던 말이 있다. '삼춘'이다. 한자로는 삼촌(三寸)이라고 쓰고 촌수를 나타내는 데 사용한다. 일본어의 삼친등(三親等)에 해당한다. 이것은 백부 · 백모나 조카와 나 사이의 촌수인데 호칭으로 쓰일 때는 거의 백부 · 백모를 가리키는 말이다.

이것은 조선어로 '삼촌'이라고 표기하는 것이 가장 원음에 가깝고 실제로 제주도 이외의 곳, 즉 육지에서 태어나 자란 사람들과 그 자손들은 그렇게 바르게 발음한다. 하지만 그들은 그 말을 우리 제주도 출신 자손만큼 빈번하게 사용하지는 않는 것 같다. 예를 들어 육지 사람의 딸인 내 처나 형수, 제수씨가 익숙지 않은 말투로 '삼촌'을 입에 올리는 걸 들으면 어딘가 격식 차린 언어로 느껴진다. 잘 차려입은 손님이 우리 집안에 들어와 흉내를 내기는 하지만 어디까지나 본토 사람의 자부심을 잃지 않으려는 상징으로 발음만큼은 무너뜨리지 않으려 한다는 느낌을 받는다. 그런 감정의 연장선에서 '삼촌'을 발음하는 마음 속에 깃들어 있는 며느리라는 신분에서 오는 의지가 상상된다. 원래 이런 심리적 연쇄는 자이니치 마을이나 자이니치의 집의 붕괴를 맞이해 그것을 끝까지 지켜보려는 나라는 사람의 감상적 색채가 농후하다.

삼춘이라는 호칭은 소리와 용법, 이 두 가지 면에서 미묘한 차이가 있는 제주 방언이다. 우리들처럼 일본에서 태어난 조선인이 말하는 걸 들어보면 삼춘이든 삼촌이든 양쪽 다 조국에서 태어난 사람들의 발음과는 미묘하게 차이가 있으며, 그 용법 또한 다르기 때문에 제주도 출신 재일조선인 방언이라고 하는 것이 맞다. 그런 자이니치의 방언인 삼춘에 관한 얘기를 해보겠다.

삼친등(三親等)

어린 시절 내 주위에는 삼춘이 많이 있었다. 아버지가 경영하던 작은 공장에서 일하는 건 거의 다 삼춘과 니이짱(형)이었다. 이 니이짱이라는 호칭은 삼춘보다 어린 사람을 일컬었다. 어쨌든 공장 안, 그리고 공장을 벗어난 곳, 즉 공장을 포함한 작은 조선인 마을에도 역시 삼춘이 수없이 많았다. 멀리 떨어져 살고 있는 삼춘도 있었으니 삼춘투성이라 할 만했다.

그런데 이미 알아차렸을지 모르지만 아무리 옛날이라고는 해도 한 아이에게 그렇게 엄청나게 많은 삼친등이 있을 리 없다. 더구나 여기는 혈족이 모여서 사는 한국의 시골이 아니라 일본의 대도시 오사카였다.

삼친등이라고 하면 무엇보다도 부모의 형제자매일 텐데, 나의 아버지에게 형제자매가 많았던 건 사실이다. 아버지가 남자 형제 넷 중에 세 번째라는 건 알지만, 여자 형제는 셋인지 넷인지 혹은 다섯인지, 부끄럽지만 잘 모른다. 한국에 가서 친척을 소개받을 때마다 머리가 혼란스러워지곤 했다. 여자는 시집가면 출가외인이라고 하던데 그런 사고가 내게도 익숙해진 것인지 모른다. 어쨌든 그 수많은 형제자매 중에서 일본으로 건너온 건 아버지 혼자였다. 그러니 아버지 쪽으로 나의 삼친등이 되는 사람은 일본에는 한 분도 없는 셈이다.

그에 비해 어머니의 형제자매 쪽은 두 분인가 세 분이 일본에 계셨고 지금도 살아 있다. 친족이라고는 하는데, 정확히 촌수가 어떻게 되는지 확실한 설명을 들은 적이 없는 애매모호한 관계이다. 아마 이복형제인 듯하다. 이처럼 불확실한 추측으로 배우자까지 계산해보면 어머니 쪽으로 삼촌뻘은 여섯 분이다. 결론적으로 일본의 삼촌은 여섯이라는 말이 된다.

그럼 내 주위에 넘쳐났던 삼촌들은 무엇인가? 물론 쉽게 추측할 수 있을 테지만 일본어의 오지상·오바상과 마찬가지로 외연적 용법으로 사용된 말이다. 한국에서는 일반적으로 그렇게 쓰이지는 않는 모양이지만, 한국의 한 지방인 제주도에 한해서 말하자면 삼촌은 백부·백모만이 아니라 손위 혈연에 대한 호칭으로 일반적으로 사용되는 것 같고, 그 연장선에서 우리 역시 삼촌이란 말을 폭넓게 사용했다.

좀 더 보충하자면 혈연의 범위는 조선인의 경우 일본인에 비해 상당히 넓다. 끝이 없다고 느껴질 정도다. 이를테면 같은 성씨에 같은 본관이면 모르는 사람이라도 친척이 된다. 이것을 그대로 받아들인다면 친척 수는 그야말로 방대해진다. 따라서 그건 단순한 봉건적 유산이라는 생각이 들지만 사실 꽤 엄격하게 지켜지고 있다. 내 가족 계통을 예로 들면 '연주 현씨 기타오사카 친목회' 등 여러 조직이 있고 조직 깃발까지 갖추고 있을 정도다. 이처럼 조선인이라면 누구나 일족의 계보를 중시하게 마련인데 어느 정도 소중하게 여기는지, 특히 우리 2세들은 믿을 수가 없을 것이다. 그 족보에 의하면 조상이 중국에까지 달하는 경우도 있다. 그들은 족보를 유서 있는 가계의 증거라고 자부하는 감도 있지만 극단적으로 말하면 몇 개의 국경에 걸쳐 많은 삼촌이 있다는 것인데 이것은 다소 골칫거리이기도 하다. '삼촌'이 이처럼 폭넓게 사용하는 말이다 보니 당사자를 직접 부를 때에는 지장이 없다 치더라도 삼촌을 화제로 삼을 경우 그냥 삼촌으로는 쓸 수가 없다. 앞에 형용사를 덧붙여서 개별화하고 차별화해야 한다. 이를테면 거주지를 앞에 놓아 이쿠노 삼촌이나 쓰카모토 삼촌, 혹은 그 삼촌의 자녀 이름을 앞에 놓아 아케미 삼촌, 또는 생업을 내세워서 고구마(군고구마 장수) 삼촌. 그런데 그것만으로는 아직 불충분한 경우가 있다. 이쿠노 삼촌이 여럿 있으면 뭔가를 덧붙여야 한다. 특히 삼촌은 남녀 차이를 표현할 수 없기 때문에 이쿠노 여자 삼촌이 되고 다른 곳에서 신체적 내지는 외견의 특징을 지표로 더하여 후세(布施)의 안경 삼촌도 있다.

여담이지만 요즘에는 안경을 낀 사람이 흔한 것을 보면서 시대가 변했음을 실감하게 된다. 그 시절 그것도 조선인들 세계에서는 안경을 낀 사람을 별로 본 기억이 없는 것 같다. 그래서인지 그런 사람을 보면 고급스러운 느낌이 들었다. 조선인들에게는 제사라는 전통이 있다. 조부모나 증조부모 그리고 '까마귀 모른 제사'[18]까지 일년에 수차례, 게다가 자정이 지나서야 시작되는 제사에서 '절은 도대체 총 몇 번이나 하지?'라는 생각이 들 정도로 반복된다. 이제 끝

---

18 제주 지역에서 전해오는 까마귀도 모를 만큼 비밀리에 지내는 제사를 말한다. 주로 대를 이을 후손이 없는 상황에서 시집 간 딸이 친정 부모의 제사를 모시는 경우가 여기에 해당한다.

났구나 싶으면 식사가 기다린다. 그만큼 중대한 일이다. 그런데 조상의 영전에 공손하게 절을 할 때마다 안경 낀 사람은 안경을 벗어야 한다. 그렇게 하지 않으면 조상에게 실례가 된다는 것이었다. 이 말은 조선에서 안경을 쓴다는 것은 잘난 체한다는 뜻이며 내가 고급스럽다고 느낀 것도 그런 조선의 전통에서 비롯된 것인지도 모른다. 어쨌든 꼼꼼한 건지 번거로운 건지 모를 안경을 벗는 동작을 볼때마다 졸음을 참아가며 제사에 참가하고 있는 아이들 눈에는 행동이 굼뜨고 피부색이 다른 인물이라는 인상이 추가된다.

이처럼 삼춘이라는 호칭을 많이 사용하여 편리한 것 같지만 오히려 그것이 불편한 말이 되기도 했다. 그리고 지금 생각해보면 웃음을 짓게 하는 일도 있었다. 이를테면 '고구마 여자 삼춘(イモの女のサンチュン)'이란 호칭이 그렇다. 군고구마를 파는 여자 삼춘이라는 뜻으로 붙여진 것이었다. 그런데 원래 '고구마여자(芋女)'라는 말은 시골뜨기나 미천한 신분의 여자를 가리키는 모욕적인 의미가 들어있었다. 이렇게 얽히다 보니 '고구마 여자 삼춘'도 그런 의미를 연상시켜 입에 올릴 수 없는 단어가 되었지만, 우리들에게 그런 모욕적인 마음 같은 건 손톱만큼도 없었다. 그저 구별을 위한 단서로서 필요했을 뿐 특별한 의미가 없는 호칭이다.

삼춘들

삼춘들에 대한 이야기를 하려고 한다. 내 주위에 수많은 삼춘들

중에서도 환상의 조국, 그리고 꿈에 그리는 고향과 해협을 사이에 두고 일본 오사카에 살고 있는 삼촌다운 삼촌의 이야기.

이미 등장한 '고구마 삼촌'은 실은 예전에는 '가마타(蒲田) 2층 삼촌'이었다. 그러므로 부인은 '가마타 2층 여자 삼촌'이 된다. 가마타는 당시 우리 집에서 걸어서 10분이 채 걸리지 않는 동네 이름이고 2층이라는 말은 1층에 다른 가마타 삼촌 부부가 살고 있으며 낡은 집 2층에 세들어 살고 있었기 때문에 붙은 수식어이다. 세입자라고는 했지만 누가 세입자인지 정확하지 않았다. 게다가 방이 둘 있는 2층에는 또 다른 먼 친척 노인이 살고 있어 누가 집주인인지 아이들 눈에는 좀처럼 구분이 가지 않았다. 애당초 그중 아무도 그 집의 소유주가 아닐 것 같은 다들 가난한 살림들이었다. 참고로 노인은 삼촌이 아니라 다나카 오지상이라고 불리었는데 그 이유는 나중에 말하겠다.

새해 첫날, 아이들에게 삼촌들은 절호의 세뱃돈 공급원이었다. 그날은 아침부터 가장 먼저 할머니 집을 필두로 나중에 등장할 옆집 아저씨 집, 그리고 가마타의 삼촌 집까지 한 바퀴 도는 것이 정해진 우리의 코스였다. 그렇게 가까운 곳을 다 돌면 전철을 타고 다른 삼촌들 집으로 이동한다. 이건 지리적인 순서 때문이기도 했지만 그보다도 연장자와 혈연의 원근(여기에는 안과 밖의 구별, 즉 친가와 외가의 구별도 당연히 관여된다)이라는 조선인이라면 지켜야 할 규정에 따른 것이기도 했다. 내게는 그 질서와 지리적 거리가 겹쳐져 있었으며 당연히 왕래 빈도가 많을수록 친근감도 높았다. 그래서인지 멀리 사는 친척집을 방문할 때는 긴장감이 따랐다.

어쨌든 가마타에서는 형식을 따지는 사람이 없어서인지 긴장감은 없고 오히려 해방감과 세뱃돈이라는 일석이조, 아니 한 집에서 세뱃돈을 세 번이나 받을 수 있었으니 '일석사조'인 셈이었다. 신이 나서 한걸음에 달려가는 건 당연했다. 물론 목적은 세뱃돈이었지만 편안함도 한몫했다. 많은 삼춘들 중에서 특히 2층 삼춘은 설날 아침에 가장 먼저 떠오르는 사람이었다.

가마타의 2층 삼춘은 중년의 나이에 머리가 살짝 벗겨지긴 했어도 마음만큼은 누구보다 젊었다. 나이에 상응하는 관록 같은 건 찾아볼 수 없었고 마른 체형에 그을린 얼굴색은 어딘가 장난꾸러기 땡중 같은 느낌이었다. 게다가 빠른 말투와 끊임없이 쏟아내는 이야기, 어디서 공급받는지 모를 이야기의 소재는 지리멸렬하긴 해도 연상게임처럼 줄줄이 사탕이었다. 또 농담을 즐겨 해서 어디까지가 사실인지 판별할 수 없을 정도였다. 특히 아이들에게는 수다쟁이 삼춘이란 별명이 딱 들어맞는, 어른들 중에서 유독 불편하지 않은 사람이었다. 그 가벼움이 우리를 활기차게 했고 또 신나게 했다. 나는 2층 삼춘과 함께 있으면 마치 제대로 인정받는 어른이 된 기분이 들어서 아이답지 않은 농담을 하거나 어른을 놀리는 말도 거리낌없이 하게 되었다.

한편 아래층 삼춘은 하얀 피부에 살짝 붉은 기가 도는 조금 뚱뚱하고 부드러워 보이는 인상의 백발 신사로 어딘지 모르게 기품이 있으며, 말이 없고 늘 웃는 얼굴로 앉아 있어서 주위 사람들을 편하게 했다.

그런 대조적인 삼춘들과 다나카 오지상, 게다가 조금 튀는 느낌이 드는 이웃 조선 옷짱들이 1월 1일 아침부터 화투판을 벌였다. 우리는 훈수를 받은 대로 재빨리 정중한 새배를 하면서 슬그머니 눈을 치뜨고 세뱃돈이 있나 없나 파악했다. 큰절이 끝나면 삼춘들은 준비해뒀던 세뱃돈을 돌리고 우리를 놓아줬다.

"자, 볼일은 다 끝났다. 이제 그만 놀러 가도 좋아."

그런데 그런 말을 들었다고 해서 그 즉시 자리를 털고 일어나게 되지 않는 게 인지상정. 주저앉아 화투판 구경이랄까, 퀴퀴한 술 냄새와 차례차례 튀어나오는 거친 말들을 즐겼다. 그 와중에 2층 삼춘은 가끔씩 배려라도 하는 건지 우리들에게 말을 건다.

"귤이라도 먹어."

"설날이니까 괜찮아, 너희들도 한잔해라."

구석에 있는 술병을 쳐다보다가 문득 좋은 생각이 떠오른 듯 옆방에 있는 여자 삼춘을 부른다.

"어이, 이 녀석들 포도주 좀 갖다주지."

"괜찮을라나?"

여자 삼춘이 일본을 대표하는 과실주 아카타마 포트와인을 컵에 반쯤 채우고 와서 걱정스러운 목소리로 우리들 얼굴을 들여다본다. 우리는 머뭇머뭇거리면서 컵을 입을 갖다댔다. 나는 그 약 같은 냄새와 달콤함으로 속이 울렁거릴 거라는 걸 알고 있었다. 하지만 이왕 이렇게 된 바에야 하는 기분과 삼춘들의 장난스런 눈빛에 떠밀려

단숨에 들이키고는 과장된 목소리로 "아, 맛있어" 하면서 어른 흉내를 낸다. 삼촌들은 "하하, 어른이다 어른"이라며 웃음을 터뜨렸다.

와인의 취기 탓인지 아니면 화투판의 분위기 탓인지 얼굴이 화끈거려 밖의 냉기가 그리워지면 "또 올게요"라는 말을 남기고 밖으로 뛰어 나왔다. 집 밖으로 나오면 즉시 세뱃돈 봉투를 열고 실적을 계산했다.

이 가마타의 삼촌들 전부가 한때는 아버지 공장에서 일했었다. 그러므로 무슨 일이 있을 때마다 우리는 그 삼촌들과 행동을 함께했다. 예를 들어 한 달에 한 번 찾아오는 간조비, 그게 '勘定日'라는 한자 음독이라는 걸 안 건 물론 훨씬 뒤의 일이지만, 우리는 그날을 가슴 뛰면서 기다렸다. 그 전날이면 아버지는 바쁘게 이곳저곳을 오가며 수표가 어떻다느니 융통어음이 어떻다느니 하는 말을 중얼거렸다. 그러다가 그날 오후가 되면 어디서 생겼는지 보통 때는 못 보던 두터운 지폐 다발을 들고 돌아왔다. 그리고 작은 앉은뱅이 책상 앞에 앉아 봉투와 전표, 주판을 꺼내놓고 심호흡을 한 뒤에 천천히 급여 계산을 했다. 나는 분위기를 살피며 적당한 때를 골라 멈칫멈칫 다가간다. 아버지의 얼굴 표정을 잘 살피고 기분이 좋아 보이면 슬쩍 끼어든다. 마치 내가 대부호라도 된 기분으로 돈다발을 만지작거리기도 하고 돈을 셀 때 어른들의 습관인 손가락에 침을 바르는 동작까지 그대로 흉내내면서 아버지의 지시대로 봉투에 돈을 집어넣었다. 그랬다. 그날은 바로 월급날이었다.

그날 저녁식사 자리에서는 대창 파티, 지금으로 말하면 불고기

파티가 벌어졌다. 소나 돼지의 대창을 어디서나 구할 수 있게 된 건 매우 최근의 일로, 일본에서 국제화의 바람을 타고 에스닉 요리 붐이 일어난 이후의 일이다. 당시에는 조선인 동네를 돌며 행상을 하는 대창 장수에게서 샀다. 많은 양이 필요해 예약해두면 당일 오전 무렵에 "대창 있어요" 하는 위풍당당한 외침과 함께 비린내를 풍기며 대창 장수가 나타난다. 소의 내장은 아이가 봤을 때 기분 좋은 건 아니었다. 하지만 마늘과 그 밖의 재료들을 넣어 구워놓으면 그야말로 최고의 작품이 되었다. 풍로불 탓에 방 안이 연기로 가득 차면 그게 또 분위기를 돋구었다. 이렇게 해서 월례 행사가 열린다. 물론 그날은 삼춘, 형, 오지상 가족들과 우리까지 모두 참가했다.

폭포수 맞기

그 밖에 계절마다 운동회, 벚꽃놀이, 해수욕, 폭포수 맞기 행사가 있었다. 그중 폭포수 맞기에 대해서는 해설이 필요하다. 여름이 되면 공장이나 조선인 동네의 지인과 친척들이 다 같이 모여서 산으로 놀러 갔다. 다만 그냥 산이 아니라 반드시 폭포가 있는 산이어야 했다. 폭포 아래에 고인 물 주위에서 대창을 구워 먹기도 하고 활기찬 여자삼춘이나 오바짱(아줌마)들은 둥글게 모여 춤을 추거나 낮잠을 자기도 했다. 그런 사이사이에 폭포에 들어가 물보라를 일으키며 떨어지는 차가운 폭포수를 맞으면서 뼛속까지 말끔하게 피로를 풀고 더위를 날려버린다. 드물게는 수영복을 입은 사람도 있었지만 대부분 남자는 하얀 잠방이에 수건, 여자는 속옷에 수건 차림새였다. 흠뻑 젖어 몸에 달라붙은 하얀 팬티 속으로 봐서는 안 되는 것이 비치는 게 아이들 마음에는 창피하기도 했지만 지금과는 달리 그 당시에는 그런 것에 꽤 너그러웠던 것 같다.

그런데 이런 놀이가 과연 일반적인 것이었는지 모르겠다. 우리가 해마다 가는 폭포 주변에는 아는 사람들만 있었던 것은 아니다. 하지만 사람들의 인상착의나 거동, 그리고 우리를 인솔한 사람들의 태도를 보면 전부는 아니어도 절반이 조선인이라는 생각이 들었다. 그렇기 때문에 팬티나 속옷 너머로 뭔가가 비쳐 보여도 창피하다는 생각이 덜 들었다. 말하자면 우리끼리의 모임이었던 것이다.

해수욕과 어깨를 나란히 하는 여름 최대의 이벤트인 폭포수 맞기. 물론 즐겁게 기다리는 행사였지만 나처럼 소심한 아이에게는 조금 무서운 놀이이기도 했다. 어른들로부터 무서워한다고 놀림을 당하기도 하면서 자신의 담력을 기르는 일종의 통과의례였다. 아이들은 울고 웃고 소리치면서 이러한 집단의 폭포수 같은 함박웃음 속에서 어른이 되어갔다. 하지만 애석하게도 나는 그런 호탕함을 채 익히지 못했다.

'올해는 무슨 일이 있어도 꼭 해내야지' 하고 단단히 각오하고 용기를 내어 작년에는 다가가지도 못하던 작은 폭포로 천천히 가까이 가본다. 물의 차가움과 폭포수의 굉음, 흩날리는 물방울이 공포심을 조장하여 그만 제자리에 멈춰선다. 그때 누군가 뒤에서 몸을 휙 들어 올린다. 정신을 차렸을 땐 이미 가장 큰 폭포 속으로 들어와 있

공장식구들과 인근 동포들의
나들이 장소인 산 속 폭포

여름이 되면 공장이나 조선인 동네의 지인과
친척들이 다 같이 모여서 산으로 놀러 갔다. 다만
그냥 산이 아니라 반드시 폭포가 있는 산이어야
했다.

다. 울며 발버둥을 쳐봐도 소용없다. 억센 삼춘의 팔이 나를 꽉 안고 놓아주지 않는다. 나는 벌벌 떨면서 도리어 그 몸에 찰싹 달라붙는다⋯⋯. 그러고는 그 누구의 손도 닿지 않는 거리까지 도망친다. 거기서 한숨 쉬고 딸꾹질을 하고 있으면 어른들의 웃음소리는 점점 더 커진다. 가장 크게 웃는 건 물론 범인인 가마타 삼춘이었다.

아이들과 함께 매미나 장수풍뎅이 채집을 해주는 형들도 있었다. 물론 형이라고는 해도 그건 친형이 아니라 동네 형이나 친척 형 또는 공장에서 일하는 형들이다. 하늘가재 등 곤충 채집에 우리 꼬맹이들을 데리고 다니다 너무 열중한 나머지 가끔은 벌에 쏘이는 소동이 일어나기도 한다. 그러면 형들은 바지를 내려 조금씩 거무스름해진 물건을 꺼내고 오줌을 싸기 시작한다. 그리고는 김이 나는 그 신선한 액체를 한손으로 받고는 환부에 발라준다. 이 에피소드가 폭포수 놀이에 색감을 더해주기도 했다.

운동회

자, 이제 운동회에 대한 이야기를 해보자. 누구나 운동회란 말을 들으면 지역이나 학교의 운동회라고 생각하겠지만 실은 그렇기도 하고 그렇지 않기도 하다. 지금과 달리 오락거리가 적었던 그 시절에는 학교 운동회가 지역 주민의 큰 행사였다. 그날이 되면 아침 일찍부터 학교 교문 앞에 군중이 모였다. 좋은 자리를 차지하고 돗자리를 깔고 친척들은 물론 지인, 심지어 친구의 가족까지 함께 모여 아이들을 응원하면서 가을날의 하루를 즐겁게 보내는 날이다.

참, 이런 운동회도 있었다. 우리 집뿐 아니라 내가 아는 조선인들은 조선인의 단체 야유회도 운동회라고 불렀다. 그런 종류의 운동회도 나름대로 운동이라는 명칭에 맞는 것도 있었지만, 그보다는 야외에서 노는 것이 주류였고 정치적 집회의 성격마저 있었다. 단상에는 커다란 깃발이 여럿 세워져 바람에 날렸고 슬로건이 난무하는 가운데 줄기차게 연설이 계속되던 집회의 어디가 운동회인지 난 이해하기 어려웠다. 과장된 몸짓과 있는 힘껏 목소리를 짜내는 연설, 뙤약볕 아래에서 그 연설을 참고 듣느라 고생한 것이 일종의 운동이었나 하고 농담이라도 하고 싶지만, 당시에는 어쨌든 모여서 연설을 하고 술을 마시고 춤추는 것이 조선인에게는 최고의 레저였던 것 같다.

그러한 확장적 어법은 더더욱 제멋대로 확대되어 일 이외의 집단적인 외출은 모두 운동회라 불렸다. 예를 들어 벚꽃놀이의 별칭도 운동회였고 가을 송이버섯 따기도 마찬가지였다. 봄 가을의 동네 버스 여행도 그랬고, 아까 등장했던 폭포수 맞기도 운동회였다. 마치 우리가 쓰는 삼촌과 마찬가지로 운동회가 1년 내내 끊이지 않을 정도였다.

그런 운동회에는 술이 따르기 마련이고, 술 취한 집단에게는 으레 싸움이 따라왔다. 삼촌들, 특히 성질이 급한 데다가 뭐든 한몫 끼지 않고는 못 참는 가마타 삼촌은 혈기왕성한 형들보다도 더 싸움을 좋아했다. 반드시 무슨 일이든 일으켰고 유혈사태가 일어나는

경우도 드물지 않았다. 여자들의 쏟아지는 비난과 따가운 시선을
한 몸에 받게 되면 미안한 표정으로 기죽은 모습을 보이다가도 금
세 입을 비죽 내밀며 자신의 정당성을 주장했다. 그 표정은 영락없
는 소년이었으니 비난도 잠시, 모두가 어이없어하며 두 손 들고 만
다. 정말 질리지도 않고 잘도 싸워대는 삼촌이었다.

그런 삼촌의 호칭은 가마타 2층 삼촌에서 고구마 삼촌, 그리고 나
중에는 가마타의 오지상으로 바뀌어갔다. 거기에는 당사자의 의견
반영 같은 건 없었다. 어디까지나 우리들의 성장과 그에 따른 우리
의 변화된 형편 탓이었다.

장난꾸러기 꼬마의 눈

우리의 형편이란…… 하는 식으로 얘기를 전개해야겠지만 조금
돌아가야 할 것 같다.

이미 언급했듯이 우리 집은 조선인 동네에서 조금 떨어진 일본인
동네에 있는 단 한 채뿐인 조선인의 집이었다. 그런데 우리에게는
집이 하나 더 있었다. 공장이다. 부모님은 온종일 그곳에서 일했고
우리 아이들도 여차하면 공장 일에 동원되었다. 때로는 거기서 저
녁밥을 먹을 때도 있었기에 공장은 또 하나의 집이라고 해도 과언
이 아니었다. 공장은 조선인 동네 안에 있었고 일하는 사람들은 대
부분 조선인 삼촌이나 형들이었다. 그러므로 우리는 일본인에게 포
위된 외딴섬 같은 집과, 조선인 동네에 안긴 듯한 조선인들로 채워

진 공장이라는 소위 두 개의 집을 거점으로 생활했다. 그런데 또 하나의 집과 같았던 공장이 점차 본래의 일하는 장소로 변모해갔다. 이른바 주거지와 일터의 분리라는 물결이 일기 시작했던 것이다.

나의 또 하나의 집이었던 공장에서 일하던 사람들, 즉 가족과도 같은 삼촌이나 형들은 일을 다 배우고 약간의 저축이 생기면 독립해서 작은 공장을 운영하기 시작했다. 처음에는 아버지에게서 일을 나눠 받다가 서서히 완전한 독립에 성공하는 삼촌이나 형이 있었다. 그리고 앞에서 언급했던 '조국귀화운동'이라는 것이 있었다. 일본에서의 생활에 가망이 없다고 판단하여 희망찬 신생 조국에 미래를 의탁한 삼촌이나 형들이 있었다. 작고 나지막한 우리 집 2층에 세들어 신혼살림을 꾸리던 가나야마 형이 그랬다. 10대 무렵에는 동네 불량소년의 대장으로 이름을 날리다 결국에는 형무소 생활도 경험했지만, 그 후 심기일전하여 재일조선인 청년운동에 참가하게 되었고 뜨거운 피와 지력을 민족운동에 쏟았다. 게다가 우리 공장에서 솜씨 좋은 기술자로 성실하게 일하던 그는 이 가짜 땅에서의 생활에 이별을 고하고 아내와 갓 태어난 아기를 데리고 고국으로 떠났다. 그리고 나이가 들수록 힘에 부치는 업종인 기계를 다루는 육체노동에서 벗어나 조금이라도 쉽게 돈을 벌 수 있는 일자리로 옮기는 사람들도 생겨났다.

이처럼 다양한 이유로 생긴 빈자리를 일본 벽지에서 흘러들어온 젊은이들이 메꾸어가게 되었고 예전과 달리 우리 공장과 조선인 동네에도 일본인의 모습이 점차 눈에 띄게 되었다. 특히 공장은 차츰

차츰 일본인들이 중심을 차지하게 되었으며 그들은 대부분 젊은 사람들이라서 우리는 '형'이라고 불렀다. 하지만 새로운 형들과의 교제는 예전의 고참 형들과는 미묘한 차이가 있었다. 눈에 보이지 않는 경계가 있었다. 거의 가족처럼 거리낌없이 대하던 예전의 태도가 사라지고 직원으로서의 형만 있었다.

그런 느낌은 다음과 같은 사건으로 점점 확고해졌다. 월급날 저녁에 신참 형들 중에서도 가장 친근감을 주는 형이 동료들을 끌고 집으로 화를 내며 쳐들어온 일이 있었다. 다행인지 불행인지 아버지가 집에 없었기에 술에 취해 흥분 상태에 있는 힘센 젊은이들을 어머니 혼자 상대해야 했다. 한 치의 양보도 없는 어머니와 그들의 논쟁을 우리는 불안해하며 엿보고 있었다.

여기서 잠깐 얘기해두지만 이 글 전체에 있어서 어린 시절의 느낌 자체가 사실이라고 주장하는 것은 아니다. 이를테면 방금 말한 노동분쟁은 공장에 조선인들이 많았던 시절에는 거의 없었다는 것이며 어쩌면 있었다고 해도 그런 것을 인식하기에는 내가 너무 어렸을지도 모른다. 나의 성장과 공장의 인물구성의 변화가 평행선을 그리면서 사물을 보는 눈이 갖추어졌을 때 그러한 사건이 빈발해진 것에 지나지 않을지도 모른다. 어쨌거나 공장 내외의 분위기가 변한 것은 확실했으며 그것을 상징하는 사건이 위에서 말한 것처럼 내 마음에 각인되어 있는 것이다.

하지만 돌이켜보면 신참 형들 중에도 친근감을 느꼈던 형이 있었다. 사토 형은 이동이 많은 신참 형들 중에서 눈에 띄게 오랫동안 우리 공장에 있었다. 솜씨가 좋은 데다가 힘도 세서 아버지의 오른팔이 되어주었다. 우리 집에 함께 살기도 해서 우리와 같은 방에 베개를 나란히 하고 밤늦게까지 그때까지는 들은 적 없는 일본의 옛날이야기, 특히 괴담이나 일본 시골의 재미있는 전통에 관한 이야기를 질리는 일 없이 들려줬다. 고등학교 때 동아리에서 시 낭송과 검무를 열심히 했던 사토 형이 손짓발짓을 섞어가며 해주는 이야기에 우리는 크게 심취했고 한때는 시 낭송을 배우기도 했다. 그랬음에도 불구하고 우리 쪽에서 배려라고나 할까, 얇은 담장 같은 것을 만들어놓고 그걸 넘는 것을 두려워했던 것 같다.

사토 형은 우리 공장에서 일하던 조선인 누나와 연애를 하여 결혼얘기까지 나왔지만 누나 아버지의 반대에 어쩔 수 없이 단념해야 했고 공장에도 있기 어렵게 되어 결국 떠났다. 지금 생각해보면 그 누나의 아버지가 거침없이 도둑놈이라 고함치며 맹렬히 반대하던 모습 속에 숨어 있던 담장이 드러난 게 아닌가 싶다. 일본인이 아니라 오히려 조선인 쪽이 민족의 담장을 세운 드문 예였다. 드문 예이긴 하지만 개별적인 경우에는 민족이라는 담을 쌓은 것은 일본인이 아니라 조선인이라는 점을 나타내는 것이었다.

어쨌든 공장은 그렇게 조선인의 생활공동체라는 모습을 차츰차츰 잃어갔다. 월급날의 대창 파티도 모습을 감췄고 폭포수 맞기도 어느새 사라졌다.

그럼 다시 가마타의 삼촌 얘기로 돌아오자. 삼촌은 공장을 떠나 여름에는 금붕어 잡기 같은 노점상을, 겨울에는 '군밤보다 맛있는 군고구마'를 외쳐대는 군고구마 장사로, 급기야는 조선인이 잘 한다는 넝마주이로 일을 바꿨다. 알코올중독으로 입원하거나 경찰서 드나들기를 밥 먹듯이 하는 등, 뜻대로 풀리지 않는 인생을 살던 그 삼춘은 10년쯤 전에 허망하게 인생의 막을 내렸다.

삼 세대가 동거하던 가마타의 집. 가마타 오지상이 이미 옛날에 집을 떠나 어딘지 모를 곳에서 돌아가셨다는 소식이 들려왔던 게 언제였던지……. 1층의 삼춘 부부도 그 품성 그대로 바람처럼 사라져 돌아가신 지 이미 10여 년이 지났다.

이런 경위로 2층의 삼춘 부부는 1층으로 내려와 빈 집을 지키게 되었다. 수년간 누워 지내며 말도 못하는 '오바상'은 입원시키겠다는 말에 온몸으로 저항하는 바람에 오지상이 밥알을 씹어 스푼에 담아 먹여주어야 했다. 이런 상태로 삶이 이어졌다. 집 안에 놓아 기르는 작은 새들만이 유일한 생명체로 날개를 퍼득일 뿐, 낡은 집에는 죽음의 냄새와 분뇨, 그리고 새들의 체취만이 떠돌았다. 마침내 오바상이 죽고 그로부터 며칠 후 삼춘도 술냄새를 풍기며 세상과 작별을 고하였다. 삼춘이 돌아가셨기 때문에 나와 가마타는 인연의 끈이 끊어진 것이다.

여기서 삼춘의 호칭 얘기로 들어가겠다. 겨울날 저녁 무렵 슈슈포포 쇳소리를 울리며 팔다 남은 군고구마를 가져다주는 사람을 '고구마 삼춘'이라고 부르게 된 건 자연스러운 일이었다. 무거운 리어카를 끌고 돌아다니는 행상이 해를 거듭하면서 힘겨워진 듯, 그걸 그만둔 뒤로는 다시 '가마타 삼춘'으로 돌아온 것도 자연스러운 일이었다. 그런데 우리는 그때는 '가마타 삼춘'이 아니라 '가마타 오지상'이라고 부르게 되었다. 왜 그랬을까? 여기에는 몇 가지 이유가 있었다.

오용과 파격

우선은 삼춘이란 호칭을 잘못 사용했다는 문제가 있다. 삼춘은 폭넓게 사용될 수 있다고 해도 몇 가지 명확한 사용 영역의 한계가 있다. 우선은 혈연관계의 여부로 우리들 어린이는 그것을 알아서 그런건지 모르지만 명확히 지켰다. 우선은 아무리 친하더라도 혈연 관계가 없는 사람을 삼춘이라 부르지 않았다. 그러므로 공장에서 일하던 조선인 니이짱(형)은 그들이 어리다는 점도 있었지만, 그보다 그들이 혈연이 아니었기 때문에 그렇게 불렀던 것 같다. 혈연이 아닌 조선인을 형이라 부르기에 적절치 않으면 아저씨에 해당하는 오지상이나 옷짱이라고 불렀다.

그리고 또 하나의 경계. 그건 촌수에 따른 질서였다. 삼춘은 어디까지나 아버지 대, 다시 말해 아버지의 형제자매나 이종 형제자매에 대한 호칭이었다. 아무리 아버지와 동년배 혹은 연하라 하더라도 아버지 윗대에 해당되는 사람을 삼춘이라고 부르는 건 파격이었다. 그렇지만 조선에서는 허용되지 않을 이러한 질서에 대한 침범을 재일의 아이들은 쉽게 범했으며 주위에서도 아무렇지도 않게 받아들였다. 그것이 가능했던 것은 재일조선인은 조국의 올바른 풍습을 모르는 어정쩡한 조선인이었기 때문이라고 하고 싶지만, 우리들은 그럴듯한 논리와는 상관없는 데서 점차 파격의 불편함을 느끼게 되었다. 바로 가마타 삼촌의 경우가 그랬다.

아버지가 그 삼촌을 가마타 오지상 혹은 그의 이름을 써서 세북이 오지상이라고 불렀던 데서 미루어 짐작컨대, 그는 실은 아버지 대의 삼촌에 해당되는 먼 친척이었다. 그런데도 아버지가 왜 삼촌이라고 부르지 않았는지 이상했지만 직접 면전에서 물어보지는 못하고 나중에 아버지에게 전화로 물어봤더니 예상했던 대로 그는 아버지가 삼촌이라고 불러야 하는 친척이 맞지만 윗대의 사람이었다. 따라서 우리는 정식으로는 그를 삼촌이라고 불러서는 안 되는 것이었다. 조부 또는 조부의 대의 혈연을 의미하는 할아버지가 바른 호칭이었다.

우리는 이런 것들을 차츰차츰 알아가게 되었다. 그런데 그렇다고 해서 바로 삼촌에서 할아버지로 호칭이 변경되지는 않았다. 나중에 설명하겠지만 우리 형제는 할아버지라는 호칭을 한 번도 쓴 적이 없었다. 좁은 의미, 즉 본래의 조부로서의 할아버지라 부를 사람이 가까이에 없었다는 게 그 이유 중 하나이다. 나는 자이니치 2세이기 때문에 당연히 부모는 1세가 된다. 우리에게는 부모 세대가 맨 위의 세대였기 때문에 부모님이 할아버지라고 부르거나 혹은 우리들이 할아버지라고 부를 윗 세대가 없었던 것이다. 할아버지는 우리가 일상적으로 듣는 말이 아니었다. 그렇기 때문에 삼촌을 대신할 적당한 호칭을 찾지 못했고 그래서 일본어로 애매하면서도 편리한 오지상으로 불렀던 것 같다. 그 외에도 다른 이유가 없었던 것은 아니다. 이를테면 삼춘의 부인인 2층 여자 삼춘이 실은 일본인이라는 사실을 알게 된 우리는 차차 2층 여자 삼춘에서 2층 오바상으로 호칭을 바꿔 부르게 되었다.

여자 삼춘을 오바상이라고 부르게 되자 의외로 자연스럽게 남자 삼춘은 가마타 오지상으로 부를 수 있게 되었다. 이렇게 하여 가마타 2층 삼춘이란 호칭은 이 세상에 안녕을 고하게 되었다. 그렇게 2층 남자 삼춘이라는 긴 호칭에서 남자라는 말을 생략해도 그리 불편하지 않게 된 지 오래다. 거창하게 얘기하면 이쪽 사정에 따라 다른 사람의 부부 사이를 갈라놓는 일이 되지만 일본인을 차별하는 것과 같은 가당찮은 얘기와는 거리가 멀다. 오히려 일본인에게 삼춘이라는 호칭을 사용하는 것이 우리 쪽 논리만을 강요하는 것 같아 건방진 느낌이었을 터이다. 어쨌든 그렇게 여자 삼춘을 오바상이라고 부르도록 예비훈련이 되어 있었고 여세를 몰아 비교적 쉽게 가마타 오지상으로 바꿔 부르게 된 것 같다. 따라서 가마타 2층 삼춘은 가마타 오지상이라는 호칭으로 우리와 거리가 있는 존재로 세상과 이별을 고했다. 몇 번이나 나를 양자로 삼고 싶다고 할 때마다 알았다고 건성으로 대답하면서도 삼춘에게는 아이가 없으니 무척 사랑받을 것이라는 몽상도 했던 나였다. 그랬던 내가, 그의 만년에는 작은 새들의 지저분한 분뇨와 냄새 때문에 차츰 멀리하게 되었다. 이 박정한 손자에게 그는 이미 삼춘이 아니었다. 내 딸들은 그를 '토리(새) 오지이상'이라고 불렀다.

또 하나의 파격은 본래 할아버지라고 불러야 하는데 삼촌이라고 했던 것과는 달리, 친족 관계로는 삼촌이라고 불러야 맞는데도 실제로는 사용하기 어려운 경우도 있다. 예를 들면 상대가 자기와 동세대거나 연하일 때 아무리 애써도 삼촌이라는 호칭이 나오지 않는다. 그래서 형이라든가 'ㅇㅇ짱'이라고 얼버무리기도 한다. 하지만 그것은 어린 시절에만 허용되었던 파격으로 알 만한 나이에 이 호칭을 쓰게 되면 유아 근성을 지니고 있다고 심하게 꾸중을 들었다. 너보다는 나이가 어려도 촌수로는 어른이다, 여기가 일본이어서 그냥 그렇게 넘어갈 지 몰라도 조선에서는 용인되지 않는다며 웃는 얼굴이지만 매서운 눈빛의 훈계를 듣기도 했다. 그런데 나이가 한두 살밖에 차이가 안 나거나 어릴 때부터 같이 놀던 사이라면 삼촌이라고 불러야 하는 것은 이미 알고 있으면서도 형이라고 부르는 데 익숙해 있었다. 그 사람이 결혼한 후에도 형이라고 계속 부르면 이번에는 부인 되는 사람이 불만을 표시했다. 이렇게 되면 정말 어쩔 수 없다. 후폭풍이 두려워 승복할 수밖에 없는 지경에 이르러 결국 삼촌이라고 부른다.

탈선한 김에 왜곡된 또 하나의 호칭의 예를 들어보겠다.

정의의 무게_ '토라'의 경우

내가 자란 집 근처에 아주 가까운 친척 집이 있었다. 가깝다고 해봐도 아버지 쪽 할아버지의 사촌, 즉 조선류로 말하자면 아버지의 5촌 백부에 해당되는 사람이 아버지가 경영하는 공장 옆에서 영세 공장을 경영했었다. 아버지는 나이가 같아서 그랬는지 그를 삼촌이라고 부르지 않고 옆집 오지상이라고 애매한 호칭을 사용했다. '우리 공장 옆에서 공장을 하고 있는 오지상'이라는 단순한 사실을 줄여서 말한 정도로, 혈연관계를 무시한 것까지는 아니더라도 관계를 애매하게 해놓은 표현인 건 분명했다. 경쟁 관계여서 그랬는지 두 분 사이에는 껄끄러운 가시 같은 것이 느껴질 때도 있었다. 어쨌든 촌수에 따른 질서를 중시한다면 우리는 당연히 그를 '이웃집 오지이상'이라고 불러야 했지만 아직 어렸을 때에는 중년의 아저씨인 그를 '할아버지'라고 부르지 못하고 아버지를 따라서 '이웃집 오지상'이라고 불렀다. 당사자가 이것을 문제시하는 일은 없었지만 그의 부인 입장에서는 조선의 예의에 어긋나는 일이라 마음에 걸리는 모양이었다. 우리가 '오지상'이라고 말하면 '할아버지'라고 정정을 요구하곤 했다. 그러나 어린아이라는 점도 있고 해서인지 금방 태도를 바꿔 적당히 넘어갔다.

그 '할아버지'의 아들들이 있다. 그들은 정식으로는 우리의 '숙부'가 되는데 나보다도 나이가 어렸으므로 그들은 나를 '요시미츠 형'이라고 불렀고 유일하게 한 사람을 빼고는 지금도 그렇게 불러준다. 그리고 그에 대응해서 나는 그냥 그들의 이름을 불렀다. 조선의 전통에 어긋나지만 자이니치 아이들은 습관의 힘으로 밀어붙였던 셈이다.

그런데 그 장남인 '토라(한국어로는 호랑이—역주)'는 나보다 나이가 세 살 어리고 몸집이 작은 데다가 성정이 유하고 더구나 살짝 말을 더듬는 습관이 있었던 탓인지 매사에 소극적이었다. 우리는 그의 성격과 행동이 맹수를 연상케 하는 이름하고 어울리지 않는다는 이유로 자주 놀렸다. 그러던 그가 어느 나이대가 되더니 아마도 중학교를 졸업한 뒤였을 거로 기억하는데, 갑자기 나를 요시미츠라고 불렀다. 그 마음 약한 토라가 나이가 위인 나를 이름으로 불렀으니 크게 놀랐다. 그렇게 할 수 있었던 건 그가 소학교 때 소위 민족학교로 전학을 가서 우리와 일상적인 접촉이 끊긴 탓이었을 것이다. 또 민족학교에서 민족적 전통이라는 것을 배운 영향도 있었을 것이다. 그러나 무엇보다 일가의 장남으로서 조선인답게 올바른 언어를 사용해야 한다는 부모님의 의향이 크게 반영되었을 것이다. 아이를 민족학교에 넣는다는 건 과장되게 말하자면 부모가 민족에 눈을 뜬 때문이며, 아마도 정통 민족적 집단과의 접촉을 강화한 결과일 것이다. 어쨌든 토라는 모든 호칭을 전통과 질서에 맞게 정정했다. 그러나 듣는 쪽인 나는 그 올바름이 뭔가 거북했다. 그런 탓인지 토라 역시 정정을 위해 상당히 노력하는 느낌이 들었다.

바로 그 토라가 그 후 갖가지 일들에 휘말려 힘든 인생을 보내고 있었다.

몽롱한 눈빛을 하고 축 처진 모습으로 걸어가는 것을 본 적은 있지만 그와 말을 나누는 일은 거의 없어졌다. 서로 어색한 웃음을 띤 채 '잘 지내냐' '다음에 술 한잔하자'는 정도의 인사만 하는 사이가 되어버렸다. 그랬던 그가 수년 전 스스로 목숨을 끊었다. 처음에는 칼로 온몸을 피투성이로 만들었으나 미수에 그쳤고, 두 번째는 입원하고 있던 병원에서 몸을 던져 세상을 하직했다.

그 일이 있기 바로 전이었다. 새해 인사차 그 '이웃집 오지상'네 집을 방문한 나는 모처럼 마주 앉은 토라와 정말로 오래간만에 편안한 대화를 즐겼다. 술잔을 주고받으며 그는 끊임없이 어린시절 얘기를 꺼냈다. 그리고 그 탓이었는지 어느새 요시미츠가 요시미츠 형으로 바뀌어 있었다.

"요시미츠 형이 아침 조회 시간에 앞에 서서 구령을 했잖아. 정말 멋있었어. 자랑스러웠어. 정말이야. 글쎄 우리 노베야마가(延山家)의 명예였으니까."

그의 마음은 '현씨 가문의 장남'이라는 갑옷을 일시에 벗어던지고 어린 시절로 돌아가 있었다. 모처럼 즐겁게 옛 추억을 떠올리며 얘기꽃을 피웠다. 그건 물론 자연스러운 일이었고 나로서도 기쁜 일이었다. 그러나 나는 그때 뭔가 위태로움을 느꼈다. 감당하기 힘든 장남의 책임이나 민족적 올바름이라는 갑옷을 뒤집어쓰고 있다가 더 이상 견디지 못해 무너지려고 하는 징조는 아닌가 하는 걱정이 일었던 것이다. 내심 '그래 넌 옛 모습 그대로 성장했으면 좋았을 텐데' 하고 생각했다. 붕괴 직전의 정신적 균형을 장남이라는 책임감과 민족적 올바름이라는 갑옷으로 견디고 있는 것처럼 보였다. 오랜만에 눈앞에 있는 토라 본연의 연약한 모습은 내 속에 억압돼 있던 그런 상상을 끄집어내어 불안을 증폭시켰다. 그런 이유로 기분 좋다느니, 마시자 마셔를 연발하면서 불안을 씻어버리려 했던 것이었다.

속사정은 알 리 없다. 여기서 근거 없는 범인 찾기를 할 생각도 없다. 다만 나로서는 토라가 작은 몸과 섬세한 심성에 지나치게 무거운 짐, 즉 민족적 정의와 장남이라는 자리가 버거워 결국에는 무너진 거라는 내가 멋대로 만들어낸 상상을 떨쳐버릴 수가 없다. 그렇기 때문에 '정의 같은 건 똥통에나 빠져버려라' 하고 외치고 싶어진다.

그런 외침은 히스테리적 발작에 지나지 않는다는 것을 나도 충분히 알고있다. 정의에 빨려들어가 정의에 도움을 청하며 살아오면서 그 정의에 의해 억압당하고 스스로도 억압해온 인생, 그런 것이 내 인생에도 있었다. 그렇다고 해서 정의를 단죄하고 그것과는 별개의, 가능했을지도 모를 진정한 인생 같은 것을 그리려는 것은 아니다. 그렇다, 나는 이 글에서 나 자신이 사로잡혀왔고 지금도 사로잡혀 있는 정의의 힘을 새삼 확인하면서, 정의에 이끌리거나 억압당하며 살아온 나의 인생을 돌이켜보려 하고 있다. 정의와 다투는 와중에만 존재했던 내 생의 기쁨과 슬픔을 찾아내려고 애쓰고 있다. 토라에게 나 같은 건 그의 인생의 작은 퍼즐 조각 하나에 지나지 않았겠지만 그 작은 조각의 또 작은 조각에 지나지 않는 '요시미츠 형'과 '요시미츠'의 엇갈림에서 나는 우리 재일조선인의 정의, 그리고 삶의 치열한 공방의 한 단면을 보게 된다. 호칭의 어긋남이라는 사소한 사안에 내가 이토록 집착하는 까닭이기도 하다.

관계성의 세계_
말과 성장

　이러한 파격의 예에서 짐작할 수 있는 것처럼 우리에게 삼춘은 촌수나 세대나 연령차, 그리고 상대방의 나이와 같은 다양한 요소가 뒤섞여 성립하는 호칭이었다. 그리고 그것은 혈연이라는 경계의 유무를 빼면 일본어 오지상이나 옷짱에 훌륭하게 대응한다. 우리는 그 오지상의 이미지에서 삼촌을 떠올렸을 것이다. 그러나 앞서 언급했던 것처럼 우리는 오지상이라는 호칭 또한 별도로 쓰고 있었기 때문에 쉽게 설명하기 어려운 복잡한 단어이다.

　우리의 어휘의 세계, 다시 말하면 관계의 세계라고 해도 지장이 없을 테지만 거의 동의어인 오지상과 삼촌은 구별되어 사용되었다. 그것은 엄연한 구별로 때와 장소에 따른 구분이거나 미묘한 부분에서 나타나는 흔들림이기도 했다.

　누구누구는 삼춘뻘이라는 말 속에는 우리에게 필수적인 정보가 들어있다. 우선 첫 번째로 그 사람은 일본인이 아니라 조선인이라는 것. 두 번째, 그냥 조선인이 아니라 혈연이라는 것. 우리는 이런 정보를 이용하여 우리를 둘러싼 세계의 조감도를 만드는 데 활용했다. 게다가 우리는 삼춘도 다시 삼춘과 오지상으로 분할해서 사용했다.

　이미 등장했던 다나카 오지상. 그는 가마타 삼춘과 같은 세대의 혈연에 해당되지만 어딘가에서 갑자기 나타나 잠시 우리 세계에 얹혀 살았던 거나 마찬가지라서 거리감이 있었다. 그래서 삼춘이라고 부르지 못하고 오지상이라는 호칭을 사용했다.

또 우리가 도쿄 오지상이라고 부르다가 때로는 도쿄 삼촌이라고 불렀던 사람이 있다. 그는 훨씬 앞에서 화제로 삼았고 나중에 다시 등장하게 되는 할머니의 외아들, 즉 아버지의 이종사촌인데 아버지 쪽 친척 중에서 일본에 거주하는 사람으로는 가장 가까운 혈연이었다. 그러나 처음 호칭에서 추측할 수 있듯이 그의 주거지는 도쿄였고, 오사카의 어머니와는 일 년에 한 달이나 두 달 정도만 함께 지냈다. 게다가 우리가 아는 조선인 중에서 눈에 띄게 우아하고 지적이라서 우리 주위의 조선인들과는 전혀 다르게 보였다. 그것을 상징하는 것처럼 피부가 희고 안경을 꼈다. 더구나 어쩌다 만나게 되는 그의 부인은 기모노가 완벽하게 어울리고 도쿄 사투리를 쓰는 일본인이었다. 이처럼 우리와 같은 종류의 사람이라고는 도저히 생각할 수 없는 사람에게 삼촌이라는 호칭은 왠지 걸맞지 않는 느낌이었다. 틀림없이 가까운 혈연관계이지만 그런 위화감이 들 때, 어느 쪽이 강하게 이미지로 떠오르는가가 때와 장소에 따라 달랐고 그때마다 호칭의 흔들림이 생겨났던 것이다.

대충 종합해보면 일가친척 중에서도 친근감을 느낄 수 있는 손윗 사람은 삼촌, 그에 비해서 이런저런 이유로 편안하지 못하고 거리감이 있는 혈연 중 손윗 사람은 오지상·오바상이라고 불렀다. 반대의 의미로 호칭을 사용했다고 해도 틀렸다고는 할 수 없지만 실제로 그런 일은 없었다. 그것은 아마 집안 사람들끼리는 집안 사람들 언어인 조선어 호칭이 어울린다는 느낌이 한몫했을 것이다.

오지상은 우리에게는 일가친척이나 타인에게 두루 사용할 수 있다는 점에서 편리한 호칭이었다. 떨어져 살지만 가까운 혈연이거나 조선인이지만 혈연이 아닌 사람, 그리고 완전히 바깥 사람인 일본인 등등에 폭넓게 사용할 수 있는 호칭이었다. 생각해보면 이처럼 애매함과 포용력 있는 오지상이 있었기에 삼촌은 단지 촌수만 가리키는 것이 아니라 '심리적으로 우리 쪽'이라는 울타리를 나타내는 호칭일 수 있었다.

삼촌과 오지상의 이러한 구분에 따른 사용을 매개로 우리를 둘러싼 세계의 윤곽이 그려진다. 우선은 가족이라는 작은 원이 있다. 그 바깥쪽에 삼촌권이 있다. 다시 그 바깥쪽에는 본래 삼촌이라고 불려야 하는데 오지상이라고 불리는 혈연과 삼촌이라고는 부를 수 없는 재일조선인 오지상들의 권역, 즉 두 종류의 오지상의 잡거권이 있고 다시 그 외부에는 일본인 오지상들의 사회가 있다. 물론 그 영역은 경원시해야만 하는 무수한 타인들의 세계다. 그 강대하고 강력한 타인의 세계야말로 우리의 욕망을 잡아끄는 자력이 있어서 우리는 그곳을 목표로 성장해갔다.

나에서 저로 바뀌면서(성장과 더불어) 내게서 제2의 삼촌 권역이 사라져가고 '집안 사람은 가족'이라는 매우 수척해진 고독한 표류물만 남는다. 그러한 표류물을 거점으로 삼아 오로지 오지상들로 구성된 바깥 세계로 나아가야 했다. 그런 식으로 가족과 오지상들의 권역이라는 명료한 대립물로 분할된 세계에서 나는 매일매일 그 사이를 왕복하게 되는데……

당시 나는 '하마니'라는 말을 사용하는 종족과

'함메'라는 말을 사용하는 종족의 분류법을 갖고 있었다.

그리고 이 두 가지 호칭은 '할머니'라는

올바른 명칭으로 한데 아우러지는 것으로

'오바아상'을 사용하는 종족과는 이질적인 것이었다.

그러면서도 이 둘은 더 넓은 의미의 '오바아상'이라는

말로 표현할 수 있는 종족에 포함된다는 '정당한' 인식이

어린 우리에게도 이미 있었던 것 같다.

하마니와 짓짜이 니이짱
(작은형/작은오빠)

이제 언어와의 놀이에도 종지부를 찍을 때가 온 것 같다. 얘깃거리가 떨어졌다기보다는 예상치 못한 오랜 연재로 힘이 부쳐 허리가 휘청거릴 지경이다. 마지막이라도 깨끗하게 마무리를 하여 멋지게 안녕을 고하고 싶지만, 사실 이 글 전체가 그렇게 예의 바르게 전개되어온 것이 아니라서 그러면 오히려 부자연스러울 것 같다는 생각이 든다. 그래서 슬쩍 꺼내놓은 채 방치해두었던 몇몇 이야기의 뒤처리를 하면서 마무리를 짓고 싶다.

할아버지 · 할머니

맨 먼저 '할아버지 · 할머니(할배, 하르방, 하마니, 함메, 함마)'의 얘기다. 괄호 안은 방언 혹은 유아어이다. 나는 이 하나하나가 어떠한 사용상의 차이를 갖고 있는지 구별하지 못한다. 새삼스럽게 다시 꺼내기도 쑥스럽지만, 나는 흔히 말하는 '반(半)쪽발이'다.

자신의 조부모를 '오지이짱 · 오바아짱'이라고 습관처럼 부르는 아이는 친구의 조부모를 부를 때도 누구누구네 오지이짱 · 오바아짱이라고 한다. 오지이짱 · 오바아짱은 원래 보통명사에 속한 말이니 그렇게 부르는 게 당연하다. 하지만 대부분의 아이들이 그 호칭을 사용할 때 떠오르는 대상은 매우 한정되어 있다. 손가락으로 셀 수 있을 정도일 것이다. 그러므로 오지이상 · 오바아상은 그것을 말하는 개개의 아이들에게는 고유명사적인 성격을 지닌 말이기도 하다.

조선어에서는 일본어의 오지이상 · 오바아상에 해당되는 말이 좀 전에 열거한 '할아버지 · 할머니'인데 재일조선인 2세 아이들에게는 반드시 그러한 대응이 성립하는 것은 아니었다. 예를 들어 나는 할아버지라는 말을 아주 어렸을 때부터 알고 있었던 것 같은 데도 그 할아버지에 해당되는 분과는 고등학교 3학년 한국 방문 때까지 만난 적이 없었기 때문에 실제로는 없는 거나 다름 없었고, 그 호칭을 입에 올린 적도 없었다.

한편, 그때까지 들어본 적 없던 실체인 외할아버지와는 한때 대면한 적은 있었으나 그분을 할아버지라고 부르는 게 왠지 잘 안 되었다. 더구나 외할아버지는 한 번 만난 이후로 다시 만날 기회는 없었으며 그 대면이 있고 나서 20년쯤 후에 돌아가셨다. 그런 탓에 나는 그분을 할아버지든 아니면 다른 어떤 호칭으로든 한 번도 부른 적이 없다.

또한 한 번도 만난 적이 없는 채로 저 세상으로 간 친할아버지를 칭할 때도 '그 돌아가신 할아버지'라고 말하게 되지는 않았다. 그냥 '오지이상'이라고 말했다. 이것은 '삼촌과 오지상의 구분'과 반드시 같은 건 아니지만 다음과 같은 의미에서라면 많이 비슷하다. 즉 거리감을 불식할 수 없는 사람에 대해서는 일본어의 애매한 호칭으로 대신하는 거다. 오지상이 친지와 타인 양쪽에 다 사용 가능한 것처럼, 일본어의 오지이상은 할아버지라는 뜻과 노인이라는 뜻 양쪽을 다 가지고 있어서 그런 용도로 사용하기가 편했던 것이다. 내가 나의 할아버지를 부를 때에도 이랬으니 하물며 타인의 할아버지를 '누구누구네 할아버지' 따위로 말할 리도 없었다. 할아버지는 책꽂이 구석에 꽂혀 있는 먼지투성이 사전에는 틀림없이 나와 있는 단어이지만 내가 사용하는 어휘의 범주에는 들어오지 못했다.

한편 할머니는 어땠나? 할머니는 할아버지와 달리 이미 몇 번이나 등장한 '예의 그분'이 있었다. 펑퍼짐한 몸집에 크고 검은 눈동자, 군데군데 흰머리가 보이기도 했지만 나이치고는 검은 편인 숱 많은 머리를 뒤로 단정하게 모아 묶고 늘 엄한 표정을 무너뜨리지 않는 등, 또렷한 존재감을 발휘하는 그분 말이다.

그런데 조선에서는 부모의 고모는 조모와 동등하게 대우한다. 더구나 아버지의 고모인 그분은 일본에 거주하는 몇 안 되는 아버지의 혈연 중에서는 눈에 띄게 가까운 혈연이었을 뿐 아니라, 우리 집에서 아주 가까운 거리에 혼자 살고 있다는 사정도 있어서 우리 집에서는 거의 어머니의 시어머니 같은 존재였다. 우리는 철이 들면서부터 '하마니'라고 불렀다. 그 이외의 호칭을 쓴 기억은 없다. 그

리고 외할머니도 오사카에 살고 있어서 기회 있을 때마다 왕래가 있었기에 거주지의 이름을 덧붙여 '모리노미야(森の宮) 하마니'라고 불렀다. 그렇지만 타인의 할머니를 '누구누구네 하마니'라고 부른 적은 없다. 타인의 할머니를 부를 때에는 조선인 노인이라 할지라도 '누구누구네 오바아상'이라고 불렀다.

하지만 예외는 있었다. 아버지 공장이 위치한 조선인 취락 변두리에 혼자 사는 노파가 있었다. 이 할머니는 다른 조선인 노인들처럼 악동들에게 고함을 내지르거나 하는 일이 없었고 얼굴에는 늘 부드러운 미소를 머금고 있었다. 그것만으로도 눈에 띄는 분이었는데, 특히 백의민족이라는 이름하에 입고 있는 흰색 옷이 때가 타서 회색이나 검은 옷에 가까운 차림을 하고 있던 다른 조선인 노인들과는 달리 언제나 정말로 깨끗한 하얀 옷, 즉 백의의 민족에 어울리는 하얀 민족의상을 입고 있었다. 백발에 하얀 피부, 둥그스름하고 자그마한 몸의 그분을 보고있으면 시원한 바람이 스쳐 지나가는 느낌이었다. 특히 이 할머니를 생각하면 공동우물가에서 뭔가를 중얼거리면서 빨래를 헹구거나 다듬이질을 하는 이미지가 선명하게 떠오른다. 혼자 사는 사람이어서 빨래가 그리 많지 않았을 것을 생각하면 이런 이미지를 떠올리는 것은 현실과는 맞지 않는다는 느낌도 든다. 하지만 그런 이미지의 객관성이나 현실성을 문제로 삼게 되면 이어지는 글 전체가 와해되어버릴 것 같으니 그 부분은 독자들에게 이해를 구할 수밖에 없는 듯하다.

그 할머니는 혼자 살고 있다고 해도 실은 바로 엎어지면 코 닿을 정도의 거리에 가족이 사는 집이 있었다. 그 집의 많은 아이들은 그 할머니의 손자, 손녀였던 것 같은데 그중에서 특히 동화 속 말괄량이를 그대로 옮겨놓은 것 같은 나보다 한 살 위인 기요미가 그 할머니를 함메라고 불렀다. 그래서 우리로서는 평소라면 '기요미네 오바아상'이라고 불렀겠지만 조금이라도 신경에 거슬리면 그 매력적인 커다란 검은 눈에 무서운 빛을 번뜩이며 사람을 쏘아보는 기요미가 두려웠다. 우리들은 그녀에게 책잡히지 않기 위해 '여장부'인 기요미를 따라 그 할머니를 함메라고 불렀다. 그 할머니를 제외하고는 우리가 주변에서 함메라고 부를 만한 존재는 전무했으므로 적어도 우리 아이들의 세계에서 함메는 그 할머니를 가리키는 고유명사로 통용되었다.

이런 까닭에 우리에게는 하마니 혹은 그 변형인 함메는 보통명사의 성격이 거의 없는 거나 다름없었다. 관계를 나타내는 말로서의 역할은 오바아상이라는 통유성(通有性) 있는 일본 말에 위임하고 조선어 자신은 고유명사화했던 것이다.

즉, 나의 언어세계에서 보자면 이 세상에는 오바아상이라는 종족이 있고 그 안에 두 명의 하마니와 한 명의 함메가 있다는 구도였다. 함메가 하마니와 친척뻘 되는 말이라는 인식을 우리가 갖고 있었던 것도 그 둘이 모두 오바아상 종족에 속한 사람을 칭하는 말이었기 때문이라고 할 수 있다. 물론 소리가 비슷한 면도 작용했을 터이고 그것이 가리키던 인물의 나이와도 관계가 있었을 것이다. 하지만 두 말의 소리가 유사하기는 해도 차이가 있는 것은 분명했다.

그 차이를 우리가 어떻게 이해하고 내적으로 처리했는가 하면 두 말은 소리에서 서로 차이가 나듯이 현실에서도 서로 구별되는 두 종족을 가리키는 말로 이해했었던 것 같다. 즉 당시 나는 '하마니'라는 말을 사용하는 종족과 '함메'라는 말을 사용하는 종족의 분류법을 갖고 있었다. 그리고 이 두 가지 호칭은 '할머니'라는 올바른 명칭으로 한데 아우러지는 것으로 '오바아상'을 사용하는 종족과는 이질적인 것이었다. 그러면서도 이 둘은 더 넓은 의미의 '오바아상'이라는 말로 표현할 수 있는 종족에 포함된다는 '정당한' 인식이 어린 우리에게도 이미 있었던 것 같다.

오바아상과 할머니를 나누는 경계에 대해서는 새삼 설명할 것까지도 없을 것이다. 그것은 조선인과 일본인의 분할선이며, 거기에는 넘을 수 없는 도랑이 있다는 것을 우리는 확실하게 파악하고 있었다. 그럼 하마니와 함메의 경계는 어땠을까? 실은 어른들의 관계를 보고 있으면 이것 역시 아주 잘 파악할 수 있다. 육지와 제주라는 출신지의 차이는 재일조선인 마을 안에서도 교제의 깊이와 친근감의 차이로 드러나기 때문에 아이들 눈으로 보아도 분명하게 알 수 있었다. 게다가 잔치 같은 것이 있을 때 관심을 갖고 보면 요리의 종류에도 차이가 있고 같은 요리라도 맛이 미묘하게 달랐다. 극단적으로 말하자면 내가 아는 마을에서는 그것은 직종의 차이로도 느껴졌을 정도다. 육지 사람들은 막일이나 토건업을 생업으로 삼았고 그렇기 때문에 당연히 피부는 갈색이며 거칠다. 그에 비해 제주도 사람들은 같은 육체노동이긴 해도 대부분 공장 노동자인지라 그런지 피부가 희고 말투가 얌전한 쪽이었다. 다만, 이러한 나의 이미지를 일반화할 수는 없다. 지역이 바뀌면 반대의 일이 일어난다 해도 이상할 게 없었다. 조선에서 건너온 사람들이 맨 처음 기대는 것은 혈연 또는 지연으로 맺어진 사람들이었다. 일거리 역시 혈연이나 지연으로 맺어진 사람들로부터 소개받는 게 일반적이라서 직종까지 비슷해질 수밖에 없었다. 그리고 직종이 인간의 행동거지를 규정하는 경우도 종종 있는 일이다. 따라서 내 이미지는 어디까지나 내가 아는 동네에 한정된 것이다. 하지만 적어도 그 지역에서는 내가 갖고 있는 이미지가 사실에 반하지는 않을 것이다. 어찌 됐건 이러한 연유로 '함메'와 '하마니'라는 말은 동일한 종족 내의 지방적 편차를 반영하는 말이라는 직감을 나는 가질 수 있었다.

하마니

나는 소학교 5학년쯤 됐을 때, 함메가 아니라 하마니를 제재로 하여 작문을 쓴 적이 있다. 과제가 '나의 오지이상 · 오바아상'이었으므로 조금 주저한 끝에 고모할머니 이야기를 글감으로 삼았다. 외할머니인 '모리노미야의 하마니' 쪽이 오바아상으로서는 더 정당했을 텐데도 친할머니가 아닌 아버지의 고모인 '하마니'를 오바아상으로 선택한 데에는 나름대로 이유가 있었을 것이다. 우선 지리적인 원근이나 그에 따른 교제의 빈도를 고려했을 것이고 아버지 쪽 혈연을 어머니 쪽 혈연보다 더 중요하게 여기는 조선의 풍습이 우리 생활이나 심리에도 흔적을 남기고 있어서 그렇게 되었을 것이다. 어쨌든 '하마니'라고 하면 우선은 앞서 언급한 그분, 고모할머니를 지칭했다.

작문에서 나는 수많은 고의의 누락을 저질렀다. 그 하마니가 나의 진짜 할머니가 아니라는 사실과 그 하마니를 오바아상이나 오바아짱 등으로 부른 적이 한 번도 없다는 사실을 생략한 것이다. 물론 아이였으니까 편의에 따라서 단순화해서 쓴 거라고 할 수도 있겠지만 그것은 내 입장을 미화한 것 같아 마음이 편치 않았다. 사실 나는 그때 거짓말을 한 것이나 다름없다. 즉, 그건 아이의 단순함이 아니라 '고의의 누락'이었던 것이고 그런 점에서 나는 이른바 확신범이었다는 얘기다. 그러면 왜 나는 그런 고의의 누락을 선택한 것인가? 만약 누락을 하지 않으려 했다면, '진짜 오바아상은 어떻게 된 거냐'를 설명할 수밖에 없었다. 진짜 오바아상이 제주도의 4·3 사건에서 '게릴라에게 살해되었다'는 식으로 쓸 수는 없었다. 그것이 일본에서 일어난 사건이 아니라 조선의 어느 멀리 떨어진 섬에서 일어난 비극적인 사건(그런 것을 상세히 알고 있는 것은 아니지만 공개적으로 언급할 수 없는 비극이라는 정도의 감은 갖고 있었다)이었던 것을 설명해야 했기 때문이다. 그리고 그것은 설명하기 어려울 뿐 아니라 입에 올려서는 안 되는 이야기라는 것도 알고 있었기 때문이다. 참고로 '게릴라'라는 말은 나중에 커서 알게 된 말이 아니다. 아버지는 우리가 어렸을 때 '할머니는 빨치산 게릴라에게 죽음을 당했다'고 말을 했는데, 그때 아버지의 말투는 당시의 우리가 느끼기에도 신기할 정도로 증오의 감정이라고는 전혀 찾아볼 수 없는 담담한 말투였다.

이러한 이유로 나는 허와 실을 뒤섞어 학교 선생님이 좋아할 만한 이야기를 만들어냈다. 잔소리가 많아 자꾸 반항을 하게 되지만 실제로는 내가 많이 좋아하는 할머니, 하는 식의 얘기였다. 그것은 몽땅 거짓말은 아니었지만 '많이 좋아하는'은 과장된 표현이었다. 그런 말로는 해결되지 않는 미묘한 심정을 나는 하마니에게 갖고 있었다. 예를 들어 그 하마니는 우리를 혈연으로 취급하긴 해도 그것은 아이의 눈으로 보았을 때 상냥함이라든가 자비로움이라고 할 수 있는 것은 아니었다. 손자니까 조모인 자신을 공경하라는 강요의 분위기가 강했다. 또 손자인 우리들이 자신의 조카인 아버지에게 공손히 굴지 않는다고 나무라기도 했다. 어머니에 대해서는 당연하다는 듯, 어떤 식으로든 시어머니 노릇을 하려 들었다. 반찬이 너무 많다, 아이들을 버릇없이 키운다 등등. 어머니에 대한 불만을 직접 말하기 어려울 때는 뒤에서 우리에게 불평을 늘어놓는 식의 간접화법을 이용하여 그렇게 했다. 그럴수록 우리는 어머니를 지켜야 한다는 기특한 마음에서 하마니에게 반항을 하곤 했다. 그리고 그것이 도리어 어머니를 더 궁지로 몰아넣었다.

그렇다고 해서 우리가 그분에게 혈연의 정을 갖고 있지 않았던 것도 아니다. 검소하게 홀로 사는 모습을 어렸을 때부터 봐서 잘 아는 우리는 하마니의 입이 거칠기는 하지만, 그 이면에 외로움과 희미한 정의 냄새가 있다는 것을 알았던 거다. 그래서 때로는 높은 곳에서 내려다보는 심정으로 '불쌍해' 하고 동정하는 마음을 품기도 했다. 하지만 그러한 우리의 동정심이 보란 듯이 배반당하는 일도 있었다.

하마니는 어쩌다가 도쿄에서 친손자가 오기라도 하면 임시 손자인 우리에게 주던 아주 적은 애정 비슷한 것마저 깨끗이 거둬가버렸다. 그뿐 아니라, 친손자가 얼마나 똑똑하고 잘생겼는지를 우리와 비교했다. 우리는 우리대로 그 귀에 낯선 도쿄 사투리를 교묘하게 구사하는 친손자의 천진하고 아름다운 표정을 보고 별세계에서 온 천사가 아닌가 하고 생각하지 않을 수 없었다. 그러면서 가짜 손자의 덧없음을 더욱 절실히 느끼기도 했다.

어찌 됐건 내가 쓴 그 작문은 무슨 착오가 있었는지 우수작품에 뽑혀 교실에 전시되었다. 선생님에게 아첨하는 정도로 적당히 쓰려던 내 계산이 예상 밖의 결과를 초래한 것이다. 그리고 그 일로 나는 심리적으로 불편함을 겪게 된다. 나의 오바아상은 없다는 생각과 함께 미묘한 관계에서만 존재하는 '하마니', 뒤집어 말하자면 그러한 하마니와의 관계에서 존재하는 자신의 어느 부분을 공공연하게 배반하고 말았다는 생각 때문에 자책을 해야 했던 것이다. '하마니'는 '오바아상'이라고 말해버리면 거짓말이 되는 존재였다. 나에게는 하마니와 오바아상이 이론적으로는 어떻든 간에, 현실적으로는 서로 호환성이 없는 말이었던 것이다.

어떤 특정의 말, 특히 호칭에 대한 이러한 깊은 생각은 결코 특이

한 것이 아니다. 특히 아이에게 호칭은 자신을 둘러싼 소우주를 파악하고 그 안에서 편안하게 지낼 수 있게 하는 장비라고 할 수 있다. 아이들은 작은 창문을 통해 보이는 넓은 세계의 폭력적인 관계에서 몸을 보호하고 친화적인 소우주를 형성해 그곳에 안정된 자신을 안치시키기 위해 특정한 말에 의미를 둔다. 그러한 의미를 담은 말은 호환성이 없는 만큼 독자성 혹은 특정한 존재와의 일체성을 담게 된다. 이렇게 안도감과 힘의 원천이 되는 언어를 매개로 아이들은 세상으로 나아간다.

　이러한 일은 아이들 대부분에게 보편적으로 적용된다고 할 수 있는데 자이니치 2세, 3세의 경우에는 그것이 비교적 더 분명한 형태를 취하고 있었다. 그 아이들은 철이 들 무렵부터 이미 확연히 다른 적대적인 두 세계를 눈앞에 접하게 된다. 두 개의 언어, 두 개의 문화 그리고 두 개의 사회, 물론 그중에서 자신의 소속은 숙명처럼 부여된 절대적인 소수자이자 약자가 속한 세계이다. 그렇다고 그 아이들이 그곳에 격리되어 있는 것은 아니다. 오히려 포위망을 친 다수자의 세계의 강대함과 무서움, 그리고 또 다른 매력을 감지하고 살면서 거기에 흡인된다. 그러나 아무런 방비도 없이 그곳으로 나갈 수는 없다. 두 세계의 사이를 종종걸음으로 반복적으로 오가면서 우리 쪽과 저쪽, 즉 마음을 터놓을 수 있는 세계와 타자의 세계를 해부하고 파악해가는 동시에 마음의 평안과 힘의 원천이 되는 친화적인 세계를 밖의 세계와 격리하여 봉인하는 것이다. 그 분할된 세계에서 아이들이 친화적인 세계를 만들고 지켜가는 말에 '삼춘'이니 '하마니'니 '오토짱'이니 하는 것들이 있었다.

통용의 경계_
짓짜이 니이짱(작은형/오빠)

너무 심하게 막무가내로 나만의 억지스러운 논리를 따진 탓에 막다른 골목에 들어서버린 느낌이다. 통유성이 있으면서도 고유명사적인 성격 또한 갖추고 있는 다른 말에 이 논리를 적용해보면 조금은 출구가 보이지 않을까 한다.

우리 집에서 나는 '요시미츠'라는 이름 외에 '짓짜이 니이짱(작은형/오빠)'이라는 호칭으로도 불렸다. 남동생이나 여동생이 옷키이 니이짱(큰형/오빠)인 장남과 구별하여 차남인 나를 그렇게 불렀는데, 부모님도 동생들에게 말할 때는 나를 그렇게 불렀다. 크기를 나타내는 '옷키이(크다), 짓짜이(작다)'는 주로 아이들이 쓰는 말이다. 나는 나대로 형을 부를 때, 형이 하나밖에 없어서 굳이 개별화할 필요가 없는데도 옷키이 니이짱(큰형)이라는 말로 불렀다. 그러나 나이를 먹어가면서 그런 호칭을 쓰는 것이 창피했고, 그렇다고 해서 옷키이를 생략한 니이짱'도 어색해서 못 쓰게 되었다. 다행히 어른이 된 뒤에는 그런 것과는 다른 범주에 속하는 것으로 느껴지는 '아니키(형님)'라는 적합한 말이 있어서 그것을 채용했다. 단 그 말도 늘 쓰는 게 아니라 안 쓰면 몹시 난처한 경우에만 어쩔 수 없이 사용한다. 자신의 이런 갑갑함은 스스로 생각하기에도 어이가 없긴

하지만, 어떻게든 그 말을 피해 이리저리 궁리하는 경향이 있을 정도로 그 호칭이 서먹한 건 사실이다.

이렇게 어른인 척 적당한 구실을 내세워 그런 호칭을 사용하지 않는 나와는 달리 남동생이나 여동생은 지금껏 옷키이 니이짱, 짓짜이 니이짱이라는 호칭을 사용한다. 그들에게는 형(오빠)이 둘이므로 둘을 명확히 구별해서 불러야 하는 경우가 있다. 물론 유아어 호칭을 쓰는 것이 내키지 않을 때에는 나나 형의 거주지를 앞에 덧붙여 'OO의 아니키'로 부르기도 한다. 하지만 술을 주거니 받거니 하게 되면 그들은 완전히 유아어 호칭으로 되돌아간다. 그들과는 달리 나는 내가 유아어 호칭을 입에 올리지 않으려 하는 것만큼이나 동생들에게 그런 호칭으로 불리면 상당히 낯간지러운 느낌을 받는다. 그러면서도 한편으로는 정겨운 느낌에 기분이 좋기도 하다. 이 얼마나 모순투성이며 자기 멋대로인가, 스스로도 어이가 없다는 생각이 든다.

자 그럼, 이 호칭은 어떻게 성립된 걸까? 누군가는 '뭘 그런 재미없는 걸' 하고 생각할지도 모르겠다. '오오키이 니이짱·지이사이 니이짱' 같은 말은 흔하다. 게다가 가족처럼 작고 긴밀한 집단 안에서는 '반드시'라고 해도 좋을 정도로 그 집단 내부에서만 통용하는 말을 만들어 사용하고 그 말이 다시 집단의 독자성과 통합성을 낳는일 또한 드물지 않다. 뒤집어 말하면 한 집단 안에서 통용되는 독자적인 표현을 창조할 수 없는 집단은 집단 내의 유대력이 약해진다.

옷키이 니이짱은 사실 별다른 특이성이 없는 말이란 것을 잘 알고 있다. 그래도 아직 앞에서 가졌던 의문과 겹쳐지는 것 같다. 미루어 짐작건대 오토짱·오카짱과 마찬가지로 말의 계층성이 거기에도 흔적을 남긴 건 아닌가 하는 생각이다. 짓짜이 니이짱·욧키이 니이짱은 조선어에서 비롯된 것이 아닌가 하는 말이다.

우리가 어렸을 때, 다시 말해 내가 그러한 호칭을 자연스레 사용하던 무렵에는 그런 생각을 한 적이 없다고 하고 싶지만 그렇지도 않은 것 같다. 왜냐하면 우리는 집 밖, 조금 더 넓히면 조선인 사회가 아닌 곳에서는 그러한 호칭을 사용하지 않으려고 요리조리 궁리했었기 때문이다. 즉, 그때 이미 그런 호칭은 조선인 집단 내부에서만 통용되는 말이라고 생각했던 것 같다. 참으로 기묘한 일이다. 그호칭은 어떻게 봐도 자연스러운 일본어다. 우리도 그 사실은 잘 알고 있었다. 그럼에도 불구하고 일본인에 대해서는 그 말을 사용하는 게 좋지 않다는 '감'을 은연중에 키웠던 것이다. 그러한 감의 옳고 그름은 차치하더라도 그런 종류의 감은 우리에게 필수적인 것이었고 또한 상당히 정확도가 높았다. 당시에는 그러한 감을 가지게된 이유를 깊이 생각해본 적이 없었다. 만약에 궁금증을 키워 파고들었다고 하더라도 잘 풀리지 않았을 게 틀림없다. 그런데 이 글을쓰는 사이에 그 감이 어떤 것이었는지 모습을 드러내기 시작했다.

조선어에서는 친척이라도 내외의 구별이 매우 엄격하다. '내'는 아버지 쪽인 친가를, '외'는 어머니 쪽인 외가를 말한다. 친가는 이른바 중심이므로 호칭 앞에 표시를 두지 않지만 외가 쪽은 그렇지가 않다. 어머니 쪽 친척에게는 모두 '외(外)'가 붙는다. 예를 들어

아버지와 공장 식구들과 함께

삼춘이라는 호칭은 친척의 멀고 가까움과 크고 작음이라는 세세한 구별에 둔한 재일의 아이들에게 아주 편리한 말이었다.

외할아버지라든가 외삼춘처럼. 그와 마찬가지로 상하 구별이 중요한데 일본어라면 우에노(上の, 위의), 시타노(下の, 아래의)인데 그것을 큰, 작은이라는 말로 표현한다. 예를 들어 아버지의 형은 큰아버지, 아버지의 동생은 작은아버지라는 식이다. 앞장에서 화제로 삼은 삼춘은 그러니까 그러한 가깝거나 먼 '크고 작은 아버지들과 어머니들'의 총칭이었던 셈이다. 그렇기에 삼춘이라는 호칭은 친척의 멀고 가까움과 크고 작음이라는 세세한 구별에 둔한 재일의 아이들에게 아주 편리한 말이었다. 그런데 그러한 구분법은 자꾸만 범위가 넓어져서 동생이 둘 있으면 큰 동생과 작은 동생으로 구별된다. 딸이 둘 있으면 큰딸과 작은딸이 된다. 나아가서는 부인이 둘 있으면 본처는 본래 큰 백모를 뜻하는 큰어머니, 두 번째 부인은 작은어머니로 부른다.

이 정도 얘기했으니 내 의도를 알아차렸을 것이다. '옷키이 니이짱·짓짜이 니이짱'이라는 호칭이 적어도 우리 집에서는 큰형·작은형이라는 조선어의 호칭에서 유래한 것이 아닐까 하는 게 내 추론이다. 상하의 구별을 '오오키이·지이사이'가 아니라 '옷키이·짓짜이'로 줄여 부른 것은 오사카 방언과 조선어의 버릇이 미묘하게 얽힌 데서 비롯되었을 것이다. 즉 조선어와 일본어가 뒤섞였다. 결국 우리는 조선과 일본의 역사, 그리고 그 말의 육체성의 한가운데에 위치해 있었던 게 된다. 그 사정을 우리 아이들은 은연중에 체감하면서 그런 언어의 세계 속에서 살아왔다.

그런데 가족 안에서만 통용되는 특유의 호칭을 만들어내는 것은

그다지 특별한 일이 아니다. 어떤 집단이든 집단 고유의 호칭을 만들어 보통명사인 말을 고유명사처럼 사용하는 일이 빈번하게 발생한다. 옷키이 니이짱이 우에노 아니(上の兄, 손윗형)를 뜻한다는 것은 누구라도 알 수 있고 누가 사용해도 지장이 없으므로 옷키이 니이짱이란 말은 보통명사로서의 자격을 갖고 있다고 할 수 있다. 그러나 그러한 호칭을 사용하는 당사자나 그 집단의 구성원에게 그 호칭은 틀림없이 어느 특정 존재를 상기시키는 말이다. 거기에는 함께 산 경험과 살면서 느꼈던 심정이 엉겨 있으며 다른 무엇과도 바꿀 수 없는 생이 담겨 있다. 하나의 호칭에는 한 시대의 특정집단의 삶이 담겨 있다.

그렇기 때문에 그러한 특수어법은 편리하기는 해도 그 특정 집단을 떠나서는 의미가 없다. 통유성 혹은 유통성과는 원리적으로 대립한다.

아이의 성장과 더불어 말의 시장성이 그러한 특수어를 버리거나 숨길 것을 강요한다. 그 힘에 저항하면 사회에서 살아가기 어렵다. 어떤 식으로든 타협을 해야 한다. 그래서 말의 유통성에 몸을 맡기고 심정이나 감정의 무게가 많이 들어간 말, 즉 자기 자신의 실존과 뗄 수 없는 고유명사적인 말을 호환성이 있는 말로 치환해간다. 한편, 버려진 말들은 내부에 침전하여 우리의 비밀 은거지가 된다. 보통명사적인 바른 말에만 자신의 인생의 일회성, 독자성을 온전히 떠맡기기는 힘들기 때문이다. 바른 말에 몸을 맡기며 살다가 그 말이 자기 자신의 세계를 지탱해주지 못한다는 불안 내지 불만이 고

조되었을 때 우리가 돌아갈 수 있는 곳이 그러한 은거지이다. 이러한 소위 이중적인 말의 세계를 교묘하게 구분하여 사용하는 것이야말로 '성장'이다. 바른 말과 친근한 말의 분열을 끌어안은 채 통상적으로는 겉의 세계, 즉 새롭고 바른 말로 살아가는 것이 성장이다.

그런데 이러한 분열은 언어를 사용함에 있어 대단히 중요하다. 바른 말의 세계에 살면서 그 세계에 지쳤을 때 돌아갈 수 있는 은거지가 기다리고 있기 때문이다. 사회적 정의에 폐쇄적인 세계의 고유명사적 친밀함을 대치시킨 잃어버린 낙원의 향수에 젖어들 수 있다. 이렇게 하여 올바름은 일시적으로 악의 책임을 지게 된다. 그 세계에 몸을 맡겼던 본인의 책임은 이렇게 해제된다. 만만세!

지금까지의 글에서 그러한 경로가 감지되었을 것이다. 어느 쪽이 더 '진실'인가 하는 논의는 어리석다. 규격적인 바름과 생의 충실함, 심정적 가까움이 한데 섞이고 그것들이 서로 부딪치는 곳에서 우리는 살고 있다. 바른 말에 속박되면서도 그 말을 미묘하게 어긋나게 하거나 변환시키면서 살아가는 게 우리들이다. 그러한 가공은 아주 작은 것일지 모르나 창조적인 행위다. 그 창조된 말에 둘도 없는 생의 기쁨과 슬픔을 충전하면서 우리는 살아왔고 지금도 살고 있다. 물론 그 창조는 완전한 무에서 이루어진 것은 아니다. 그러한 말은 과거와 현재와 미래, 혹은 육체와 관념이 뒤엉킨 지점에서 태어난다. 그러한 중층적인 말이 태어나는 곳에서 나는 자라왔다. 그리고 잘 보이지 않게 되었지만 지금도 여전히 남아 있다. 그러므로 과거의 향수에 탐닉할 필요는 없다. 이처럼 당연하다고 하면 너무나도 당연한 현실이 지금 와서 내 눈앞에 다가온다.

'하마니'든 '짓짜이 니이짱'이든 '삼춘'이든 어느 쪽을 선택하더라도 그건 바르기도 하고 그렇지 않기도 하다. 어느 쪽을 선택한다고 해도 일본어이기도 하고 조선어이기도 하며 혹은 반대로 양쪽 다 아닌 기묘한 사태, 그렇게 우리의 말이 존재해왔다. 그러한 말에 지배당하면서도 그 말과 격투를 벌이고 시시덕거리며 시간을 보내는 데에 우리들 생의 현실이 있는 것 같다. 참으로 기쁜 일이다.

이상, 말하지 않는 편이 좋았을지 모를 이야기를 마지막으로 즐겁기도 하고 괴롭기도 했던 이 긴긴 얘기에 이별을 고하고자 한다. 오랫동안 함께 해준 독자에게 고마움을 전한다.

덧붙여서 자이니치(ザイニチ)와 자이니치 코리안(在日コリアン)

1장에서 분명하게 밝혔듯이 일본어로 읽을 때는 꼭같은 '자이니 치'이지만 표기를 달리 한 '자이니치(在日)'와 '자이니치(ザイニ 라는 말을 구별해서 사용했습니다. 그 점에 대해 석연찮게 시는 분들도 많으리라 봅니다. 그래서 늦은 감은 있지만 명하면서 재차 재일조선인의 호칭 문제를 살펴보겠습니

'조선'이라는 특성을 모호하게 하는 호칭을 사용함으 부터의 은폐와 도피를 감지케 한 저의 사고에 이미 도 있을 것입니다. 제 스스로도 너무 지나친 것은 를 하기도 했습니다. 그래서 바로 그 부분부터

오늘날 일본에서는 북한을 가리키는 말로 라는 호칭을 사용하며 '조오센'이라는 말으 다. 조오센은 예나 지금이나 일본인들이 점에는 변함이 없는 듯합니다. 하지

서 묘한 계기로 만나게 될지 모르는 인간이라기보다는 그저 뉴스에서만 존재하는 '다른 세계'를 지명하는 정도로 겨우 연명하고 있는 형편입니다. 다만 과거의 조오센을 대신하는 다른 말이 있는 것 같습니다.

예를 들면 제게 조오센이라는 말은 지극히 사실적인 위협의 말이었음에 비해 '강코쿠(한국)'는 기호에 지나지 않는다고나 할까, 그만큼 편리한 현실은폐적인 언어였습니다. 강코쿠라는 말은 조오센에 비교한다면 거의 감정의 동요를 일으키지 않았습니다. 그런데 이런 내 생각과는 달리 그 강코쿠가 후세대에게는 나름의 리얼리티가 있는 모양입니다.

비밀의 폭로

이 장에서도 가까운 사례로 자주 등장하는 두 딸의 경우를 소개하겠습니다.

먼저 막내딸의 얘기를 해본다면 상당히 오래전 일로 일본이 월드컵 축구 출전권을 놓친 다음날의 일입니다. 집에서는 '다코'[19]라고 불리는 막내딸이 "아 — 짜증나, 모자란 녀석들!" 하고 씩씩거리

---

19 문어가 일본어로 '다코(たこ)'이다. 막내딸은 태어났을 때 머리숱이 적고 통통해서 문어를 닮았다는 생각이 들기도 했고, 일본에서는 아주 가까운 사이에서 농담조로 '바보'라고 놀릴 때도 다코라는 말을 사용했다.

며 불쾌한 단어를 연발하는 것을 보고 안 되겠다 싶어 따끔하게 한마디 제동을 걸기 전에 일단 이유가 뭔지부터 물었습니다. 딸아이의 설명을 듣자니, 같은 반 남자아이들이 딸아이가 들으란 듯이 "강코구(한국)가 문제야, 강 강 강코쿠, 나쁜 자식들!"이라고 연호하면서 분하다는 듯 힐끗힐끗 쳐다보더라는 것입니다. 딸아이는 "일본이 약해서 그랬으면서, 짜증나 죽겠어"를 반복합니다. 나는 입 언저리까지 나왔던 "다음에 그런 일이 있으면 참지 말고 갚아줘!"라는 말을 억누르고 삐죽 나온 딸아이의 입술을 바라보기만 했습니다.

시대가 변했다고는 하지만 딸아이가 그런 일을 당하는 구실은 과거와 다르지 않은 것 같습니다. 그 아이는 '겐 마유(玄麻由)'라는 일본인에게는 익숙지 않은 이름으로 학교에 다니기 때문에 눈치가 빠른 아이인 경우에는 이상한 이름이라고 쉽게 짐작할 수 있습니다. 그리고 그런 아이의 부모가 조금이라도 세상물정을 아는 사람이라면 자기 자식에게 "그 아인 한국인이야"라고 얘기하겠지요. 그 말에 차별 의식이 숨어 있다고 확신할 수는 없지만 입에 담는 것을 꺼리는 어조로 말하기 때문에 그 함의가 아이들 뇌리에 남습니다. 그리고 그 비밀이 언젠가 무기로 사용됩니다.

다른 경로가 있을 수도 있습니다. 저는 부모로서 할 수 있는 최소한의 교육으로 조선인·한국인이라는 사실은 나쁜 일이 아니며 부끄러워할 필요도 없다고 아이들에게 가르칩니다. 하지만 여기에는 처음부터 상당히 저자세가 보입니다. 무엇보다 나쁜 일은 아니라는 부정적인 언어를 사용하기 때문입니다. 당연히 아이들은 마이너스를 기초로 한 인상을 갖게 됩니다. 다른 말로 하면 '징표'라는 느낌이 아이들 마음속에 생겨나게 되고 그것을 숨기려 합니다. 그러나 숨긴다는 것은 부모의 가르침을 배신하는 일이 되기 때문에 숨기지 않는 척하면서 감추게 됩니다. 하지만 무엇이든 끝까지 숨기는 일은 매우 어렵고 힘듭니다. 진심으로 마음을 허락할 친구가 생기면 특별한 관계의 증표로 삼거나 또는 무거운 짐을 내려놓고 싶은 마음에 고백을 하게 됩니다. 그런데 아이들의 이합집산은 생각보다 심해서 이별이나 대립을 통해 비밀을 공유할 상대를 바꿉니다. 이렇게 하여 공공연한 비밀이 되고 무슨 일이 발생하면 그 비밀이 무기로 활용되는 것입니다.

이번에는 큰딸의 경우입니다.

큰딸은 일본의 공립 유치원, 소학교 그리고 중학교를 졸업했습니다. 그간 딸아이에 대한 교육 방침의 첫 번째이자 전부가 위에서 말한 내용으로 "너는 일본인이 아니다, 다른 사람과는 다르다. 따라서 네가 일본인이 아니라고 분명히 말할 정도가 되어야 한다"는 것으로, 아이들이 어릴 때부터 나는 딸에게 그 말을 들려주는 일을 의무라고 명심하면서 실천해왔습니다. 지금 생각해보면 그것이 아들 교육방법으로 적당했다고는 말할 수 없습니다. 또한 그 당시 그게 옳다고 믿었던 것도 아닙니다. 과거 습득했던 민족적 생법의 성과로 자신의 알리바이를 증명하려는 요소도 있었을 것

내 멋대로 적용한 마음에 들지 않는 교육을 받아왔기 때

문인지 딸아이는 항상 "한국인이라고 해서 부끄럽지는 않지만……
그래도……. 역시 지금은 싫어. 언젠가는 꼭 그렇게 할 테니 지금이
아니라도 되잖아요. 괜찮죠? 아버지"라고 대답하곤 했습니다.

그랬던 딸이 고등학교 진학을 앞두고 한국계 학교가 있다는 말을
듣고는 원거리 통학이라든지 다른 많은 불편함에도 불구하고 결정
하겠다고 모처럼 진지한 어조로 말을 한 것입니다. 홍조 띤 표정을
보면서 우리 부부는 딸아이의 마음과 그녀가 겪게 될 여러가지 일
들을 상상하면서 눈시울을 붉히는 감상적인 무대를 연출하고 말았
습니다.

그렇다고는 해도 당시 그녀의 선택이 긍정적인 전망이 뒷받침된
결정이었다고는 생각지 않습니다. 아마 그녀는 긴장하지 않고 숨
쉴 수 있는 장소로 민족학교를 꿈꾸었을 것입니다. 그리고 우리
부는 휴식처를 꿈꾸는 행위 그 자체만으로 딸아이가 얼마나
긴장 속에서 살아왔는지 그 증거를 보았던 것입니다.

이렇듯 그 옛날, 조오센이라는 말에 우리가 겁을 먹9
아이들에게도 세련되어지기는 했지만 역시 위협에 7
부정할 수 없는 현실이 있는 것 같습니다. 조오센9
쿠나 자이니치라는 말이 그러한 상징일 것입니다

아마도 딸아이들은 그들 나름대로 강코쿠
름표를 뒤통수에 달고 생존해갈 것입니
저는 단지 가슴 조이면서 방관할 따름9

'자이니치(ザイニチ)'의 뉘앙스

서두가 길었습니다만, 처음에 언급했던 것처럼 한자 '자이니치(在日)'와 가타카나 '자이니치(ザイニチ)'의 구분을 설명하겠습니다. 표면적으로는 표의문자와 표음문자의 차이라고만 보이겠지만 그것은 부감적 견해일 뿐입니다. 그런 시선으로는 아무래도 말투나 억양 그리고 표정의 차이를 놓치게 됩니다. 그 점이야말로 저의 언어 순례의 근간을 이루고 있습니다. 느낌이 와 닿지 않을지 모르겠지만 그렇다고 피할 문제만은 아닙니다.

저는 '자이니치(在日)'가 '자이니치(ザイニチ)'로 흘러가는 현장을 체감하고 있다는 인상이 듭니다. 잘난 척한다거나 한자를 즐겨 쓰는 세대의 집착이라는 말로 일축할 사람이 많을 거라는 사실을 알면서도 젊은이들이 사용하는 자이니치의 어투에서 '자이니치(在日)'가 '자이니치(ザイニチ)'로 전환되는 인상을 지울 수가 없습니다. 물론 그것은 타락이라는 가치 판단을 동반한 애통함마저 있습니다.

이처럼 트집이라고도 생각될 수 있는 의혹은 '조오센(チョーセン)'에서 '강코쿠(韓国)' 그리고 '자이니치(在日)'라는 이름으로, 즉 일본인의 선의와 재일조선인의 자기기만이 암묵적으로 공모하여 현실을 은폐하는 언어가 생성되어왔다는 감촉의 연장선상에 있습니다. 마치 제가 어릴 적에 조오센이라는 말을 기피한 것과 같은 속임수를 '자이니치(ザイニチ)'를 사용하는 사람들의 음색에서 되살아나는 느낌이 드는 것입니다.

다시 여기서 '자이니치(在日)'라는 호칭에 대해 정리해보겠습니다.

'자이니치(在日)'에는 단순히 일본에 거주한다는 의미만이 있는 것이 아닙니다. 일본에 거주할 리가 없는 존재가 일본에 있다는 의미를 함축하고 있습니다. 그것으로 끝나는 것이 아니라 본래 있어야 할 곳, 말하자면 출신을 명시하는 언어가 이어져야 합니다. 그 결과, 이를테면 이어질 말이 생략되었다고 해도 여운이 남습니다. 서스펜스가 있습니다. 말하지 않고 끝내고 싶다. 물어보지 않고 마치고 싶다는 느낌을 화자와 청자 쌍방이 '아' 하면 '어' 하는 식으로 서로 이해합니다. 그러한 기묘한 균형, 즉 호흡이 성립하기 위해서는 시간과 익숙함이 필요한데, 일본 사회라는 폐쇄된 시공간에서 오랜 세월의 축적이 그 토대가 되었습니다. 어쨌든 사람들은 그런 호흡의 존재, 바꿔 말하면 공모의 근거를 어디선가 의식하고 있던 것입니다. '자이니치(在日)'는 평온한 일상에 희미한 균열을 불러일으키는 언어였습니다.

그러나 모든 것은 시간이 경과하면 풍화합니다. 생략을 의식하지 않게 되고 서스펜스가 사라집니다. 이렇게 해서 와카야마현 출신이라든지 모회사에 근무한다는 것처럼 '자이니치(在日)'라는 말 자체가 완결적인 단어로 사용되고 듣게 된 것 같습니다.

하지만 제게는 그런 자연스러움이 공허하게 들립니다. 그것은 함께 모의하여 실현되었으니 그 공동화(空洞化)는 만장일치 작업의 달성물이나 마찬가지입니다. 그런데 이제 그런 작업 자체의 흔적마저도 지워지려 합니다. 이렇게 하여 '자이니치(ザイニチ)'라는 말은 일

본에 있다는 의미를 벗겨낸 공허한 그릇이 될 것 같습니다. 하지만 나 같은 사람이 보면 그 그릇에는 먼 옛날의 '조오센'이라는 말에서 벗어나고 싶다는 바람이 가득 담겨 있다는 생각이 듭니다. 골치 아픈 문제를 영원히 뒤로 넘기려는 비겁함이 아른거립니다. 저는 그것을 '박락(剝落)'이라고 부릅니다.

다만 그러한 언어의 미묘한 어긋남이나 변환을 그저 부정적으로 보기만 해서는 안 되는 부분도 있습니다.

'자이니치 조센징(在日朝鮮人)'이라는 말은 역사적 산물입니다. 조선인이 어떻게 해서 일본에 살게 되었는가 하는 물음을 내포하고 있습니다. 비록 조국과의 위화감에서 비롯되어 재일 고유의 문제를 다루는 의지가 강해져서 거기에서 '자이니치(在日)'로 바뀌었다고 해도 여기에는 역시 역사와 관련된 인식 내지 의지가 잔존해 있을 것입니다. 하지만 집단적의 삶, 재일조선인이 모여 살던 생활 형태 및 의식이 붕괴되는 과정에 놓인 지금, 고립되어버린 개인이 그런 역사적 짐을 감당하기에는 지나치게 버거워져버렸습니다. 그래서 역사는 차치하고 일단 거기서 절단된 '자이니치(在日)', 다시 말해 '자이니치(ザイニチ)'라는 마이너리티를 자인하게 된 것 같습니다.

즉 역사로부터의 자유, 집단적 속박에서의 자유라는 상징적 측면이 있습니다. 자립한 개개인이 '자이니치'이며 완화된 네트워크가 또한 '자이니치'가 되는 것입니다. 저는 그것을 의미의 전환이라고 하는데 그 전환이라는 것은 방금 말한 의미의 박락과 어깨를 나란히 하기도 하고 때로는 뒤섞여 있습니다.

그리고 '자이니치(在日)'에서 '자이니치(ザイニチ)'로의 변용에는 언어 활동의 자립적인 운동이 작용했다는 점을 간과할 수는 없습니다. 당초 한 언어에 담겨 있던 의지나 바람, 혹은 그 언어를 생성한 에너지가, 통용되는 과정에서 골격이 빠져버리게 됩니다. 개별적인 의지를 약화시켜 결국에는 무용화되기 때문에 일반화가 가능해지는 것입니다. 이는 자연스러운 과정이라고 할 수 있습니다.

특히 고도하게 발달된 매스미디어 사회의 무한하다고 생각될 정도의 저작(咀嚼) 능력은 무엇이든 복사언어를 만든 후에 완전히 소모되어 버려지게 됩니다. 가타카나 때문에 원래 그 한자에 담겨 있던 의지 혹은 의미가 상대화됩니다. 그렇게 해서 비로소 현대적인 것이 되는 것입니다. 언어는 역사를 감당하지 않는 말이 되고 잡음을 만들어내지 않는 소리, 징표가 없는 부호가 되는 것입니다. 그런 언어의 변용과정을 보여주는 하나의 예가 '자이니치(ザイニチ)'임에 틀림이 없습니다. 젊은이들이 그러한 공기 속에서 숨 쉬는 것을 비난할 수는 없습니다. 경쾌하게 언어 운동의 기류를 타고 자유롭게 노니는 정신을 보여주는 것이라고도 할 수 있습니다.

그러나 그러한 언어의 운동에 우리의 나약함과 짙게 분칠한 사회의 악의가 숨어 있는 것은 아닌지 하는 여러 가지의 경계심이 항상 듭니다.

과도하게 '차이'가 따라다니는 사회에 살고 있는 우리가 지칠 대로 지쳤을 때 의미가 제거된 그 말, 자유롭고 개별적인 의미를 충전할 수 있을 듯한 자이니치(ザイニチ)에 승차하는 것은 어쩔 수 없

는 일인지도 모릅니다. 일본인들의 선의라는 옷에 가리어져 언어의 자율적인 운동이 만들어낸 자이니치의 끝에 어떠한 악의와 폭력이 기다리고 있는지도 모른 채……. 아니 알면서도 임시변통으로 그렇게 하는지도 모르겠습니다. 어차피 괴로움을 당할 바에야 그 사이만이라도 즐겁고 편하게 지내자는 생각을 한다고 해도 비난하기는 어렵습니다. 설사 비난한다고 해도 과연 얼마만큼의 효과가 있을까요.

하지만 부모된 자로서 더욱이 거짓말을 거듭해온 중년 남자로서 역시나 노파심이 생깁니다. '자이니치(在日)'이든 '자이니치(ザイニチ)'이든 가벼운 마음으로 언어의 운동에 몸을 맡기면서도 그로 인해 잘려나간 의미를 철저히 파악하고 논쟁할 수 있는 곳에서 살고 싶다, 살았으면 좋겠다고 혼잣말을 해봅니다.

'자이니치 코리안(在日コリアン)'의 등장

저의 이런 혼잣말이 젊은세대의 귀에 흘러들어갔을 리는 없을 텐데 지금까지와는 다른 역방향의 흐름이 등장하더니 급속히 보급되고 있습니다. 저의 '자이니치(ザイニチ)'에 관한 이야기들이 옛날 얘기가 되어버릴 것 같은 형세입니다.

오로지 출신지 말소를 지향하던 재일조선인의 호칭과 자의식의 조류가 갑자기 반전되어 출신을 명시하는 '자이니치 코리안'이라는 말이 대두되고 있는 것입니다. 이 현상을 어떻게 이해해야 할까요.

일시적인 역풍일까요, 아니면 새로운 가능성을 열고 정착할 호칭일
까요?

먼저 자이니치 코리안이라는 호칭의 유래를 생각해보겠습니다.
'코리안'은 영어에서 기원한 것으로 그 자체가 새로운 것은 아닙니
다. 뭐든지 영어라면 고마워하는 사람이 있고 배움을 뽐내는 것을
금과옥조로 삼는 사람도 있습니다. 그런데 현학적인 취미나 외래 문
물에 대한 반발이라는 서민적인 지혜나 외고집, 아니면 조선의 지배
력이 상당했던 것인지 정착하지는 못했습니다. 그런데 오늘날에는
거리의 애칭을 비롯하여 조직의 명칭, 행사명, 아니면 자기소개 등
여러 영역으로 퍼졌습니다. 특히 지금 유행하는 인터넷 등 영어제국
주의를 운운할 정도이니 당연히 '자이니치 코리안'의 전성기입니다.

여기에는 물론 이유가 있습니다. 무엇보다 상당히 편리합니다. 본
래 코리아라는 말이 '고려'라는 조선의 옛 이름에서 유래한 만큼 분
단 이전의 그리고 장래에 있을지도 모를 민족의 비원인 통일 조선이
이루어졌을 때도 부족함이 없는 호칭입니다. 그리고 작금의 영어 패
권도 있기에 세계 어디에 가더라도 통용이 됩니다. 또한 일본에 한
해서도 '조오센(チョ一セン)'이나 강코쿠(韓国)처럼 오래된 응어리가
없이 중성적으로 들리기 때문에 출신의 은폐라는 상당한 에너지를
필요로 하는 고생을 하지 않아도 됩니다. 당연히 양심의 가책을 피
할 수 있습니다. 저와 같은 사람에게는 양심의 가책을 피할 수 있다
는 한 가지만으로도 이제껏 정착 못한 점이 이상할 정도입니다.

그렇다고 해서 자이니치 코리안을 역사적인 문맥, 특히 재일조선

인의 역사와는 관계없는 중성적인 언어라고 할 수 없다는 점은 이미 누누이 설명했기 때문에 어느 정도의 이해는 얻었으리라 봅니다. 다시 말하면 이 호칭이 시민권을 갖게 된 것은 여러가지 변화의 결과입니다.

이를테면 매년 오사카에서 '원코리아 페스티벌'이라는 행사가 개최됩니다. 10년 이상의 역사를 지닌 콘서트로 재일조선인 문제에 관심과 공감을 갖고 있는 일본인과 자이니치 코리안 예술가가 한 자리에 모입니다. '민족은 하나'가 테제로 이 말 자체는 새로울 것이 없습니다. 하지만 기존의 큰 단체와는 별도로 독자적으로 개최될 뿐만 아니라 계속 열린다는 사실은 분명히 신선합니다. 지금까지 남북의 정권이나 그에 연결된 자이니치 단체에서 독립한 행사나 조직이 뿌리를 내린 일은 없습니다. 게다가 손수 개인들이 손을 맞잡은 조직운동 자체도 색다른 점입니다.

그런 일이 가능해진 배경에는 자이니치의 남북 정치집단의 힘이 쇠퇴하게 된 현실이 있습니다. 흡인력 감퇴 후에도 오랫동안 유지됐던 구속력도 최근 들어 현저하게 줄어드는 것 같습니다.

원래 '자이니치(在日, ザイニチ)'라는 말이 시민권을 얻은 것도 그런 자이니치를 둘러싼 사회의 변동을 빼놓고서는 생각할 수 없습니다. 귀속 집단의 통합과 속박의 윤리를 대신해 개인의 발의가 허용되고 존중되는 상황이 되었습니다. 시선을 달리하면 자이니치(在日)가 붕괴되어 원자화라는 일종의 자기중심주의 시대라고 할 수 있을 것입니다. 늦은 감이 있지만 '자이니치(在日)사회'도 개인주의에 기

초를 둔 현대도시형 사회의 색채를 띠게 된 것입니다.

그럼에도 원자화된 개인이 그런 원자화된 상황을 견딜 수 없어서 인지, 아니면 다른 원인이 있어서인지 다시 새로운 유대, 집단적 통합을 생각게 하는 상징을 사용하기 시작한 것입니다. 코리안이란 명칭을 방패로 새로운 집단(?)을 형성하기 시작한 것처럼 보이기도 하므로 실로 '자이니치(在日)'의 또 다른 전개, 새로운 물결이라는 말이 어울릴 것입니다.

세계의 흐름을 감지하고

그렇다면 그러한 새로운 물결은 어디서 그리고 무엇에 의해 일기 시작한 것일까요? 지금까지는 자이니치(在日) 내부의 변화에 초점을 맞춰왔지만 이번에는 시야를 넓혀 세계의 변동에 눈을 돌려보겠습니다.

세계적으로 가히 폭발이라고 할 수 있을 정도의 민족의 커다란 물결이 일고 있습니다. 이전부터 있었지만 잘 드러나지 않았다고 하는 편이 적절한지도 모릅니다. 어쨌든 민족의 도가니라는 미국은 말할 것도 없고 민족문제를 해결하여 굳게 결속되었다고 여겨지던 소비에트 러시아마저 붕괴되고 보니 민족의 도가니, 그리고 민족문제는 해소와는 거리가 멀다는 사실이 변명의 여지가 없을 만큼 분명해졌습니다. 더욱이 유럽 각지의 민족 분쟁은 민족의 조화와 대립의 실태, 그리고 그 해결책의 곤란함을 드러냈습니다. 그런 까닭에 유럽 통합의 시도는 인간 공생이라는 꿈과 가능성을 탐색하는 실험이라고 하여 공감을 얻고 있는 것이겠지요.

이렇게 변화하는 세계의 동시대적 정보는 일본에도 실시간으로 전해지는 시대가 되었습니다. 일부에서 '뒤떨어진 인종'이라는 비난을 받고 있던 재일조선인에게도 영향을 미칠 수밖에 없습니다. 게다가 그 정보는 단순히 간접적인 영향에 그치지 않고 정치와 경제의 변동으로 재일조선인이 직접 해외에 나가는 일도 믿기 힘들 만큼 용이해졌습니다. 그 결과 아직도 폐쇄적이며 장래를 개척하기에는 여전히 장애가 많은 이 사회로부터 탈출하여 세계로 웅비하는 것을 새로운 삶의 길이라고 생각하는 사람들이 증가하고 있습니다. 물론 해외 현지의 정보와 체험이 자이니치 세계에도 파급되고 있습니다. 이렇게 하여 오로지 일본과 조국이라는 이항대립에 얽매여왔던 '자이니치'는 세계적 규모의 민족의 다양성과 대립, 그리고 그것을 지양하려는 움직임을 참조하면서 자신을 생각해보는 수단을 갖게 되었다고 할 수 있습니다. 국민국가라고 여겨졌던 세계 각국이 실은 다양한 민족과 문화의 혼합물이라는 사실은 다른 한편으로 보면 세계에 흩어져 있는 여러 민족, 특히 재외조선인 다시 말해 재외코리안의 모습을 드러내기 쉽게 했습니다. 물론 그들에게는 재외조선인, 조선족, 재외한국인 그리고 재외한족(韓族)이라는 호칭이 있지만, 무엇보다도 불필요한 혼란을 피할 수 있을 뿐만 아니라 국제적으로 통용되는 영어가 간단하며 적절하다는 느낌이 있습니다. 빠르게 그것이 받아들여지고 점차 자신을 칭할 때나 자의식으로 정착하게 된 것 같습니다.

게다가 '조국'이라는 곳에서조차 커다란 변화가 나타났습니다. 조선이라는 호칭의 흡인력의 원천이었던 북한의 명성이 추락하고 있다는 점을 먼저 들 수 있습니다. 자이니치의 이상주의 혹은 낭만주의의 근거이자 거기에 자양분을 주었던 관념의 기반이 붕괴된 것입니다. 한편 한국은 자이니치에 대한 배려나 감상 등은 일고조차 않고 성장하는 청년국가의 모습을 보여주고 있습니다. 경이적인 경제발전과 그에 이은 예상을 넘는 정치적 민주화의 물결이 맞물려 한국을 부끄러워하거나 도와주어야 한다는 사명감이 일거에 썰물로 바뀝니다. 이렇게 해서 자이니치에게는 일종의 허탈감이 생겨납니다.

본래 그 허탈감에는 조국에 대한 의존심으로부터의 해방이라는 측면도 있습니다. 자립심이 요구되면서 이에 대응하여 조국으로부터 자립해 대등한 관계를 조성하려는 참으로 새로운 조류가 형태를 그리기 시작하고 있는 것입니다. 타자로서의 조국, 조국의 입장에서 보면 타자인 '자이니치(在日)'란 식으로 스스로를 대상화하는 눈을 갖게 되고 그러한 심리가 싹트기 시작했습니다.

미국, 러시아, 중국의 코리안들은 각각 그들 나름의 정체성이 있습니다. 따라서 분명 일본의 코리안에게도 그들만의 독자성이 있을 것입니다. 있어서 이상한 일이 아닙니다. 조국을 애증과 같은 과도한 심리적 부하를 채워넣은 눈으로 추구하거나 거부하는 일에서 벗어난 새로운 시선, 동시에 일본 사회에 대한 시선도 새롭게 해야 합니다. '자이니치(在日)'라는 호칭은 다양한 의미에서 해방되는 단서가 되었다고 할 수 있을 것 같습니다. 그러한 현실이 '자이니치 코리안'이라는 호칭에 커다란 물결을 일으키고 있는 것입니다. 그것은 새로운 시작이지만 성숙된 '자이니치'의 역사가 초래한 물결이기도 합니다.

시대와 언어의 공생

이렇게 말해놓고 보니 마치 '장점 나열하기'가 되어버린 듯합니다. 하지만 쌍수를 들고 기뻐하기에는 뭔가 부족한 것 같습니다. 그 조류에 가담해보려 하면서도 저는 주저하게 됩니다. 타고난 태생이 그래서인지도 모릅니다. 게다가 무엇보다 나이를 생각하게 됩니다. 깊이 생각하며 살아온 자신의 과거가 새로운 것에 의해 뒤처지거나 부정되는 것은 아닌지 하는 두려움이 과민한 반응을 부를 수도 있습니다. 그러한 미래지향적 조류에 대한 질투와 불안한 노파심을 전제로 감히 트집을 잡고 싶은 유혹에 빠져봅니다.

'자이니치(ザイニチ)'는 붕괴된 재일조선인의 원자화된 하나의 현상입니다. 여기에는 크게 두 가지 요인이 있다고 생각되는데 한 가지가 경제적 조건의 개선입니다. 서로가 기대고 의지하지 않아도 살길이 가능한 층이 많아졌습니다. 또 한 가지는 1세의 감소에 따른 추억, 즉 민족적 감정과 관념의 망각 및 상실입니다. 이렇게 되면 속박에서 벗어나고 싶은 것이 인지상정입니다. 인간은 좁은 곳에서 넓은 곳으로 흘러갑니다. 집주 지역으로부터의 이탈과 특정 직종에서 다양한 직종으로의 진출, 요컨대 외면과 내면 양면의 확산과 단절이 원자화로 나타난 것입니다.

　좀 더 확대한다면 '자이니치(ザイニチ)'라는 말의 탄생에는 일본의 경제대국화의 덕을 본 측면도 있을 것입니다. 그렇다고 해서 전혀 부정적으로 받아들일 필요는 없습니다. 덕을 보았다고는 했지만 경제대국은 타율적으로 달성된 것은 아닙니다. 밑바닥에서 벗어나기 위해 발버둥친 1, 2세들의 노력의 결정체이기도 합니다. 결국은 땀과 눈물로 쟁취한 중류가 붕괴되어 원자화된 것입니다. 하지만 노력한 자와 그 결실을 누리는 자는 다릅니다. 시간적 차이로 '자이니치', 그리고 '자이니치 코리안'이 생성되었다는 점은 부정할 수 없습니다.

　제가 말하고 싶은 것은 이미 분명해진 듯합니다. 자신이 노력하지 않고 쟁취한 과실을 향유하는 세대를 가리키는 언어가 '자이니치 코리안'이라는 것입니다. 중류층으로 태어나고 자란 세대는 그 과정에 있었던 좌절을 동반한 노력이 쉽게 보이지 않습니다. 실감할 수도 없습니다. 필연적인 것, 혹은 당연한 것으로 세상을 바라보는 경향이 강해집니다. 역사나 상황에 대한 외포(畏怖)가 결여됩니다. 수익자의 행복은 때때로 안이한 방만을 초래할 수 있습니다.

　'자이니치'가 이미 그랬습니다. 출신을 수용하는 체재를 갖추고 자이니치의 반전이라고 생각할 수 있는 '자이니치 코리안'에게도 사실 마찬가지의 방만함이 어른거리는 듯합니다. 기존의 재일조선인에게 '왜 쓸데없이 고민하고 있는가, 사서 고생한다, 지금은 화석화되어도 좋은 진부한 감성과 논리를 가진 자들'이라고 폄훼합니다. 자신들은 과거 따위는 뛰어넘고 미래로, 세계로 나가겠다는 어조가 느껴집니다.

코리안이라는 말을 사용하는 사람들 층은 다양합니다. 하지만 그 말을 몸에 밴 듯 익숙하게 사용하는 사람은 외국 생활을 경험했거나 외국과 접촉을 하고 있는 사람입니다. 그리고 그런 종류의 사람이 점점 늘고 있습니다. 그렇습니다. 세계는 좁아졌습니다. 일본 엔에 힘을 입어 외국에 나가는 일이 과거에 비해 압도적으로 쉬워졌습니다.

코리안의 시야는 넓습니다. 자이니치(在日)를 상대시하는 눈을 갖추고 있습니다. 편협한 사상과 끈적끈적한 일체적 감정을 강요하는 재일조선인이 과거의 유물로 보인다고 해도 당연하다는 생각이 듭니다. 재일조선인이라는 작은 세계를 빠져나와 그 세계를 보는, 이른바 훈계하는 경향이 나타나도 당연할 것입니다. 하지만 거기에는 아무래도 위험한 인자를 내포하고 있는 것은 아닐는지요.

코리안은 특권적 재일조선인입니다. 계층적 특권일 뿐만 아니라 세대적 특권이기도 합니다. 그 특권을 모르거나, 아니면 잊었다는 식으로 가장하면서 특권을 행사하는 점이 있습니다. 코리안에 따라다니는 국제화, 미래지향이라는 쌍둥이 같은 캐치프레이즈에는 과거를 재단하고 역사를 비웃는 사고방식의 냄새가 풍깁니다. 지금도 역사의 중압감 속에서 살아갈 수밖에 없는 사람들에게 주의를 기울이기가 쉽지 않습니다. 아니, 원래 그렇게 하려는 노력이 희박한 것은 아닐까요. 자이니치(在日) 전체의 생활과 의식을 끌어올려 시류에 편승할 수 있을 것인지, 의심스럽습니다.

언어는 시대의 산물로서 한정된 시대를 살 수밖에 없다는 사실은 과거나 현재, 그리고 미래에도 변함이 없을 것입니다. 그 시대를 대상화하면서 한정된 시공 속에서 살 수밖에 없는 인간의 고통, 기쁨, 회한 그리고 희망이 녹아든 언어야말로 우리의 언어로 삼아야 하는 것입니다. 그러한 노력을 통해서 비로소 우리의 말과 통용하는 말 사이에 길항관계가 생기며, 말은 우리를 질타하고 격려하고 즐거움을 주는 반려자가 될 것입니다. 자이니치 코리안과 그 밖의 새로운 호칭이나 자의식을 이렇게 우리와 동행하는 언어로 담금질하여 충분히 단련해갈 수 있었으면 합니다.

글을 마치며

본 글을 구성하는 일련의 에세이는 일본 교토의 시민그룹인 '만년(晚年)학 포럼'[20] 회보에 1995년 12월부터 1996년 12월까지 총 13회에 걸쳐 연재했던 원고를 다소 수정한 것입니다.

필자는 마흔 살 전후부터 살아가는 법, 사고하는 법 그리고 말하는 법이 벽에 부딪힌 것은 아닌지 하는 생각이 커졌습니다. 남은 인생을 제대로 살아가기 위해서는 그 모든 것에 대해 생각을 바꾸고

---

20 결성 멤버는 대학동창 세 명으로 그들은 학창시절 동인지를 발간했던 경력이 있다. 졸업 후 40여 년이 지난 이들이 친구의 장례식장에서 만나 '다시 한 번 무언가 해 보지 않겠느냐'는 제안으로 시작된 모임이었다. 그 후 나이에 관계없이 누구나가 맞이하게 될 '죽음'을 전제로 삶을 생각하는 시민모임으로 발전했다.

변화시켜야한다는 걸 알면서도 어떻게 하면 좋을지 윤곽이 보이지 않았을 뿐 아니라 그 무엇도 불가능해 보였습니다.

그 무렵 '만년학 포럼' 주재자의 한 사람이었던 우에노 료(上野瞭)[21] 씨로부터 연재 권유를 받았고 편안하게 글을 써주십사 하는 그의 온화한 목소리가 내 안에 맴돌던 것들을 끄집어냈습니다. 자신의 무언가를 허물어 거기에서 생성되는 것을 포착하고 싶어졌습니다. 연재 중에는 포럼 참가자를 비롯한 많은 사람들의 격려가 있었기에 끝까지 써보고 싶은 의지가 점차 부풀어오르기 시작했습니다. 이 점에 대해 포럼 관계자 분들께 고마운 마음을 전하고 싶습니다. 특히 고통스러운 투병 중에도 집필을 멈추지 않고 사고영역을 넓혀 우리들에게 끝까지 위로하기를 포기하지 않은 우에노 씨에게 감사드립니다.

그리고 이 글 속에 등장하는 많은 분들에게 사과와 더불어 감사를 드리고 싶습니다. 친구도 있고 가족이나 친지도 등장합니다. 또 일본인, 조선인, 중국인 그리고 구미인도 있습니다. 나와 어떠한 형태로든 소중한 인연이 있었던 사람들이었지만 생각처럼 잘 지내지 못했던 사람들의 이야기입니다. 나의 눈과 사고가 사실을 얼마나

---

21 일본의 어린이문학 작가이자 평론가이다. 교토 시에서 태어났다. 대학 졸업 후, 고등학교 국어 교사로 재직하면서 '마차회'라는 모임을 만들어 새로운 어린이 문학을 모색했다. 평론집으로 『전후 어린이문학론』이 있고, 어린이문학 작품으로는 1983년 일본 어린이문학자협회상을 받은 「수염이여, 안녕」과 어린이문학 역사물 장르의 독자적 세계를 개척했다는 평가를 받은 『일본 보물섬』, 『안녕, 아버지』 등이 있다.

변형시켰는지를 보고 놀라거나 실망하거나 어쩌면 분노를 느꼈을 분들도 있을 것입니다. '기이한 놈' 정도로 이해하고 용서해주길 바랄 뿐입니다.

도지다이샤(同時代社)의 가와카미(川上)씨에게도 고마움을 전하고 싶습니다. 오래전에 오로지 여세를 몰아 글을 마칠 수 있었지만, 그 후 출판 기획이 번번이 좌절되어 거의 포기했을 무렵에 나타난 구세주입니다. 어려운 출판업계의 사정에도 불구하고 도저히 팔리지 않을 것 같은 기획을 실현시켰을 뿐 아니라 귀중한 조언을 해주셨기 때문입니다. 그 만용이 결실을 거두었으면 좋겠습니다.

원고에 손을 댄 지 벌써 7년이 지났습니다. 그간 세상은 크게 변했지만 나는 거의 바뀌지 않았다는 사실을 퇴고하면서 확인해야 했습니다. 이 글을 써내려가면서 자신을 수용하고 남을 받아들이는 그런 당연한 사실을 조금이나마 배운 것 같습니다. 그런 의미에서 이 글은 뒤늦은 내 청춘의 총결산이며 앞으로의 인생의 나침반이기도 합니다. 그것만으로도 내게는 큰 의미가 있습니다. 그렇지만 다른 분들에게 과연 조금이나마 의미를 부여할 수 있을지 의문이 드는 것이 사실입니다.

5년 전에 세상에 나올 예정이었으나 나의 미숙함과 여러 사정으로 뜻을 이루지 못했던 것이 이 글입니다. 그 기다림 덕분에 더 많은 것을 배울 수 있었기에 오히려 다행이라고 생각합니다. 다만 아버님 생전에 이 책을 보여드리지 못한 점은 아쉬움으로 남습니다. 3년 전 섣달 그믐날 타계하신 아버님께 이 책을 바칩니다.

한국어판 출간에 즈음하여

이 책은 일본에서 출판된 『자이니치의 언어』와 전작 에세이 「어머니와 자전거」를 번역하여 한 권으로 엮은 것입니다. 여기에 실린 글 대부분은 이미 계간지 『본질과 현상』에 번역 게재된 바 있습니다. 그것을 다시 이렇게 단행본으로 선보이게 되어 저자로서 그저 감개무량할 따름입니다.

무엇보다도 제게는 '조국'이기도 한 한국의 독자들에게 자이니치 2세인 저의 생활 세계를 비롯한 사고와 감정을 전달하는 기회를 얻게 되어서인지 감회가 남다른 것 같습니다.

최근에는 한국에서도 재외동포에 대한 관심이 나날이 커지고 있습니다. 그 일환으로 '자이니치' 연구가 활발하게 이루어지고 있으며, 자이니치 지원 운동이 매스컴에도 등장하고 있는 것 같습니다. 이것은 우리 세대에게는 격세지감을 불러일으켜 매우 기쁘면서도 다른 한편으로는 뭔가 위험한 요소가 숨어 있는 것 같아 조심스럽습니다. 어떤 이념이나 정치적 의도, 혹은 동족적 심정을 이유로 자이니치의 실태가 일면적이고 편협하게 비춰지는 게 아닐까 하는 우려를 감출 수 없습니다.

그래서 저는 흔히 '자이니치'로 일괄되기 쉬운 집단 내부의 인간 개개의 실태를 고국에 계신 여러분들께 전달하고 싶었습니다. 거기에는 매우 다양한 삶과 사고, 그리고 느낌이 있습니다. 그 실태를 이념이나 민족주의적 심정과 같은 참으로 편리하지만 한편으로는 속박이 될 수도 있는 '장치'나 '도구'로부터 벗어나, 될 수 있는 한 자유롭게 자신의 눈과 몸으로 접근해보려고 한 결과가 본서입니다.

다만, 이 책이 그러한 의도를 충분히 살리고 있는지에 대해서는 솔직히 불안을 감출 수 없습니다. 더욱이 이 책이 현실 세계에서 어느 정도 의미가 있는가 하고 묻는다면 대답할 말이 궁색해집니다. 요컨대 참으로 한심스러운 이야기지만, 이 한심스러움마저 포함한 저와 그리고 저의 '자이니치관(在日觀)'의 있는 그대로의 모습을 전해드릴 기회를 얻게 되었다는 것에 의미를 두고 싶습니다. 지금까지 글쓰기를 통해 그나마 정신적 안정을 유지하면서 살아온 저로서는 그것만으로도 더할 나위 없는 기쁨입니다. 그리고 독자 여러분들은 다음과 같은 사정을 염두에 두고 읽어주시기를 부탁드립니다. 일본어판 후기에서도 언급했듯이 이 책의 내용은 1990년대 중반에 쓰기 시작하여 일본에서 출판되기까지 7년이 걸렸고, 다시 그로부터 10년이 지난 지금 이렇게 한국에서 번역 출판되기에 이르렀습니다. 게다가 본서의 중심적 서술은 필자의 유소년 시대에서 청년기까지, 즉 1950년대 후반에서 1970년대입니다. 그 이후의 급변하는 세계의 변화를 생각해보면 현대의 독자들에게 이 책은 옛날이야기 수준의 시대에 뒤떨어진 산물처럼 보인다고 해도 어쩔 도리가 없다는 것입니다.

하지만 자이니치를 둘러싼 상황은 표면적인 변화가 어떻든 거의 변하지 않는 심층이라는 게 있습니다. 이를테면 일본 사회의 심층, 그것이 요즘에는 창피고 체면이고 가리지 않고 분출하는 듯한 양상을 보이고 있습니다. 이러한 일본의 현 상황의 유래를 이해하는 데 조금이나마 도움이 되지 않을까 합니다.

게다가 또 에스닉 마이너리티의 아이가 자신을 둘러싼 매조리티와 가족을 중심으로 한 마이너리티 집단의 갈등 속에서 어떤 꿈을 품고, 그 꿈이 무너져 각성하는 과정에서 그 상황을 어떻게 받아들이고, 또 어떻게 거부하면서 살아갈 길을 모색해가는가 하는 것은 시대와 국가를 불문하고 보편적인 요소가 있을 것 같습니다.

마지막으로 이 책이 나오기까지 도와주신 분들께 감사의 말씀을 전하고 싶습니다. 먼저 『자이니치의 언어』를 계간지 『본질과 현상』에 게재할 당시 번역해주신 서혜영 씨, 그리고 본서 간행을 앞두고 필자와 세심한 협의를 거치며 전체적인 수정·보완은 물론, 잡지에 게재할 때 빠졌던 부분과 전작 에세이 「어머니와 자전거」를 비롯한 일본어 후기, 한국어판 출판 후기의 번역을 담당해주신 안행순 씨, 이 두 분께 어떻게 감사의 마음을 전해야 할지 적당한 말이 떠오르지 않습니다. 본서의 번역에는 다른 번역과는 달리 각별한 어려움이 있었을 것입니다.

이 책은 학술서도 아니면서 그렇다고 완전히 에세이라고도 할 수 없는 참으로 애매모호한 장르에 속한다고 할 수 있습니다. 더욱이 이 책을 구성하는 언어의 특수성 문제도 들 수 있습니다. 한국과 일본의 미묘한 관계를 헤쳐온 '자이니치'의 생활과 의식을 이른바 '자이니치어', 나아가 '오사카적 자이니치어'라는 애매한 언어를 통해서 밝혀보려고 한 본서의 언어를 한국인이 이해하는 것만으로도 어려웠을 것입니다.

또한 구성에서의 문제도 빼놓을 수 없습니다. 이 책은 경험적 에피소드와 거기에서 나타나는 소년의 심리, 그리고 중년이 된 필자의 양자에 대한 감개와 해석과 같은 3단계의 서술로 구성되어 있습니다. 펜이 가는 대로 마치 무질서를 가장한 듯한 문장이 나열되어 있습니다. 그것을 한국 독자들이 이해할 수 있도록 번역하는 것은 이만저만 힘든 일이 아니었을 것입니다.

하지만 그런 악조건 속에서도 성심성의껏 마지막까지 애써주셨습니다. 덕분에 필자 자신이 무의식 상태에서 써내려갔던 것까지 다시 떠오르게 되었습니다. 참으로 고마운 일입니다. 번역가는 '최초의 독자이며 비평가'입니다. 원문을 이해하기 위한 진지한 자세와 독자에 대한 배려가 본서의 가치를 높여줄 것입니다. 이처럼 겉으로는 나타나기 어려운 부단한 노력이야말로 문화 교류를 지탱하는 힘이 되리라고 생각합니다.

마지막으로 본서의 간행을 추진해주신 두 분께 깊은 사의를 표합니다. 먼저 『본질과 현상』의 발행인이며 편집인이신 현길언 형님입니다. 잡지 외에도 항상 왕성한 집필 활동으로 바쁘신데도 불구하고 부끄러운 제 글을 연재해주시고, 이 책의 간행을 위해 최상의 조합이라 생각되는 출판사 '푸른사상'을 소개해주셨습니다. 고맙습니다. 그리고 아무리 생각해봐도 팔릴 것 같지 않은 본서의 간행을 흔쾌해 수락해주셨을 뿐만 아니라 유익한 조언을 아끼지 않으셨던 푸른사상의 맹문재 편집주간께 진심으로 감사의 말씀을 드립니다.

이 책이 한국의 독자 여러분들에게 자이니치에 대한 이해를 돕고 나아가 모든 사회의 마이너리티, 특히 아이들의 의식 형성을 이해하는데 일조가 된다면 저로서는 그 무엇보다 큰 기쁨이 될 것입니다.

2014년 3월 말일
때마침 잠시 머무르게 된
부모님의 고향 제주에서 이 글을 씁니다.

어머니와 자전거

자이니치의 삶과 언어